LITANIAIRE

OU

RECUEIL COMPLET DE LITANIES

LITANIAIRE

ou

RECUEIL COMPLET DE LITANIES

ET DE

DIVERS EXERCICES DE PIÉTÉ

EN L'HONNEUR

De la Très-Sainte Trinité, de la Sainte Vierge
et des Saints

PAR

LE FRÈRE ANICET DE Ste SUZANNE

NOUVELLE ÉDITION

AVIGNON

AUBANEL FRÈRES, ÉDITEURS

Imprimeurs de N. S. P. le Pape,
de Mgr l'Archevêque d'Avignon et de Mgr l'Evêque
de Terracine Sezze et Piperno.

La piété des fidèles se sert depuis longtemps en France des *Litanies* préférablement à toute autre prière pour exalter les grandeurs de Dieu et chanter les louanges des saints. Afin de seconder la dévotion, de lui fournir un nouvel aliment, et en même temps afin de contribuer un peu à procurer ici-bas la gloire du Seigneur et la glorification de ses élus, nous avons réuni en un seul volume le plus grand nombre de litanies qu'il nous a été possible de rencontrer. Nous avons joint en outre à ce recueil bon nombre de prières, les unes composées par des saints, les autres approuvées par l'Eglise ou enrichies de ses indulgences. Nous osons espérer que les âmes fidèles verront avec plaisir cet opuscule. Puisse-t-il leur servir et les aider à louer le Seigneur, sa très-sainte Mère et les saints ! C'est là notre unique but et le désir ardent de notre âme

MÉTHODE

DU BIENHEUREUX

LÉONARD DE PORT-MAURICE.

POUR ENTENDRE LA SAINTE MESSE,

Tout chrétien doit remplir envers Dieu quatre devoirs principaux. Le premier consiste à l honorer comme il mérite de l'être; le second, à satisfaire sa justice pour les fautes qu'on a commises; le troisième, à reconnaître les bienfaits infinis que nous avons reçus de lui; le quatrième enfin, à le supplier de nous accorder de nouvelles grâces. Or comment remplir envers Dieu ces quatre devoirs : l honneur, la justice, la reconnaissance et la prière? Par le moyen du saint sacrifice de la messe. Pour le faire avec plus de facilité, on peut diviser la Sainte Messe en quatre parties, et suivre la méthode suivante:

Dans la première, depuis le commencement jusqu'à l'Évangile, pour payer à Dieu le tribut d'honneur et de louanges qui est dû à sa Majesté infinie, on doit s'humilier avec Jésus-Christ et s'abaisser dans la pensée de son propre néant. A la vue d'une si grande majesté, le chrétien doit s'anéantir; et dans les sentiments de l'humilité la plus profonde, comme aussi dans l'attitude la plus modeste, il dira :

O mon Dieu, je vous adore et vous reconnais pour mon Seigneur et mon Créateur. Je confesse que tout ce que je suis, et tout ce que je possède, je l'ai reçu de vous. Votre souveraine Majesté mérite un honneur et des hommages infinis ; mais je ne puis, pauvre pécheur que je suis, vous rendre les devoirs qui vous sont dûs ; c'est pourquoi je vous offre les abaissements et les hommages de Jésus sur l'autel. Tout ce qu'il fait, je veux aussi le faire. Je m'humilie et m'abaisse avec lui devant votre divine Majesté. Je vous adore par ses humiliations, et je me réjouis de ce que ce divin Sauveur vous rend pour moi et pour tous les hommes, l'honneur et l'adoration que mérite votre Grandeur suprême.

Reposez votre esprit dans cette pensée ; réjouissez-vous de l'honneur que Dieu reçoit de son Fils bien-aimé ; continuez à produire des actes semblables aux précédents ; et répétez plusieurs fois ces paroles :

. Oui, mon Dieu, je me complais dans la dignité des honneurs que votre Fils vous rend par ce saint sacrifice ; je m'en réjouis, et je vous en bénis autant que je le sais et que je puis le faire.

Dans la seconde partie de la messe, qui s'étend de l'Évangile à l'Élévation, il faut remplir le second devoir de justice. Après un coup-d'œil donné aux péchés mortels dont vous fûtes coupable, et pénétré d'étonnement et de confusion à la vue de la dette immense que vous avez contractée envers la divine justice, vous direz avec un cœur contrit et humilié :

Voici, mon Dieu, ce traître qui tant de fois s'est révolté contre vous. Pénétré de la plus profonde douleur, je déteste mes péchés et les ai en horreur. Je déplore du fond de mon cœur tant de fautes énormes dont je me suis rendu coupable, et je vous présente pour fléchir votre justice les satisfactions que vous offre Jésus-Christ dans le saint Sacrifice. Je vous offre tous les mérites de Jésus, le sang de Jésus, Jésus lui-même tout entier, Dieu et homme, qui se sacrifie de nouveau comme victime pour nous sur l'autel pour y être notre avocat, notre médiateur et vous demander par les mérites de son précieux Sang ma grâce et mon pardon. Je m'unis aux prières de ce bon Sauveur, et j'implore votre miséricorde pour tous mes péchés. Le sang de Jésus crie miséricorde ; miséricorde vous demande aussi mon cœur brisé de douleur. Ah ! mon Dieu, si mes larmes ne vous fléchissent pas, laissez-vous du moins toucher par les gémissements de votre Fils et mon

Sauveur Jésus-Christ. Il a obtenu sur la croix miséricorde pour tout le genre humain ; pourquoi ne l'obtiendrait-il pas pour moi sur cet autel? Oh ! oui, j'en ai la ferme confiance, par la vertu de son sang divin, vous me pardonnerez toutes mes fautes et je continuerai à les pleurer jusqu'à mon dernier soupir.

Donnez un libre cours aux sentiments de contrition que la vue de votre malice et celle de la miséricorde divine feront naître dans votre cœur, et dites à Jésus-Christ :

O Jésus, le bien aimé de mon cœur, donnez-moi les larmes de Pierre, la contrition de Madeleine et la douleur des Saints qui, après avoir été pécheurs, sont devenus de véritables pénitents, afin qu'en assistant aujourd'hui au saint Sacrifice, je puisse rentrer en grâce avec vous.

Dans la troisième partie, depuis l'Élévation jusqu'à la Communion, rappelez à votre souvenir les innombrables et inappréciables bienfaits que vous avez reçus de Dieu. Présentez-lui en échange un don d'un prix infini, le corps et le Sang de son Divin Fils. Priez tous les Anges et tous les Saints de rendre grâce pour vous au Seigneur, disant ces paroles :

Me voilà, ô mon Dieu, chargé de vos bienfaits, accablé des dons généraux et particuliers que vous m'avez accordés et que vous devez m'accorder encore dans le temps et dans l'éternité. Je reconnais que vos miséricordes envers moi ont été et sont infinies; mais je suis prêt à m'acquitter entièrement envers votre libéralité. Je vous offre en reconnaissance ce Sang précieux, ce Corps divin, cette victime innocente; par les mains du prêtre. Cette offrande, je le sais, suffit pour payer tous les dons que vous avez daigné me faire. Ce don d'un prix infini vaut à lui seul autant que tous les autres dons que j'ai reçus, que je reçois et que je recevrai de vos mains. Anges saints, et vous, Bienheureux du ciel, joignez vos actions de grâces aux miennes, pour ce Dieu qui m'a comblé de ses faveurs; offrez lui, en retour, non seulement cette messe, mais encore toutes celles qui se célèbrent actuellement dans tout l'univers, afin que sa bonté miséricordieuse demeure entièrement payée de toutes les grâces qu'elle m'a faites ou qu'elle doit me faire, maintenant et dans tous les siècles des siècles. Et vous, Bienheureux du ciel, qui êtes mes patrons et mes avocats auprès de Dieu, remerciez sa bonté afin que je vive et que je meure dans les sentiments de la plus profonde reconnaissance. Suppliez le, pour qu'il daigne accepter les désirs de mon cœur, et accueillir le sacrifice d'actions de grâces que, pendant cette messe, mon bien-aimé Jésus lui offre pour moi.

La quatrième partie de la messe comprend les dernières oraisons, depuis la Communion jusqu'à la fin. Après avoir fait la communion spirituelle, en même temps que le prêtre communie sacramentellement, suivant pour cela la méthode et la formule qu'on trouvera ci-après, arrêtez vos regards au dedans de vous sur votre Dieu: ensuite demandez-lui avec confiance ses grâces, et ses plus grandes grâces, parce que l'offrande de son divin Fils que vous lui avez faite, est grande aussi et plus grande que tous nos désirs; dites lui

O mon Dieu, en vérité je me reconnais indigne de toutes vos bontés, je confesse ma profonde misère; tant de péchés mortels que j'ai commis ne me laissent aucun droit à être exaucé. Mais comment pourriez-vous ne pas exaucer votre divin Fils qui, sur l'autel, intercède pour moi et vous offre pour moi son sang et sa vie? Oh! grand Dieu, prêtez l'oreille aux prières de mon puissant médiateur, et en vertu de ses mérites, accordez-moi toutes les grâces que vous savez m'être nécessaires pour faire mon salut. Je vous prie avec confiance de m'accorder le pardon de toutes mes fautes, la grâce de la persévérance finale dans le bien; je vous demande encore, appuyé sur les prières de mon Sauveur Jésus, toutes les vertus les plus héroïques, tous les secours dont j'ai besoin pour devenir un grand saint. Je vous demande la conversion de tous les infidèles et de tous les pécheurs, et en particulier de tous ceux qui me sont unis par les liens de la nature ou de la grâce ; je vous demande la délivrance non d'une seule âme, mais de toutes les âmes du Purgatoire ; délivrez-les toutes par la vertu du divin sacrifice, afin que cette prison de l'expiation demeure vide, et que tous les pécheurs étant convertis, cette malheureuse terre devienne un paradis de délices, où vous serez aimé, obéi, loué dans le temps par tous les hommes, afin que nous puissions ensuite vous louer et vous bénir pendant toute l'éternité. Ainsi soit-il.

Après la messe, remerciez Dieu de la grâce qu'il vous a faite d'y assister, et sortez de l'église dans les sentiments de componction que vous auriez eus en descendant du Calvaire.

DÉVOTES MÉDITATIONS

SUR LES MYSTÈRES

DU SAINT SACRIFICE DE LA MESSE,

Trouvées écrites de la main de saint François de Sales,
Évêque et Prince de Genève.

PETITE PRÉFACE.

On célèbre la sainte messe en mémoire de la Passion de Notre-Seigneur Jésus-Christ, comme il a commandé à ses apôtres, leur donnant son corps et son sang, et leur disant : *Hoc facite in meam commemorationem,* c'est-à-dire, faites cela en mémoire de moi, comme s'il voulait dire : Souvenez-vous de ce que j'ai enduré pour votre salut ; pratiquez donc ce même mystère pour vous et pour les vôtres.

LE PRÊTRE MONTE A L'AUTEL.

(Jésus entre au jardin)

Mon Seigneur Jésus-Christ, fils du Dieu vivant, qui avez voulu être saisi de crainte et de tristesse à l'instant de votre Passion, donnez-moi la grâce de vous consacrer tous mes ennuis. O Dieu de mon cœur, aidez-moi à les endurer dans l'union de vos souffrances et tristesses, afin que, par le mérite de votre Passion, ils me soient rendus salutaires. Amen.

AU COMMENCEMENT DE LA MESSE.

(Les prières de Jésus au jardin).

Mon Seigneur Jésus-Christ, fils du Dieu vivant, qui avez voulu être conforté, lorsque vous priiez au jardin des Olives, faites que, par la vertu de votre oraison, votre saint ange m'assiste toujours en mes prières.

AU CONFITEOR.

(Jésus est courbé en terre).

Mon Seigneur Jésus-Christ, qui avez sué du sang par tous vos membres, et dans l'excès de votre douleur, lorsque, étant réduit à l'agonie, vous priez le Père éternel au jardin des Olives, faites que, par le souvenir de votre Passion, je puisse participer à vos douleurs divines, et qu'au lieu de sang, je verse des larmes pour mes péchés.

AU BAISER DE L'AUTEL.

(Jésus est trahi par le baiser de Judas).

Mon Seigneur Jésus-Christ, qui avez enduré le baiser du traître Judas, faites-moi la grâce de ne jamais vous trahir, et de rendre à mes calomniateurs les offices d'une amitié chrétienne. Amen.

LE PRÊTRE VA DU CÔTÉ DE L'ÉPITRE.

(Jésus est mené en prison).

Mon Seigneur Jésus-Christ, qui avez bien voulu être garotté par les mains des méchants, rompez les chaînes de mes péchés, et retenez-moi tellement par les liens de la charité et de vos commandements, que les puissances de mon âme et de mon corps ne s'échappent point à commettre aucune chose qui soit contraire à votre sainte volonté.

A L'INTROIT.

(Jésus est souffleté).

Mon Seigneur Jésus-Christ, qui avez voulu être conduit comme un criminel à la maison d'Anne, faites-moi la grâce de ne pas être attiré au péché par l'esprit malin, ou par les hommes pervers, mais d'être guidé par votre saint Esprit, à tout ce qui est agréable à votre divine volonté. Amen.

AU KYRIE ELEISON.

(Jésus est renié par Pierre).

Mon Seigneur Jésus-Christ, qui avez consenti à être trois fois renié en la maison de

Caïphe, par le premier des apôtres, préservez-moi des mauvaises compagnies, afin que le péché ne me sépare jamais de vous. Amen.

AU DOMINUS VOBISCUM.

(Jésus regarde Pierre et le convertit).

Mon Seigneur Jésus-Christ, qui, par un regard de votre amour, avez tiré des yeux de saint Pierre les larmes d'une véritable pénitence, faites, par votre miséricorde, que je pleure amèrement mes péchés, et que je ne vous renie jamais de fait ou de parole, vous qui êtes mon Seigneur et mon Dieu. Amen.

A L'ÉPITRE.

(Jésus est mené chez Pilate)

Mon Seigneur Jésus-Christ, qui avez voulu être mené devant Pilate, et accusé faussement en sa présence, apprenez-moi le moyen d'éviter les tromperies des méchants, et de professer votre foi par la pratique des bonnes œuvres. Amen.

AU MUNDA COR MEUM.

(Jésus est mené chez Hérode).

Mon Seigneur Jésus-Christ, qui, étant en la présence d'Hérode, avez souffert les

fausses accusations sans répliquer un seul
mot, donnez-moi la force d'endurer courageusement les injures des calomniateurs,
et de ne pas annoncer aux indignes les sacrés
mystères. Amen.

A L'ÉVANGILE.

(Jésus est moqué et ramené devant Pilate).

Mon Seigneur Jésus-Christ, qui avez souffert d'être renvoyé d'Hérode à Pilate, qui
devinrent amis par ce moyen, faites-moi la
grâce de ne pas craindre les conspirations
que les méchants font contre moi, mais d'en
tirer du profit, afin d'être digne de vous être
conforme. Amen.

A L'OUVERTURE DU CALICE.

(Jésus est dépouillé).

Mon Seigneur Jésus-Christ, qui avez voulu être dépouillé de vos habits, et cruellement fouetté pour mon salut, faites-moi la
grâce de me décharger de mes péchés par
une bonne confession, afin de ne pas paraître
devant vos yeux dépouillé des vertus chrétiennes. Amen.

A L'OFFERTOIRE.

(Jésus est fouetté).

Mon Seigneur Jésus-Christ, qui avez voulu être lié à la colonne, et déchiré à coups de fouet, donnez-moi la grâce d'endurer patiemment les fléaux de votre correction paternelle, et de ne vous point affliger dorénavant p r mes péchés. Amen.

LORSQU'ON DÉCOUVRE LE CALICE.

(Jésus est couronné).

Mon Seigneur Jésus-Christ, qui avez voulu être couronné d'épines pour moi, faites que je sois tellement piqué par les épines de la pénitence en ce monde, que je mérite d'être couronné au ciel. Amen.

LORSQUE LE PRÊTRE LAVE SES MAINS.

(Pilate lave ses mains).

Mon Seigneur Jésus-Christ, Fils du Dieu vivant, qui, étant déclaré innocent par la sentence du président Pilate, avez souffert les impostures et les reproches des Juifs, donnez-moi la grâce de vivre dans l'innocence, et de ne point m'inquiéter de mes ennemis. Amen.

A L'ORATE, FRATRES.

(Pilate dit aux Juifs : Ecce homo).

Mon Seigneur Jésus-Christ, qui avez voulu être bafoué pour moi en présence des

Juifs, portant les marques de leur risée, faites que je ne ressente point le chatouillement de la vaine gloire, et que je comparaisse au jugement sous l'enseigne de ces marques mystiques. Amen.

A LA PRÉFACE.

(Jésus est condamné à mort).

Mon Seigneur Jésus-Christ, qui avez voulu, quoique innocent, être condamné pour moi au supplice de la croix, donnez-moi la force de soutenir la sentence d'une mort cruelle pour votre amour, de ne pas redouter les faux jugements des hommes, et de ne juger personne injustement. Amen.

AU MEMENTO POUR LES VIVANTS.

(Jésus porte sa croix).

Mon Seigneur Jésus-Christ, qui avez porté la croix pour moi, faites que j'embrasse volontairement la croix de la mortification, et que je la porte journellement pour votre amour. Amen.

A L'ACTION.

(Sainte Véronique essuie d'un linge la face de Notre-Seigneur).

Mon Seigneur Jésus-Christ, qui, étant dans le chemin par lequel vous marchiez au supplice de la croix, avez dit aux femmes qni pleuraient pour l'amour de vous, qu'elles devaient pleurer pour elles-mèmes, donnez-moi la grâce de bien pleurer mes péchés ; donnez-moi les larmes d'une sainte compassion et d'un saint amour, qui me rendent agréable à votre sainte Majesté. Amen.

A LA BÉNÉDICTION DES OFFRANDES.

(Jésus est attaché en croix.)

Mon Seigneur Jésus-Christ, qui avez voulu être attaché en croix pour mon salut, y attachant avec vous l'obligation de nos péchés et de la mort, percez ma chair d'une sainte crainte, afin qu'embrassant fortement vos commandements, je sois toujours attaché à votre croix. Amen.

A L'ÉLÉVATION DE L'HOSTIE.

(Jésus crucifié est élevé).

Mon Seigneur Jésus-Christ, qui avez voulu être élevé en croix et exalté de la terre pour moi, retirez-moi des affections terrestres, élevez mon esprit à la considération des choses célestes. Amen.

A L'ÉLÉVATION DE L'HOSTIE.

(Le Sang de Jésus-Christ coule de ses plaies).

Mon Seigneur Jésus-Christ, qui avez fait couler de vos plaies la fontaine de vos grâces, faites que votre sang sacré me fortifie contre les mauvais désirs, et me soit un remède salutaire à tous mes péchés. Amen.

AU MEMENTO POUR LES TRÉPASSÉS.

(Jésus prie pour les hommes).

Mon Seigneur Jésus-Christ, qui, étant attaché à la croix, avez prié votre Père pour les hommes, même pour vos bourreaux, donnez-moi l'esprit de douceur et de patience qui me fasse aimer mes ennemis, rendre le bien pour le mal, suivant votre exemple et vos commandements. Amen.

AU NOBIS QUOQUE PECCATORIBUS.

(La conversion du larron).

Mon Seigneur Jésus-Christ, qui avez promis la gloire du Paradis au larron qui se repentait de ses péchés, regardez-moi des yeux de votre miséricorde, afin qu'à l'heure de ma mort, vous disiez à mon âme : Aujourd'hui tu seras avec moi en Paradis. Amen.

AU PATER.

(Les sept paroles de Jésus en croix).

Mon Seigneur Jésus-Christ, qui, étant attaché à la croix, avez recommandé votre Sainte Mère au disciple bien-aimé, et ce Disciple à votre mère, faites-moi la grâce de me recevoir sous votre protection, afin que, me préservant parmi les dangers de cette vie, je sois du nombre de vos amis. Amen.

A LA DIVISION DE L'HOSTIE.

(Jésus meurt en croix).

Mon Seigneur Jésus-Christ, qui, mourant sur la croix pour mon salut, avez recommandé votre âme au Père éternel, faites que je meure avec vous spirituellement, afin qu'à ma mort, je rende mon âme entre vos mains. Amen.

QUAND LE PRÊTRE MET UNE PARTICULE DE L'HOSTIE AU CALICE.

(L'âme de Jésus descend aux enfers).

Mon Seigneur Jésus-Christ, qui, après avoir terrassé les puissances du diable, êtes descendu, et avez délivré les Pères qui y étaient détenus, faites, je vous prie, descendre en Purgatoire la vertu de votre sang et de votre Passion sur les âmes des fidèles trépassés, afin qu'étant absoutes de leurs péchés, elles soient reçues dans votre sein, et jouissent de la paix éternelle. Amen.

A L'AGNUS DEI.

(La conversion de plusieurs à la mort de Notre-Seigneur).

Mon Seigneur Jésus-Christ, plusieurs ont

déploré leurs péchés par la considération de vos souffrances; faites-moi la grâce, par les mérites de votre Passion douloureuse et de votre mort, de concevoir une parfaite contrition de mes offenses, et que désormais je cesse de vous offenser. Amen.

A LA COMMUNION.

(Jésus est enseveli).

Mon Seigneur Jésus-Christ, qui avez voulu être enseveli dans un nouveau monument, donnez-moi un cœur nouveau, afin qu'étant enseveli avec vous, je parvienne à la gloire de votre Résurrection.

A L'ABLUTION.

(Jésus est embaumé).

Mon Seigneur Jésus-Christ, qui avez voulu mourir, être embaumé, enveloppé d'un linge net par Joseph et Nicodème, donnez-moi la grâce de recevoir dignement votre saint corps au sacrement de l'autel, et dans mon âme embaumée des baumes précieux de vos vertus. Amen.

APRÈS LA COMMUNION.

(La Résurrection de Jésus).

Mon Seigneur Jésus-Christ, qui êtes sorti victorieux et triomphant du Sépulcre fermé et scellé, faites-moi la grâce que, ressuscitant du tombeau de mes vices, je marche dans une nouvelle vie, afin que, lorsque vous paraîtrez dans votre gloire, j'y paraisse aussi avec vous. Amen.

AU DOMINUS VOBISCUM.

(Jésus apparaît à ses Disciples).

Mon Seigneur Jésus-Christ, qui avez réjoui votre chère Mère et vos Disciples, apparaissant à eux après votre Résurrection, donnez-moi cette grâce, que, puisque je ne puis vous voir en cette vie mortelle, je vous contemple en l'autre dans votre gloire. Amen.

AUX DERNIÈRES COLLECTES.

(Jésus converse avec ses Disciples pendant quarante jours).

Mon Seigneur Jésus-Christ, qui, après votre Résurrection, avez daigné converser l'espace de quarante jours avec vos Disciples, et leur avez enseigné les mystères de la foi, ressuscitez dans moi et affermissez moi dans la créance de vos divines vérités. Amen.

AU DERNIER DOMINUS VOBISCUM.

(Jésus monte au Ciel).

Mon Seigneur Jésus-Christ, qui êtes monté glorieux au Ciel en présence de vos Disciples, après avoir accompli le nombre de quarante jours, faites-moi la grâce que mon âme se dégoûte pour votre amour de toutes les choses de la terre, qu'elle aspire à l'éternité, et qu'elle vous désire comme le comble de la félicité. Amen.

A LA BÉNÉDICTION.

(La descente du Saint-Esprit).

Mon Seigneur Jésus-Christ, qui avez donné le Saint-Esprit à vos Disciples persévérant unanimement en l'oraison, épurez, je vous prie, l'intérieur de mon cœur, afin que le Paraclet trouvant un séjour agréable en mon âme, l'embellisse par les dons de ses grâces et de sa consolation. Amen.

ACTIONS DE GRACES APRÈS AVOIR ENTENDU LA SAINTE MESSE.

Mon Seigneur Jésus-Christ, fils de Dieu, mon Rédempteur, je vous remercie de ce que vous m'avez fait la grâce d'avoir entendu aujourd'hui la sainte messe : je vous prie, par les mérites de ce divin sacrifice, de me donner l'esprit et la force de résister toujours à toutes les mauvaises tentations; afin que, sortant de ce monde, je sois digne du Paradis. Ainsi soit-il.

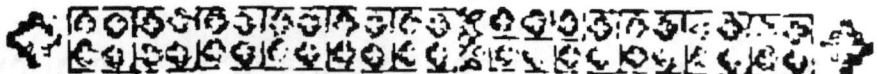

LITANIAIRE
COMPLET.

LITANIES

DE LA TRÈS-SAINTE TRINITÉ.

Seigneur, ayez pitié de nous.
Jésus-Christ, ayez pitié de nous.
Seigneur, ayez pitié de nous.
Jésus-Christ, écoutez-nous.
Jésus-Christ, exaucez-nous.
Père céleste, vrai Dieu, ayez pitié de nous.
Fils, rédempteur du monde, vrai Dieu, ayez pitié de nous.
Esprit Saint, vrai Dieu,
Seigneur, qui êtes Esprit, qui voulez être adoré en esprit et en vérité,
Seigneur, à qui rien n'est comparable, et hors de qui il n'y a point de Dieu,
Roi des siècles, qui seul possédez par nature l'immortalité,
Grand Dieu, par qui tout a été créé et par qui tout est conservé,

Ayez pitié de nous.

Seigneur, en qui nous avons la vie, le mouvement et l'être,

Seigneur, qui êtes partout, et dont la Providence est au-dessus de tout,

Seigneur, que ni la terre, ni les cieux ne peuvent contenir,

Seigneur, qu'ancun mortel n'a vu et ne peut voir,

Seigneur, dont les jugements sont impénétrables, et dont l'être est incompréhensible,

Seigneur, devant la majesté de qui nous ne sommes que cendre et poussière,

Seigneur, qui faites tout ce qu'il vous plaît dans le ciel, sur la terre, dans la mer et dans les abîmes,

Seigneur, qui d'une main avez mesuré les eaux, et pesé les cieux,

Seigneur, qui dominez souverainement sur la puissance de la mer, et qui calmez l'agitation des flots,

Seigneur, qui, de trois doigts, soutenez toute la masse de la terre, et qui pesez les montagnes avec justesse,

Seigneur, qui tenez dans vos mains les cœurs des hommes, et les inclinez où vous voulez,

Seigneur, qui êtes un feu dévorant, à la colère de qui rien ne peut résister,

Ayez pitié de nous.

Ayez pitié de nous.

Seigneur, qui rendez à chacun selon ses œuvres,

Seignuer, qui disposez toutes choses en nombre, poids et mesure,

Seigneur, qui sondez nos cœurs et nos reins,

Seigneur, qui ouvrez votre main, et qui remplissez de bénédictions tout ce qui a vie,

O Dieu, grand dans vos conseils, et incompréhensible dans vos pensées,

Seigneur, qui aimez toutes vos créatures, et ne haïssez rien de ce que vous avez créé,

Seigneur, qui pardonnez les péchés des hommes, lorsqu'ils en font pénitence,

Seigneur, qui êtes véritable dans vos paroles, et fidèle dans vos promesses,

Dieu très-saint, de la gloire de qui toute la terre est remplie,

Seigneur, à qui appartient tout honneur et toute gloire,

Seigneur, qui êtes vous-même la récompense de vos serviteurs,

Père, Verbe et Saint-Esprit, un seul Dieu,

Ayez pitié de nous.

Soyez-nous propice, pardonnez-nous, Seigneur.

Soyez-nous propice, exaucez-nous, Seigneur.

De tout orgueil et enflure d'esprit, délivrez-nous, Seigneur.

De toute intempérance et impureté,

De toute colère, envie et mauvaise volonté contre notre prochain,

De toute paresse et de toute affection terrestre et déréglée,

De l'avarice, qui est la racine de tout mal,

Par votre toute-puissance,

Par votre sagesse infinie,

Par l'abondance de vos miséricordes,

Par la profondeur de votre science et de votre Providence,

Par le profond abîme de votre justice et de vos jugements,

Par votre béatitude parfaite et immuable,

Au jour du jugement,

Nous qui sommes pécheurs, nous vous en prions, écoutez-nous.

Faites-nous la grâce de vous aimer de tout notre esprit et de toutes nos forces, nous vous en prions, Seigneur.

Faites-nous la grâce de ne prendre jamais votre nom en vain, nous vous, etc.

Faites-nous la grâce de sanctifier les dimanches et les fêtes, qui vous sont consacrées, par des actions de religion et de piété, nous vous en prions, Seigneur.

Faites-nous la grâce de rendre l'honneur, le respect et l'obéissance que nous devons à nos père et mère et à tous nos supé-

Délivrez-nous, Seigneur.

rieurs, pour l'amour de vous,

Faites-nous la grâce de ne jamais attenter à la vie ou à l'honneur de notre prochain.

Faites-nous la grâce de ne jamais souiller nos âmes par des paroles ou des actions impures, par désirs ou par pensées,

Faites-nous la grâce de vous servir dans la sainteté et la justice, tous les jours de notre vie,

Agneau de Dieu, qui effacez les péchés du monde, pardonnez-nous, Seigneur.

Agneau de Dieu, qui effacez les péchés du monde, exaucez-nous, Seigneur.

Agneau de Dieu, qui effacez les péchés du monde, ayez pitié de nous.

Très sainte Trinité, exaucez-nous.

℣. Bénissons le Père et le Fils et le Saint-Esprit.

℟. Louons-les et exaltons-les dans les siècles des siècles.

PRIONS.

Dieu tout-puissant et éternel, qui avez fait la grâce à vos serviteurs de reconnaître, par la confession de la vraie foi, la gloire de l'éternelle Trinité, et d'adorer dans la puissance de votre Majesté l'unité de votre nature, faites que, demeurant fermes dans cette confession, nous soyons soutenus contre toutes sortes d'adversités. Nous vous en prions par Jésus-Christ Notre-Seigneur, qui, étant Dieu, vit et règne avec vous en l'unité du Saint-Esprit, dans tous les siècles des siècles. Ainsi soit-il.

Prière à la Sainte Trinité.

Gloire au Père, qui, par sa puissance m'a tiré du néant et créé à son image : gloire au Fils, qui, par sa sagesse, m'a délivré de l'enfer, et m'a ouvert la porte du Ciel ; gloire au Saint-Esprit, qui, par sa miséricorde, m'a sanctifié dans le baptême, et qui opère encore incessamment ma sanctification, par les grâces que je reçois tous les jours de sa bonté. Gloire aux trois adorables Personnes de la très-sainte Trinité aussi grande qu'elle était au commencement, maintenant et toujours, dans les siècles des siècles.

Nous vous adorons, Trinité sainte, nous vous révérons, nous vous remercions avec un humble sentiment de reconnaissance, de ce qu'il vous a plu de nous révéler ce glorieux et incompréhensible mystère, et nous vous supplions de nous accorder qu'en persévérant jusqu'à la mort dans la profession de cette croyance, nous puissions voir et glorifier éternellement dans le ciel, ce que nous croyons ici-bas : un Dieu en trois personnes, le Père, le Fils et le Saint-Esprit.

LITANIES

DES TROIS PERSONNES DIVINES.

Seigneur, ayez pitié de nous.

Dieu du ciel, notre Père, ayez pitié de nous.

Dieu le Fils, Sauveur du monde, ayez pitié de nous.

Dieu le Saint-Esprit, auteur de toute sanctification,

Trinité sainte, qui êtes un seul Dieu,

Unique Dieu, qui êtes le Père de toutes les créatures,

Roi des siècles, qui seul possédez par votre nature l'immortalité,

Seigneur, en qui nous avons la vie, le mouvement et l'être,

Dont la Providence se répand sur toute chose et à qui tout est présent,

Dont la majesté, la sainteté, la grandeur, la sagesse et la miséricorde sont infinies,

3

Seigneur, Qui êtes près de l'affligé et de celui qui vous invoque,

Qui seul êtes bon par excellence,

Qui surpassez par les œuvres de votre bonté les ouvrages de votre puissance,

Qui faites miséricorde sans mesure,

Qui ne confondrez jamais ceux qui mettent leur espérance en vous,

Qui nous protégez et nous délivrez pour la gloire de votre saint Nom,

Seigneur, Qui êtes notre principe et notre fin bienheureuse,

Qui serez vous-même notre récompense, notre gloire et notre béatitude,

Ayez pitié de nous.

Père céleste qui nous avez rendu vos enfants et vos héritiers par Jésus-Christ,

Infiniment aimable, qui ne nous pouvez rien refuser après nous avoir donné votre Fils,

Père, Infiniment bon, qui nous avez appelés par votre Fils,

Dont les bontés sont infinies et qui nous portez dans votre sein,

Qui promettez à vos enfants d'essuyer vous-même leurs larmes,

Père, Plein de tendresse et de compassion pour ceux qui vous craignent,

Charitable, qui nous pardonnez comme nous pardonnons à nos frères,

Verbe divin, qui n'êtes qu'une même

Ayez pitié de nous.

essence avec le principe dont vous pro- cédez,

Splendeur de la lumière éternelle, miroir sans tache de la majesté de Dieu,

Verbe éternel qui vous êtes fait chair dans le sein de Marie,

Jésus qui avez bien voulu qu'on vous prit pour le Fils de Joseph,

Jésus qui, au moment de votre Incarnation, avez eu la plénitude de la grâce et de la vérité,

Source de notre adoption divine,

Qui vous plaisez à vous nommer le Fils de l'homme,

Sagesse incarnée qui êtes devenue visible et palpable parmi nous,

Qui daignez faire vos délices d'être avec les enfants des hommes,

Qui voulez habiter, dans nos cœurs purs une fois animés dans votre amour,

Qui donnez la sagesse et l'intelligence à ceux qui vous la demandent,

Fils de Marie, qui voulez que nous apprenions de vous à être doux et humbles de cœur,

Fils de Marie, auteur d'une paix qui ne finira jamais,

Saint des Saints, dans lequel nous sommes sanctifiés,

Abime de miséricorde, qui êtes venu

Left margin: Verbe. Jésus, Jésus, Jésus, Jésus, Jésus,

Right margin: Ayez pitié de nous, Ayez pitié de nous. Ayez pitié de nous.

pour les justes, et pour les pécheurs,

Fils de Marie, trésor infini de ceux qui vous aiment,

Fils de Marie, auteur de notre foi, objet de notre espérance, seul digne de tout notre amour,

Fils de Marie, vérité incréée qui sortez de Dieu,

Fils de Marie, vérité qui nous délivre, vérité qui dure éternellement,

Fils de Marie, modèle et salut des prédestinés,

Fils de Marie, qui voulez que nous vous suivions et vous écoutions comme notre maître,

Chef divin qui communiquez à vos membres l'espoir et la vie,

Source de grâce et de sainteté,

Verbe divin, dont l'amour envers nous surpasse infiniment notre reconnaissance,

Manne cachée qui dégoûte de toutes les délices de la terre,

Pain vivant descendu du ciel pour nous donner l'intelligence, la force et la vie,

Manne divine qui nous comble des délices célestes,

Qui vous unissez à nous pour que nous ne fassions plus qu'un même esprit et un même corps avec vous,

(marginal, left) Jésus, ... Jésus, ... Jésus, ... Jésus, ... Jésus,

(marginal, right) Ayez pitié de nous. ... Ayez pitié de nous. ... Ayez pitié de nous.

Vin sacré qui fait germer les vierges,

Epoux sacré de nos âmes pour l'éternité,

Par qui nous pouvons approcher de la majesté de Dieu avec une entière confiance,

Pontife charitable qui sait compâtir à notre infirmité,

Victime éternelle qui avez répandu la vertu et les fruits de votre mort dans les fidèles qui l'ont précédée,

Victime sans tache qui rendez seule au Dieu vivant un culte digne de lui,

Victime pure que Dieu a chargée de toutes nos iniquités,

Victime divine par qui seule nous pouvons être justifiés,

Médiateur unique et perpétuel entre Dieu et les hommes,

Qui avez affligé votre sainte humanité par la faim et la soif,

Qui, priant pour nous, avez été réduit à l'agonie,

Qui avez permis à Judas de vous baiser, après vous avoir trahi,

Qui avez été pris par les Juifs et inhumainement jeté par terre,

Qui avez permis qu'on vous menât les mains liées derrière le dos,

Qui avez été traîné à divers tribunaux

(marge gauche) Jésus, Jésus, Jésus, Jésus, Jésus,

(marge droite) Ayez pitié de nous. Ayez pitié de nous. Ayez pitié de nous.

Jésus,

et faussement accusé,

Dont la divine face a été meurtrie de soufflets et de coups de poing,

Qui avec été chargé d'opprobres et d'ignominies,

Qui avez été attaché à la colonne et flagellé inhumainement,

Jésus,

Qui, par dérision, avez été revêtu d'une robe de pourpre,

Qui avez été couronné de cruelles épines,

Qui, dans le plus profond accablement, avez porté le pesant fardeau de la croix;

Jésus,

Qui avez eu les pieds et les mains percés avec des gros clous,

Qui avez été cloué en croix et mis entre deux larrons,

Qui, sur la croix, avez été blasphémé des passants,

Jésus,

Dont la face adorable a été semblable à celle d'un lépreux,

Qui avez prié votre Père céleste pour ceux qui vous ont crucifiés,

Qui avez exaucé la prière du bon larron,

Jésus,

Qui, avant de mourir, avez recommandé votre sainte Mère à saint Jean,

Qui, dans la personne du disciple bien-

Ayez pitié de nous

Jésus,

aimé nous avez donné Marie pour Mère,

Qui avez eu le cœur percé d'une lance,

Qui avez promis le paradis au larron repentant,

Dont la mort bouleversa la nature entière.

Qui avez racheté le monde au prix de tout votre sang précieux,

Dont le corps sacré a reposé dans le sépulcre,

Qui vous êtes livré à la mort pour nos péchés et qui êtes ressuscité pour notre justification,

Jésus,

Principe de vie, qui êtes vous-même notre résurrection et notre vie,

Qui avez mis dans votre chair adorable le principe de notre régénération éternelle,

Ayez pitié de nous.

Qui êtes descendu aux enfers pour délivrer les âmes des justes qui y attendaient votre venue,

Qui êtes monté aux Cieux accompagné de tous les justes dont vous aviez brisé les chaînes,

Jésus,

Qui nous avez préparé une place dans les Cieux, si nous vous sommes fidèles,

Souverain juge des vivants et des morts,

Qui avez reçu toute puissance dans le

Ayez pitié de nous.

Jésus,

ciel et sur la terre,

Au nom duquel tout genou fléchit dans le ciel, sur la terre et dans les enfers,

Fils du Très-Haut, dont le règne n'aura point de fin,

Jésus,

Fils de Marie, dont la gloire remplit le ciel et la terre,

Roi suprême dont le trône est éclatant comme le soleil,

Roi éternel qui régnez dans la justice et l'équité,

Jésus,

Roi pacifique qui étendez chaque jour votre règne,

Notre Juge, notre Roi, notre Législateur, qui ne dédaignez pas de vous appeler notre frère,

Divin Fils de la Vierge Marie notre Mère,

Esprit Saint qui procédez du Père et du Fils,

De vérité et d'amour,

Esprit Saint,

Infiniment plein de douceur et de bonté envers les hommes,

Dont l'onction nous enseigne toute chose,

Qui avez opéré le mystère de l'Incarnation dans le sein de la vierge Marie,

Qui répandez le souffle de votre grâce

Ayez pitié de nous.

Ayez pitié de nous.

Ayez pitié de nous.

où il vous plaît,

Par qui les vrais fidèles n'ont qu'un cœur et qu'une âme en Jésus-Christ,

Esprit de vérité, de force et de charité,

Qui avez été donné à Jésus-Christ sans mesure,

Qui l'avez consacré par une onction divine,

Dont l'Eglise est la fidèle interprète,

Source d'amour et de grâce,

Qui êtes descendu sur les apôtres, et avez parlé par eux,

Qui répandez dans nos âmes la lumière, la force et la grâce pour observer la loi de Dieu,

Qui priez pour nous et en nous par des gémissements ineffables,

Consolateur qui dissipez nos troubles, adoucissez nos douleurs et nous donnez la paix et la joie,

Qui répandez l'amour de Dieu dans nos cœurs,

Qui nous donnez la charité, la patience, l'humilité, la douceur, la bonté,

Auteur de la continence, de la chasteté et de la pureté,

Qui nous faites vivre de la foi,

Tout-Puissant par qui ceux qui sont

Marginal text (left): Esprit Saint. Esprit Saint, Esprit Saint,

Marginal text (right): Ayez pitié de nous. Ayez pitié de nous. Ayez pitié de nous.

nés de la chair deviennent esprit,

Qui nous délivrez de la loi du péché et de la mort,

Qui nous donnez la loi de justice, et qui êtes en nous la source de vie,

Sans lequel il nous est impossible de plaire à Dieu,

Sans lequel nous ne pouvons appartenir à la Sainte Trinité,

Qui rendez notre âme toujours vivante, quoiqu'elle soit dans un corps sujet à la mort,

Qui donnerez aussi une nouvelle vie à nos corps,

Par lequel seul nous pouvons prononcer dignement le nom de Jésus,

Par lequel seul nous pouvons adorer Dieu en esprit et en vérité,

D'adoption des enfants de Dieu,

Qui pouvez seul répandre dans nos cœurs le respect et l'amour que les enfants doivent à leur père,

Qui nous faites crier vers Dieu avec la confiance des enfants pour leur père,

Qui rendez témoignage à notre esprit que nous sommes enfants de Dieu,

Qui nous faites soupirer et gémir dans l'attente des derniers effets de l'adoption divine,

Esprit Saint, (left margin)

Ayez pitié de nous. (right margin)

Esprit Saint,

Qui nous avez marqué d'un sceau pour le jour de notre rédemption,

Que Dieu nous a donné dans nos cœurs pour arrhes des biens qu'il nous a promis,

Qui faites agir les vrais enfants de Dieu et qui les conduisez dans toutes leurs voies,

Par lequel nous vivons et agissons en Jésus-Christ,

Ayez pitié de nous.

Délivrez-nous de tout mal et de tout péché,

Délivrez-nous des embûches du démon, de la présomption et du désespoir,

Possédez nos cœurs éternellement,

Délivrez-nous de toute disposition contraire à la charité du prochain,

Délivrez nous de tout esprit qui ne vous est pas conforme,

Esprit Saint,

Établissez-nous immuablement dans la vérité,

Renouvellez l'esprit de justice en nos âmes,

Ne vous retirez jamais de nous,

Ne permettez pas que nous vous contristions jamais,

Ne permettez pas que nous vous résistions jamais,

Donnez-nous une douleur sincère de

Esprit Saint,

nos péchés,

Donnez-nous la faim et la soif de la justice,

Donnez-nous des sentiments de tendresse et de miséricorde pour nos frères,

Rendez nous dignes d'être enfants de Dieu,

Faites-nous supporter courageusement les adversités de cette vie,

Faites-nous persévérer, jusqu'au dernier moment de notre vie, dans la foi, l'espérance et la charité.

Agneau de Dieu, qui portez les péchés du monde, apaisez le Père céleste.

Agneau de Dieu, qui portez les péchés du monde, soyez favorable aux pécheurs.

Agneau de Dieu, qui portez les péchés du monde, donnez-nous le Saint-Esprit.

v. Saint, Saint, Saint, le Seigneur le Dieu des armées ; le ciel et la terre sont remplis de votre gloire.

r. Gloire au Père, gloire au Fils, gloire au Saint-Esprit.

ORAISON.

Nous vous louons, nous vous bénissons, et vous confessons de bouche et de tout notre cœur, Père éternel, Fils unique du Père, Esprit Saint consolateur, sainte et indivisible Trinité, gloire vous soit rendue dans tous les siècles.

PRIÈRE

Pour laquelle les religieux de la Trappe invitent toutes les bonnes âmes à s'unir à eux pour louer dignement la Très-Sainte Trinité

O Père éternel ! jetez les yeux sur votre Christ, et voyez la gloire infinie qu'il vous rend.

O divin Fils ! contemplez cette fécondité incompréhensible par laquelle vous naissez de toute éternité égal à votre Père, et considérez la gloire éternelle que vous en retirez et l'honneur infini que vous lui rendez.

O divin Fils, puissant et ineffable Rédempteur, considérez cette fécondité par laquelle, avant votre Passion, au milieu de tant et tant de douleurs qui devaient mille fois vous donner la mort, vous avez toujours voulu trouver la vie, afin de pouvoir endurer pour nous de nouvelles souffrances. Ah ! si le péché a abondé dans notre âme pour nous perdre, que la surabondance de tant de grâces soit assez puissante pour nous sauver.

O divin Fils ! bon et tendre Sauveur, considérez cette fécondité par laquelle, au moyen de votre Passion, vous avez engendré tant d'élus, pardonné tant de péchés, supporté tant de rechutes, préparé tant de grâces, destiné tant de récompenses. Ah! ayez pitié de moi selon votre grande miséricorde : je ne dis pas assez ; que la multitude de vos miséricordes efface la multitude de mes iniquités !

O divin Fils! aimable et charitable Médecin de nos âmes, considérez cette fécondité par laquelle, après votre divine Passion, vous avez voulu descendre encore sur nos autels, vous y reproduire tous les jours et à tous les moments du jour, et y demeurer sans cesse pour la justification et le salut de tous, et principalement pour celui de ma pauvre âme, pour la préserver ou la retirer du mal, pour l'affermir et sanctifier dans le bien, pour la réconcilier avec la justice de votre Père; pour lui obtenir une place certaine dans le ciel et pour lui préparer une abondance de gloire et de récompense dans ce céleste séjour. Ah! je vous en conjure par tant et de si grandes miséricordes, au moins sauvez-moi, afin qu'au moins je puisse vous louer pendant toute l'éternité.

O Saint-Esprit ! regardez ce rapport ineffable du Père vers le Fils, et du Fils vers le Père d'où vous procédez de toute éternité, égal entièrement à tous les deux, et en l'honneur de votre Très-Sainte Trinité, visitez notre cœur, réparez le mal que lui à fait le péché, ornez-le de toutes les vertus, afin que nous puissions habiter et dans vous, et dans le Père, et dans le Fils, dès à présent, à jamais et dans les siècles des siècles.

Ainsi soit-il.

A LA SAINTE VIERGE.

O Très-Sainte Trinité! jetez les yeux sur Marie, l'ineffable abrégé de vos merveilles.

O Père Eternel! regardez Marie, la plus parfaite de toutes vos créatures

O divin Fils! considérez, votre Mère si tendre.

O Saint-Esprit! voyez Marie, votre épouse si fidèle et si chérie.

O Marie! contemplez cette divine Trinité que vous avez toujours servie si fidèlement, aimée si tendrement, honorée si parfaite ment.

O Marie! levez les yeux vers Dieu le Père, qui vous a créée et ornée de perfections avec tant de libéralité.

O Marie! regardez le Fils du Père, qui a été aussi très-réellement votre cher et tendre Fils.

O Marie! contemplez le Saint-Esprit qui a bien voulu être votre divin Epoux, et jetez les yeux sur moi votre pauvre et indigne serviteur. Sur moi, qui ai éprouvé aussi l'étendue des libéralités du Seigneur, d'autant plus admirables qu'il prévoyait déjà l'abus que j'en ferais ;

Sur moi, qui ai été racheté si miséricordieusement par votre divin Fils ;

Sur moi, que le Saint-Esprit a sanctifié tant de fois et avec tant d'amour, après tant d'offenses réitérées ;

Sur moi, dont Dieu le Père vous a réservé la conversion ;

Sur moi, dont le salut vous a été recommandé par votre divin Fils ;

Sur moi, que le Saint-Esprit conduit aujourd'hui à vos pieds, afin d'obtenir une sainte mort, et pour l'amour du Père du Fils et du Saint-Esprit, ne permettez pas que je sois séparé de vous ; mais jetez les yeux de votre miséricorde sur moi qui me suis réfugié à vos pieds, et qui veux y demeurer jusqu'à la mort, de sorte que, si je viens à périr, il sera vrai de dire que j'aurai péri aux pieds de Marie. Voyez, Vierge Sainte, si cela peut être possible !

O très-clémente, très-aimable, très complaisante, très-tendre, très-miséricordieuse, très-douce Marie,

Ah ! je ne demande...... écoutez-moi, qu'un regard..... Exaucez-moi ! Oui un regard de votre miséricorde, et c'est assez, et je suis sauvé. Ainsi soit-il.

LITANIES

DES PERFECTIONS DE DIEU.

Seigneur, ayez pitié de nous.
Jésus-Christ, ayez pitié de nous.
Jésus-Christ, écoutez-nous.
Jésus-Christ, exaucez-nous.
Père céleste qui êtes Dieu,
Dieu le Fils, rédempteur du monde,
Esprit Saint, qui êtes Dieu,
Sainte Trinité, qui êtes un seul Dieu,

O Dieu,
Notre Créateur,
Notre conservateur,
Juge des vivants et des morts,
Eternel,
Miséricordieux,
Plein de longanimité,
Rempli de clémence,
Notre salut,
Notre Protecteur,

O Dieu,
Notre réfuge,
Notre sanctification,
Qui êtes toute vérité,
Qui êtes toute justice,
Très-fidèle dans vos promesses,
Invisible,
Ineffable,

Ayez pitié de nous.

4

O Dieu,
O Immortel,
Infini,
Qui dominez tout,
Notre Père,
Notre lumière,
Notre soutien,
Notre force,
Notre paix,

Ayez pitié de nous.

O Dieu,
Immense dans votre amour,
Souverainement sage,
Universellement sage,
Universellement bon,
Incomparable dans votre beauté,
Infini dans votre sainteté,
Immuable dans votre essence,
Père du siècle futur,

O Dieu,
Consolateur des affligés,
Joie des anges,
Repos des patriarches,
Récompense des prophètes.
Rémunérateur des confesseurs,
Epoux des vierges,
Couronne de tous les saints,

Ayez pitié de nous.

O Dieu de la béatitude et de la gloire éternelles,

Agneau de Dieu qui effacez les péchés du monde, pardonnez-nous.

Agneau de Dieu qui effacez les péchés du monde, exaucez-nous.

Agneau de Dieu qui effacez les péchés du monde, faites-nous miséricorde.

ORAISON.

O Dieu, dont la grandeur est incommen-surable, dont la sagesse est sans fin et la miséricorde au-delà de tout nombre, accor-dez-nous, par l'invocation de votre nom ine-ffable, que nous soyons inscrits au livre de vie, dans le ciel avec tous vos élus; nous vous le demandons par les mérites de Jésus-Christ.

LITANIES

DE LA DIVINE PROVIDENCE.

Seigneur, ayez pitié de nous.
Jésus-Christ, ayez pitié de nous.
Seigneur, ayez pitié de nous.
Jésus-Christ, écoutez-nous,
Jésus-Christ, exaucez-nous.
Dieu Père céleste dont la Providence gou verne toutes choses, ayez pitié de nous.
Dieu le Fils, Rédempteur du monde, bon Pasteur de brebis,
Dieu le Saint-Esprit, qui fortifiez les fai-bles,
Sainte Trinité, qui êtes un seul Dieu, Providence invariable,

Ayez pitié de nous.

Divine Providence

Qui créez et gouvernez toutes choses,
Qui seule faites de grandes merveilles,
Qui nous donnez la vie, le mouvement et l'être,
Qui êtes notre unique salut et notre seul espoir,
Qui êtes la source de toutes choses,
Qui pouvez toutes choses,
Qui êtes notre gloire et notre espérance,

Ayez pitié de nous.

Divine Providence,

Qui êtes la consolation des pauvres,
Qui êtes la force des faibles,
Qui êtes notre refuge,
Qui nous pourvoyez de toutes choses,
Qui êtes notre défense,
Qui êtes toute notre consolation,
Qui êtes la mère des orphelins,
Qui nourrissez les pauvres,
Qui tenez le gouvernail de ceux qui naviguent,
Qui êtes un bouclier impénétrable,

Ayez pitié de nous.

Qui êtes le soutien de la vie,
Qui êtes le pain des affamés,
Agneau de Dieu, qui effacez les péchés du monde, pardonnez-nous, Seigneur.
Agneau de Dieu, qui effacez les péchés du monde, exaucez-nous, Seigneur.
Agneau de Dieu, qui effacez les péchés du monde, ayez pitié de nous.

Jésus-Christ, écoutez-nous.
Jésus-Christ, exaucez-nous.

ANTIENNE.

Jetez tous vos soins dans le sein de Dieu, et il vous nourrira et il vous délivrera de vos peines.

℣. Comme un Père a de la tendresse pour ses enfants, ainsi le Seigneur a compassion de ceux qui le craignent ;

℟. Parce qu'il connaît la fragilité de notre nature.

ORAISON.

O Dieu, dont la Providence dispose surement des choses, nous vous supplions très-humblement de détourner de nous tout ce qui nous serait nuisible, et de nous accorder tout ce qui peut nous être avantageux ; nous vous le demandons par les mérites de Notre-Seigneur Jésus-Christ, qui vit avec vous en l'unité du Saint Esprit, dans tous les siècles des siècles. Ainsi soit-il.

LITANIES

De l'amour de Dieu,

Composées par N. S P. le Pape Pie IV.

Seigneur, ayez pitié de nous.   [nous.]

Dieu du ciel, notre Père, ayez pitié de

Dieu le Fils, Sauveur du monde,

Dieu le Saint-Esprit, Sanctificateur de nos âmes,

Dieu qui êtes l'amour infini,

Dieu qui nous avez aimé de toute éternité,

Dieu qui nous avez ordonné de vous aimer,

Dieu qui nous avez aimés jusqu'à nous donner votre Fils,

C'est de tout notre cœur,

C'est de toute notre âme,

C'est de tout notre esprit,

C'est de toutes nos forces et de toutes nos facultés,

C'est plus que tous les biens et que tous les honneurs,

C'est plus que tous les plaisirs et que toutes les joies de ce monde,

C'est plus que nos connaissances et que nos amis,

C'est plus que nos proches et que nous mêmes

Ayez pitié de nous. Que ns. vs. aimons, ô monDieu.

C'est plus que tous les hommes et que tous
les Anges,

C'est plus que tout ce qui existe sur la
terre et dans le ciel,

C'est uniquement pour vous seul,

C'est parce que vous êtes le souverain
bien,

C'est parce que vous êtes infiniment parfait,

C'est parce que vous êtes digne d'un amour
infini,

Ne nous eussiez-vous pas promis le ciel,

Ne nous eussiez-vous pas menacé de l'enfer,

Nous envoyassiez-vous des croix, des
épreuves, des tribulations,

Dans la pauvreté comme dans l'abondance,

Dans le bonheur comme dans l'infortune,

Dans les honneurs comme dans le mépris,

Dans la joie comme dans la tristesse,

Dans la santé comme dans la maladie,

Dans la vie comme à la mort,

Dans le temps comme dans l'éternité,

Puisse notre amour ressembler à celui des
Chérubins et des Séraph ns ! c'est notre
désir, ô mon Dieu :

Puisse notre amour être fortifié par celui de
tous vos Elus qui sont dans le ciel ! c'est
notre désir, ô mon Dieu :

Puissions-nous vous aimer d'un amour aussi

Nous vous aimerons toujours, ô mon Dieu.

pur que celui dont la Sainte Vierge, votre Mère vous a aimé, c'est notre désir, ô mon Dieu :

Puisse notre amour être enflammé de l'amour infini par lequel vous nous aimez et nous aimerez, nous l'espérons, pendant toute l'éternité, c'est notre désir, ô mon Dieu :

Agneau de Dieu, qui effacez les péchés du monde, par votre amour, pardonnez-nous, Seigneur.

Agneau de Dieu, qui effacez les péchés du monde, par votre saint amour, exaucez-nous, Seigneur.

Agneau de Dieu, qui effacez les péchés du monde, par votre saint amour, ayez pitié de nous.

ORAISON.

O Dieu qui possédez dans un degré infini tout ce qu'il peut y avoir d'aimable et de parfait, et qui êtes la perfection même, détruisez et arrachez de nos cœurs tout sentiment et toute affection qui seraient contraires à l'amour que nous vous devons ; enflammez-nous d'un amour si pur et si ardent, que nous n'aimions rien que vous, qu'en vous, et pour vous ; par Jésus-Christ Notre-Seigneur. Ainsi soit-il.

—

LITANIES

POUR HONORER LA SAINTE VOLONTÉ DE DIEU.

Seigneur ayez pitié de nous.

Jésus-Christ, ayez pitié de nous.

Père céleste, qui êtes Dieu, que votre volonté s'accomplisse ici-bas comme au ciel.

Verbe divin, qui êtes Dieu, que votre volonté s'accomplisse ici-bas comme au ciel.

Esprit-Saint, qui êtes Dieu, que votre volonté s'accomplisse ici-bas comme au ciel.

Qui savez et prévoyez tout, ayez pitié de nous.

Qui gouvernez, et réglez tout,

Qui, selon vos desseins cachés, effectuez tout d'une manière merveilleuse,

Qui permettez le mal, afin d'en tirer du bien pour le salut de vos élus,

Sainte volonté de mon Dieu, infiniment sainte, régnez souverainement sur nous et particulièrement sur moi.

Toute-puissante,

Notre bouclier,

Notre force,

Notre sûreté,

Infiniment sage,

Infiniment juste,

Qui faites tout avec poids et mesure,
Infiniment droite.
Impénétrable dans vos secrets,
Souverainement adorable,
La possession de tous les biens et la
réunion de toutes les beautés,
La souveraine et infinie perfection,
L'assemblage de toutes les perfections,
Eternel et à jamais admirable,
Toujours aimable,
Souverain attrait des cœurs fidèles,
Puissant adoucissement des peines et
dés amertumes de la vie,
La joie, les délices et la vie de nos
cœurs,
Notre consolation,
Notre repos,
Notre terme,
Dont le régne est notre unique fin,
notre salut, notre félicité,
Le but unique des justes sur la terre,
Dont le parfait accomplissement change
les douleurs de la terre en douces
espérances pour la vie future,
Qui donnez le prix aux choses, et qui
convertissez en or précieux ce qu'il
y a de plus vil,
L'unique mesure du mérite et du prix
de nos œuvres,

Sainte Volonté de mon Dieu.

Sainte Volonté de mon Dieu,

Régnez souverainement sur nous, et particulièrement sur moi.

Chemin le plus assuré et le plus court
  de la plus haute sainteté,

Manne délicieuse des Bienheureux,
  et la vie de tous les Saints,

Dont l'exécution fait toute l'occupation des Esprits célestes,

Dont l'accomplissement fidèle nous
  rend égaux aux Anges,

Qui nous mettez infailliblement, lorsque nous vous sommes fidèles, au
  nombre des amis de Dieu,

Par l'amour de laquelle nous deve-
  nous les frères et les sœurs de Jésus-Christ,

Qui êtes si précieuse à ses yeux, que
  ceux qui vous aiment sont, d'après
  son propre témoignage, plus heureux que sa mère elle-même, consi-
  dérée sans cet amour,

Qui avez été plus grande dans le
  cœur de Marie que dans celui de
  tous les autres Saints ensemble,

Qui étiez la nourriture du Fils de
  Dieu sur la terre,

Qui êtes Dieu même, et ce qu'il y a
  de plus grand, de plus essentiel, de
  plus divin en Dieu,

Qui, faisant revivre Dieu en nous,
  nous transformez en Dieu, et faites
  de nous comme d'autres lui-même,

Sainte Volonté de mon Dieu,

Sainte Volonté de mon Dieu,

Sainte Volonté de mon Dieu,

Régnez souverainement sur nous et particulièrement sur moi.

Qui renfermez tant de biens pour nous,

Qui nous aplanissez la route du Ciel,

Que malheureusement j'ai si peu aimée,

Qu'on est si heureux de pouvoir accomplir, ne fut-ce qu'une fois,

Que je puis suivre, si je veux, à tous les moments de ma vie,

Qui procurez déjà tant de mérites, lorsqu'on ne fait que se conformer à vous, mais qui en renfermez bien d'avantage lorsqu'on vous suit avec joie, avec amour,

Que je veux suivre, avec joie, avec amour,

Dans laquelle, je me jette entièrement dès à présent,

Où je veux me perdre à l'avenir,

Soyez donc faite en la terre comme au ciel,

O Dieu, que votre volonté s'accomplisse,

En toutes circonstances et disgrâces,

Dans mes affaires et occupations,

Dans toutes mes actions,

Dans mon corps et mon âme,

Dans ma vie et à ma mort,

En moi, et en ceux qui sont à moi,

En tous les hommes et tous les Anges,

En toutes les créatures,

Sainte Volonté de mon Dieu,

Régn. souver. sur nous et particulièrem. sur moi.

Q. v. v. s. faite,

En tous les lieux de la terre,
En tous les temps,
Pendant l'éternité,
Quand même ma faible nature se plain-
    drait,
Quand même il en devrait coûter beau-
    coup à mon amour-propre et à ma
    sensualité,
Seulement et uniquement pour l'amour
    de vous, et pour votre bon plaisir,
Parce que vous êtes mon Créateur,
Parce que vous êtes le souverain Seigneur
    de toutes choses,
Parce que vous êtes l'infinie perfection,
C'est pour celà que je m'écrie avec tous
    les Justes et tous les Saints du Paradis:
C'est pour tout celà que je m'écrie avec la
    bienheureuse Vierge Marie:
C'est pour tout cela que je m'écrie avec
    Jésus au jardin des Olives :

Que votre volonté soit faite.

Agneau de Dieu, qui effacez les péchés du
    monde, pardonnez-nous, Seigneur.

Agneau de Dieu, qui effacez les péchés du
    monde, exaucez-nous, Seigneur.

Agneau de Dieu, qui effacez les péchés du
    monde, ayez pitié de nous.

Jésus-Christ, écoutez-nous.
Jésus-Christ, exaucez-nous.

ANTIENNE.

Faites, Seigneur, en nous, de nous et par nous, en tout ce qui nous concerne et nous appartient, en tous lieux et en toutes choses, dans le temps et dans l'éternité, tout ce que vous voudrez ; nous voulons, pour l'amour de vous, tout ce que vous ferez.

Oraison.

O Dieu ! j'adore très-humblement votre très-sainte volonté, et je me soumets à vos jugements impénétrables, aussi bien qu'à vos très-justes dispositions : et parce que le parfait accomplissement de votre bon plaisir est la base de toute perfection, la règle de toute vertu, la source unique du repos intérieur et du vrai contentement, je ne désire et ne souhaite rien, sinon que votre plus grand plaisir soit toujours le plus parfaitement accompli, du moins par moi, et en moi, à qui vous faites la grâce d'en sentir tout le prix. Ainsi soit-il.

LITANIES

EN L'HONNEUR DU PÈRE ÉTERNEL.

Seigneur, ayez pitié de nous.
Seigneur, ayez pitié de nous.
Père Eternel,
Père Saint,
Père juste,
Père de N. S. J. C.
Notre Père qui êtes aux Cieux,
Père des miséricordes,
Père bénit, durant l'éternité des siècles,
Père tout-puissant,
Père infiniment bon,
Père glorieux,
Père des lumières,
Père créateur du Ciel et de la terre,
O Père, qui cherchez des adorateurs en esprit et en vérité,
O Père, de qui vient toute paternité au ciel et sur la terre,
O Père, qui nous consolez dans nos tribulations,
O Père, qui nous bénissez de l'abondance de vos bénédictions célestes,
O Père, qui communiquez votre esprit à ceux qui vous le demandent,

Ayez pitié de nous,

Ayez pitié de nous.

O Père, qui cachez vos mystères aux prudents et les révélez aux petits,

O Père, qui nous pardonnez nos offenses,

O Père, qui nous avez choisis pour que nous fussions saints et sans tâche devant vous,

O Père, qui nous avez donné la charité pour que nous fussions et que l'on nous appelât vos enfants,

O vous, qui sondez nos reins et pénétrez les replis de nos cœurs,

Qui ouvrez votre main et remplissez de bénédiction tout ce qui a vie,

O vous, Qui êtes le seul législateur et le seul juge,

Qui faites seul ces étonnantes et innombrables merveilles,

Qui avez créé la lumière et formé les ténèbres,

Qui avez les yeux ouverts sur toutes les voies des enfants d'Adam,

Qui donnez la nourriture à tout être créé,

Qui avez fait la terre dans votre force,

O vous, Qui avez tout créé pour votre gloire,

Que les Cieux ne peuvent contenir,

Qui disposez de tout avec poids et mesure,

Qui dominez toutes les puissances de la mer,

Ayez pitié de nous.

Ayez pitié de nous.

Ayez pitié de nous.

O vous.

Qui êtes notre protecteur et qui serez notre grande récompense,

Qui nous avez aimés au point de nous donner votre propre fils,

Qui êtes trois fois Saint,

O vous.

Devant qui les Anges et les principautés du Ciel se prosternent,

Qui êtes le créateur, le sanctificateur et le vivificateur de tout ce qui existe,

Ayez pitié de nous.

Agneau de Dieu, qui effacez les péchés du monde, pardonnez-nous, Seigneur.

Agneau de Dieu, qui effacez les péchés du monde, exaucez-nous, Seigneur.

Agneau de Dieu, qui effacez les péchés du monde, ayez pitié de nous.

℣. Béni soyez-vous, ô le Dieu de nos pères !

℟. Et puissions nous vous louer et vous glorifier dans les siècles des siècles !

ORAISON.

Père tout puissant et éternel, multipliez, nous vous en supplions, vos miséricordes sur nous, afin que nous correspondions dignement à cet amour immense que vous eûtes pour nous en nous donnant votre fils unique N. S. J. C.

5

LITANIES

DU SAINT-ESPRIT.

Seigneur, ayez pitié de nous.
Jésus-Christ, ayez pitié de nous.
Seigneur, ayez pitié de nous.
Jésus-Christ, écoutez-nous.
Jésus-Christ, exaucez-nous.
Dieu le Père, du haut des cieux,
Dieu le Fils, rédempteur du monde,
Esprit-Saint, qui procédez du Père et du Fils,

Du Seigneur, qui au commencement du monde étiez porté sur les eaux,
Qui avez parlé par les Prophètes,
Dont l'onction divine nous apprend toutes choses.
Qui rendez témoignage de Jésus-Christ,
De vérité, qui nous instruisez de toutes choses,
Qui êtes venu en Marie,
Qui remplissez toute la terre,
De Dieu, qui êtes en nous,
De sagesse et d'entendement,

De conseil et de force,

De science et de piété,

De crainte du Seigneur ;

De grâce et de miséricorde,

De foi, d'espérance et d'amour,

D'humilité et de chasteté,

De bonté et de douceur,

De paix et de grâce,

Qui nous faites prier avec des gémissements ineffables,

Qui êtes descendu sur Jésus-Christ
sous la figure d'une colombe,

Par lequel nous prenons une nouvelle
naissance,

Qui remplissez nos cœurs de charité,

D'adoption des enfants de Dieu,

Qui êtes descendu sur les disciples sous
la forme de langues de feu,

Dont les Apôtres ont été remplis,

Qui distribuez vos dons à chacun selon
votre volonté,

Esprit, · · · *Ayez pitié de nous,*

Soyez-nous propice et pardonnez-nous, Seigneur.

Soyez-nous propice et exaucez-nous, Seigneur.

De tout mal, délivrez-nous, Esprit divin.

De tout péché,

Des tentations et des embuches du démon,

De la présomption et du désespoir,

De la résistance à la vérité,

De l'obstination et de l'impénitence,

De toute souillure de corps, d'esprit et de cœur,

De tout mauvais esprit,

Par la conception de Jésus-Christ qui s'est faite par votre opération,

Par votre descente sur Jésus-Christ dans le Jourdain,

Par votre descente sur les disciples,

Dans le grand jour du jugement,

Pauvres pécheurs, nous vous en prions, écoutez-nous.

Afin que vivant dans l'esprit, nous agissions aussi par l'esprit,

Afin que nous souvenant que nous sommes le temple du Saint-Esprit, nous ne le profanions jamais,

Afin que vivant selon l'esprit, nous n'accomplissions pas les désirs de la chair,

Afin que nous mortifions les œuvres de la chair par l'esprit,

Afin que nous ne vous contristions pas, vous qui êtes le Saint-Esprit de Dieu.

Afin que nous ayons soin de garder l'unité de l'esprit dans le sein de la paix,

Afin que vous nous prémunissiez contre les séductions du monde,

Afin que vous renouveliez en nous l'esprit de droiture,

Délivrez-nous, Esprit divin. Nous vous prions. Nous vous prions.

Afin que vous nous fortifiez contre l'esprit de ténèbres, nous vous prions.

Agneau de Dieu qui effacez les péchés du monde, exaucez-nous.

Agneau de Dieu qui effacez les péchés du monde, pardonnez-nous.

Agneau de Dieu qui effacez les péchés du monde, ayez pitié de nous.

Jésus-Christ, écoutez-nous.

Jésus-Christ, exaucez-nous.

ӳ. Esprit-Saint, venez remplir les cœurs de vos fidèles,

ӹ. Et embrasez-les du feu de votre amour.

ORAISON.

O Dieu, qui avez instruit le cœur de vos fidèles en répandant en eux la lumière du St-Esprit; faites que, par le même esprit, nous n'ayons du goût que pour la vérité et que ce même Esprit divin soit à jamais notre consolation et notre joie par J. C.

Prière au Saint-Esprit.

Auteur de la sanctification de nos âmes, Esprit d'amour et de vérité, je vous adore comme le principe de mon bonheur éternel, je vous remercie comme le souverain dispensateur des biens que je reçois d'en haut, et je vous invoque comme la source des lumières et de la force qui me sont nécessaires pour connaître le bien, et pour le pratiquer. Esprit de lumière et de force, éclairez donc mon entendement, fortifiez ma volonté, purifiez mon cœur, réglez-en tous les mouvements, et rendez-moi docile à toutes vos inspirations.

Pardonnez-moi, Esprit de grâce et de miséricorde, pardonnez-moi mes infidélités continuelles et l'indigne aveuglement avec lequel je me suis si souvent refusé aux plus douces et aux plus touchantes impulsions de votre grâce. Je veux enfin, avec le secours de cette même grâce, cesser de lui être rebelle; je veux en suivre désormais les mouvements avec tant de docilité, que j'en puisse goûter les fruits, et jouir des béatitudes que vos dons sacrés produisent dans les âmes.

Ainsi soit-il.

LITANIES

DU SAINT NOM DE JÉSUS.

Seigneur, ayez pitié de nous.
Jésus-Christ, ayez pitié de nous.
Seigneur, ayez pitié de nous.
Jésus, écoutez-nous.

Jésus, exaucez-nous.

Dieu le Père, du haut des Cieux,
Dieu le Fils, rédempteur du monde,
Dieu le Saint-Esprit,
Sainte Trinité, qui êtes un seul Dieu,

Fils du Dieu vivant,
Splendeur du Père,
Éclat de la lumière éternelle,
Roi de gloire,
Soleil de justice,
Fils de la Vierge Marie,
Admirable,
Dieu fort,
Père du siècle futur,
Ange du céleste conseil,
Très-puissant,
Très-patient,
Très-obéissant.
Doux et humble de cœur,
Qui aimez la chasteté,
Qui nous avez tant aimés,
Dieu de paix,
Auteur de la vie,
Modèle de vertu,
Zélateur des âmes,
Notre Dieu,
Notre refuge,
Père des pauvres,
Trésor des fidèles,
Bon Pasteur,

Jésus,

Vraie lumière,
Sagesse éternelle,
Bonté infinie,
Notre voie et notre vie,
Joie des Anges,
Maître des Apôtres,
Docteur des Évangélistes,
Force des Martyrs,
Lumière des Confesseurs,
Pureté des Vierges,
Couronne de tous les Saints,

Jésus, ... *Jésus,* — *Ayez pitié de nous.*

Soyez-nous propice, et pardonnez nous, Jés.
Soyez-nous propice, et exaucez nous, Jésus.
De tout péché, délivrez-nous, Jésus.
De votre colère,
Des embûches du démon,
De l'esprit d'impureté,
De la mort éternelle,
Du mépris de vos divines inspirations,
Par le mystère de votre sainte et admirable
  incarnation,
Par votre nativité,
Par votre enfance,
Par votre vie toute divine,
Par vos travaux,
Par votre agonie et votre passion,
Par votre croix,
Par votre délaissement,
Par vos langueurs,
Par votre mort et votre sépulture,

Délivrez-nous, Jésus. *Délivrez-nous, Jésus.*

Par votre résurrection,

Par votre ascension,

Par vos saintes joies,

Par votre gloire,

Agneau de Dieu, qui effacez les péchés du monde, pardonnez-nous, Jésus.

Agneau de Dieu, qui effacez les péchés du monde, exaucez-nous, Jésus.

Agneau de Dieu, qui effacez les péchés du monde, faites-nous miséricorde, Jésus.

Jésus, écoutez-nous.

Jésus, exaucez-nous.

℣. Que le nom de N. S. Jésus-Christ soit béni,

℟. Maintenant et toujours et dans l'éternité.

ORAISON.

Seigneur Jésus-Christ qui avez dit: Demandez, et vous recevrez; cherchez, et vous trouverez; frappez, et il vous sera ouvert; faites-nous, s'il vous plaît, la grâce de concevoir l affection de votre divin amour, afin que nous aimions de tout notre cœur, ce que nous confessons de bouche et d'action, et que jamais nous ne cessions de vous louer, vous qui vivez et régnez avec Dieu le Père, en l'unité du Saint-Esprit, dans tous les siècles des siècles. Ainsi-soit-il.

LITANIES

DU SAINT ENFANT JÉSUS.

Seigneur, ayez pitié de nous.
Jésus-Christ, ayez pitié de nous.
Seigneur, ayez pitié de nous.
Jésus Enfant, écoutez-nous.
Jésus Enfant, exaucez-nous.
Dieu le Père du haut des Cieux,
Dieu le Fils, Rédempteur du monde,
Dieu le Saint-Esprit,
Sainte Trinité, qui n'êtes qu'un seul Dieu,

    Ayez pitié de nous.

Jésus-Christ Enfant,
Vrai Dieu,
Fils de la Vierge Marie,
Engendré avant la lumière,
Verbe fait chair,
Sagesse du Père,
Intégrité de votre mère,
Fils unique du Père,
Premier né de votre mère,
Image du Père,
Origine de votre mère,
Splendeur du Père,
Honneur de votre mère,
Égal au Père,

Enfant, ... *Enfant,*

    Ayez pitié de nous.

Soumis à votre mère,
Délices du Père,
Richesse de votre mère,
Don du Père
Récompense de votre mère,
Né d'une Vierge,
Créateur des hommes.
Vertu de Dieu,
Notre Dieu,
Notre frère,
Qui vivez dans la gloire,
Qui attirez tout à vous,
Homme fort dès votre naissance,
Vieillard dès l'enfance,
Père des siècles,
De quelques jours,
Verbe caché,
Verbe silencieux,
Qui vagissez dans la crèche,
Qui lancez le tonnerre.
Terreur de l'Enfer,
Jubilation des Cieux,
Formidable aux tyrans,
Désiré des Mages,
Banni du milieu de votre peuple,
Roi en exil,
Destructeur des idoles,
Brulant de zèle pour la gloire,
Fort dans votre faiblesse,
Puissant dans votre petitesse,

Enfant. *Enfant.* *Enfant.* *Enfant.*

Ayez pitié de nous. Ayez pitié de nous. Ayez pitié de nous.

Trésor de grâces,
Source d'amour,
Réparateur des choses de la Terre,
Chef des Anges,
Origine des Patriarches,
Parole des Prophètes,
Joie des Pasteurs,
Lumière des Mages,
Salut des Enfants d'Israël,
Attente des justes,
Docteur des sages,
Prince des Saints,

Enfant. *Enfant.* — à gauche ; *Ayez pitié de nous.* — à droite

Soyez-nous propice, et pardonnez-nous, Enfant Jésus.

Soyez-nous propice, et exaucez-nous, Enfant Jésus.

Du joug de la chair,
De la malice du siècle,
De la concupiscence de la chair,
De l'orgueil de la vie,
De l'aveuglement de l'esprit,
De la mauvaise volonté,
De tous nos péchés,
Par votre incarnation,
Par les humiliations de votre circoncision,
Par vos larmes,
Par la gloire de votre manifestation,
Par votre présentation,
Par votre vie toute divine,
Par votre pauvreté,

Délivrez-nous, Enfant Jésus.

Par vos souffrances,
Par vos fatigues et vos labeurs,
Agneau de Dieu, qui effacez les péchés du
monde, pardonnez-nous, Jésus.
Agneau de Dieu, qui effacez les péchés du
monde, exaucez-nous, Jésus.
Agneau de Dieu, qui effacez les péchés du
monde, ayez pitié de nous, Jésus.
Jésus Enfant, écoutez-nous.
Jésus Enfant, exaucez-nous.
ỿ. Et le Verbe s'est fait chair.
℟. Et il a habité parmi nous.

ORAISON.

Seigneur Jésus, qui, par amour pour nous,
avez abaissé jusqu'à l'enfance la sublimité de
votre divinité incarnée, accordez-nous qu'a-
près avoir reconnu la grandeur de votre
origine divine dans votre enfance, sa puissance dans votre faiblesse, sa majesté dans
votre abaissement; et que, vous ayant adoré
enfant sur la terre, nous méritions de jouir
des splendeurs de votre gloire dans le ciel!
ô vous qui vivez et régnez en l'unité du Père
et du Saint-Esprit, dans tous les siècles des
siècles. Ainsi soit-il

LITANIES

DE LA VIE DE N.-S. J.-C.

Seigneur, ayez pitié de nous.

Jésus-Christ, ayez pitié de nous.

Seigneur, ayez pitié de nous.

Jésus-Christ, écoutez-nous.

Jésus-Christ, exaucez-nous.

Père céleste, qui êtes Dieu, ayez pitié de nous.

Dieu le Fils, Rédempteur du monde, ayez pitié de nous.

Esprit Saint, qui êtes Dieu, ayez pitié de nous.

Sainte Trinité, qui êtes un seul Dieu, ayez pitié de nous.

O Jésus, Verbe du Père,

Splendeur de la gloire du Père,

Figure de la substance du Père,

Sagesse éternelle,

Eclat éblouissant de la lumière éternelle,

Miroir sans tache,

Qui avez fait toutes choses,

Qui soutenez tout d'une parole de votre puissance,

Ange du grand conseil,

Prince de la paix,

Promis aux Patriarches,

Désiré des nations,

Envoyé du Père,

Conçu du Saint-Esprit,
Verbe fait chair,
Dieu avec nous,
Semblable aux hommes,
Né de la Vierge Marie,
Adoré par votre mère,
Enveloppé de langes,
Couché dans une crèche,
Reconnu par les bergers,
Soumis à la loi par la circoncision,
Adoré des mages,
Présenté au temple,
Que reçut dans ses bras le saint vieillard
    Siméon,
Caché en Égypte,
Poursuivi par Hérode,
Nourri à Nazareth,
Trouvé dans le temple,
Soumis à vos parents,
Baptisé par Jean-Baptiste,
Tenté dans le désert,
Conversant avec les hommes,
Vous associant de pauvres disciples,
Lumière du monde,
Docteur de justice,
Voie, vérité et vie,
Modèle de toute vertu,
Secours des malades,
Soutien des faibles,
Traité d'insensé par les vôtres,

O Jésus.

O Jésus.

O Jésus,

O Jésus,

Ayez pitié de nous.

Ayez pitié de nous.

Ayez pitié de nous.

En butte à la haine,
Souffrant les outrages,
Assailli de pierres,
Transfiguré,
Roi plein de douceur entrant à Jéru-
    salem,
Pleurant de compassion sur la ville
    coupable
Estimé trente deniers,
Lavant les pieds de vos apôtres,
Pain de vie qui nous fortifie,
Breuvage sacré qui nous réjouit,
Agonisant et couvert d'une sueur de
    sang,
Soutenu par un Ange,
Trahi par Judas,
Garrotté par les soldats,
Abandonné de vos disciples,
Présenté à Anne et à Caïphe,
Flétri d'un soufflet,
Accusé par de faux témoins,
Jugé digne de mort,
Conspué par vos bourreaux,
Frappé d'un roseau,
Voilé par moquerie,
Maltraité de coups,
Abandonné dans le prétoire aux fureurs
    des satellites,
Renié par Pierre,
Livré à Pilate,

O Jésus,

O Jésus,

O Jésus,

O Jésus,

Ayez pitié de nous.

Ayez pitié de nous.

Ayez pitié de nous.

Méprisé par Hérode et ses gardes,
Revêtu du vêtement blanc des insensés.
A qui Barrabas fut préféré,
Battu de verges,
Meurtri à cause de nos crimes,
Rendu semblable aux lépreux,
Couvert d'un lambeau de pourpre,
Couronné d'épines,
Demandé par les juifs pour être crucifié,
Condamné à une mort infâme,
Livré à la rage de vos persécuteurs,
Chargé du bois de la croix,
Semblable à un agneau conduit à la mort
Dépouillé de vos vêtements,
Cloué à la croix,
Blessé à cause de nos iniquités,
Priant pour vos bourreaux,
Assimilé aux pécheurs;
Devenu l'opprobre des hommes et le rebut du peuple,
Blasphémé des passants,
Raillé par les juifs,
Insulté sur la croix par un infame soldatesque
Supportant les reproches du mauvais larron,
Rassasié d'opprobres,
Promettant le paradis au bon larron,
Qui avez donné Jean pour fils à votre Mère,

O Jésus,

Ayez pitié de nous.

6

Délaissé de votre Père,

Abreuvé de fiel et de vinaigre,

Attestant que tout ce qui a été écrit de vous est consommé,

Remettant votre esprit entre les mains de votre Père,

Toujours exaucé de votre Père à cause de votre soumission,

Rendu obéissant jusqu'à la mort de la croix,

Percé d'une lance,

Dont le côté distilla du sang et de l'eau,

Dont la mort nous a sauvés,

Notre propitiation,

Détaché de la croix,

Enveloppé d'un suaire,

Placé dans un tombeau neuf,

Libérateur de vos élus retenus aux limbes,

Vainqueur de l'enfer,

Ressuscité et conversant avec les hommes,

Enlevé au ciel,

Assis à la droite du Père,

Couronné de gloire et d'honneur,

Roi des Rois, dominateur des dominateurs,

Notre avocat auprès du Père,

Envoyant le Saint Esprit à vos Apôtres,

O Jésus, (répété dans la marge de gauche)

Ayez pitié de nous. (répété dans la marge de droite)

Exaltant votre mère par dessus les chœurs des anges,

O Jésus. *Ayez pitié de nous.*

Qui jugerez les vivants et les morts,

Qui condamnerez les réprouvés au feu éternel,

Qui donnerez le ciel à vos élus,

Qui enivrez de joie tous les Saints du Paradis,

Père du siècle futur;

Allégresse des Anges,

O Jésus, *Ayez pitié de nous.*

Roi des Patriarches,

Inspirateur des Prophètes,

Maître des Apôtres,

Docteur des Evangélistes;

Force des Martyrs,

Lumière des Confesseurs,

Pureté des Vierges,

Couronne des Saints,

Soyez nous propice et pardonnez-nous Jésus.

Soyez nous propice et exaucez-nous, Jésus.

De tout mal,

De tout péché,

De votre colère,

D'une mort subite et imprévue,

Des embûches du démon,

De la colère, de la haine et de tout mauvais vouloir,

De l'esprit de fornication,

De la foudre et des tempêtes,

De la mort éternelle,

Délivrez nous, Jésus.

Par le mystère de votre Sainte incarnation,
Par votre venue sur la terre,
Par votre nativité,
Par votre douloureuse circoncision,
Par votre Saint Nom,
Par votre baptême et votre jeûne,
Par vos labeurs et vos veilles,
Par votre agonie et votre sueur de sang,
Par les outrages que vous avez endurés,
Par votre flagellation,
Par votre couronnement d'épines,
Par votre croix et vos souffrances,
Par votre soif, vos larmes et votre nudité,
Par votre mort et votre sépulture,
Par votre glorieuse résurrection,
Par votre admirable ascension,
Par la venue du Saint-Esprit,
Au jour du jugement,

Délivrez nous, Jésus,

Pauvres pécheurs, nous vous supplions,
    Seigneur Jésus,
Afin que vous nous accordiez la grâce de
    faire une vraie pénitence,
De vouloir gouverner et conserver votre
    Sainte Église,
De maintenir dans votre sainte religion,
    le souverain pontife et tous les ordres
    de la hiérarchie ecclésiastique,
De nous fortifier et de nous maintenir dans
    la sainteté de votre service,
D'élever nos esprits vers vous par des dé-
    sirs spirituels et célestes,

Nous vous supplions, Jésus.

De délivrer nos âmes, celles de nos frères, de nos proches et de nos bienfaiteurs de la damnation éternelle,

D'accorder le repos éternel à tous les fidèles qui nous ont précédés dans le tombeau,

Agneau de Dieu qui effacez les péchés du
monde, pardonnez-nous, Jésus.

Agneau de Dieu qui effacez les péchés du
monde, exaucez-nous, Jésus.

Agneau de Dieu qui effacez les péchés du
monde, ayez pitié de nous.

Nous vous supplions, Jésus.

ORAISON.

O Dieu, qui pour la rédemption du monde,
avez voulu naître, être circoncis, réprouvé
des juifs, livré par Judas, garotté et conduit
à la mort comme un agneau ; qui avez été
ignominieusement traîné d'Anne à Caïphe,
de Pilate à Hérode, accusé par de faux témoins, flagellé, souffleté, conspué, couronné d'épines, outragé, frappé d'un roseau,
voilé par dérision, cloué à la croix, assimilé
aux malfaiteurs, abreuvé de fiel et de vinaigre, accordez-moi par vos saintes souffrances,
par votre croix, par votre mort, la grâce
d'éviter les peines de l'enfer, et d'arriver au
lieu de la béatitude où vous avez accueilli le
larron crucifié avec vous, et où vous régnez
en l'unité du Père et du Saint Esprit durant
les siècles des siècles. Ainsi soit-il.

LITANIES

DE JÉSUS SOUFFRANT.

Seigneur, ayez pitié de nous.
Jésus-Christ, ayez pitié de nous.
Jésus-Christ, écoutez-nous.
Jésus-Christ, exaucez-nous.
Dieu le Père, du haut des cieux,
Dieu le Fils, Rédempteur du monde,
Dieu le Saint-Esprit,
Trinité sainte, qui êtes un seul Dieu,
O Jésus, qui êtes par excellence l'homme
  de douleurs,
   Pauvre et dénué de tout,
   Méconnu et rejeté par votre peuple,
O Jésus, Méprisé et couvert d'opprobres,
Haï et persécuté,
Abandonné, renoncé et trahi par vos
   propres disciples,
Triste jusqu'à la mort,
Livré au dégoût, à l'ennui et à l'abat-
   ·tement,
O Jésus, Vendu à prix d'argent comme les escla-
   ves,
Lié et garotté comme un voleur insigne,
Conduit avec infamie devant les tribu-
   naux et les juges de la terre,

Ayez pitié de nous.

Ayez pitié de nous.

Traîné avec opprobre dans toutes les rues de Jérusalem,
Exposé aux clameurs et aux huées de la populace,
Calomnié et injustement jugé,
Flagellé et tout couvert de sang,
Condamné à mort comme un criminel et un scélérat,
Mis en parallèle avec un infâme larron,

O Jésus. Ayez pitié de nous.

Couronné d'épines et salué avec dérision,
Chargé des anathèmes et des malédictions de tout le peuple,
Conduit sur le Calvaire et portant le fardeau de la croix,
Attaché à cette croix et donné en spectacle à tout l'univers,
Abreuvé d'amertume et de fiel dans l'ardeur de votre soif,
Dont le cœur fut percé d'une lance,
Expirant sur l'arbre de la croix,
Notre et soutien dans toutes nos peines,

O Jésus, O Jésus, Ayez pitié de nous.

Agneau de Dieu qui effacez les péchés du monde, pardonnez-nous, Jésus.
Agneau de Dieu qui effacez les péchés du monde, exaucez-nous, Jésus.
Agneau de Dieu qui effacez les péchés du monde, ayez pitié de nous, Jésus.
℣. Jésus s'est fait obéissant,
℟. Obéissant jusqu'à la mort de la croix.

ORAISON.

Seigneur Dieu Tout-Puissant, qui, pour donner au genre humain un exemple admirable d'humilité, avez voulu que votre Fils Notre Sauveur et Rédempteur revêtit notre chair et mourût sur la croix, faites, nous vous en prions, qu'en rappelant à notre esprit et à notre cœur le souvenir de sa douloureuse passion, nous nous excitions à imiter sa patience et à mériter de partager la gloire de sa résurrection. Ainsi soit-il.

PRIÈRE A JÉSUS SOUFFRANT.

O Agneau sans tache, victime innocente, qui, par votre mort et votre sang, avez effacé les péchés des hommes, effacez les miens, et ne permettez pas que tant de souffrances me deviennent inutiles. Jésus, abandonné de tout le monde, triste, désolé, agonisant, réduit à la mort, aidez-moi à recevoir avec une résignation pareille à la vôtre, toutes les afflictions qu'il vous plaira de m'envoyer. Jésus accusé, calomnié, outragé avec le dernier mépris, apprenez-moi à mépriser les jugements des hommes, et à souffrir patiemment les plus noires calomnies. Jésus déchiré de coups, couronné d'épines, et couvert de sang pour l'amour de moi, apprenez-moi à endurer pour l'amour de vous les incommodités et les douleurs de la maladie.

Jésus livré aux bourreaux, et condamné au honteux supplice de la croix, faites-moi la grâce de fuir la gloire, et d'aimer les plus humiliantes confusions. Jésus accablé du pesant fardeau de la croix, je me joins à vous, j'unis ma croix à la vôtre, faites-moi la grâce de la porter avec la même force et la même douceur que vous. Jésus élevé en croix, attirez-moi à vous. Vous expirez pour moi ; faites que je ne vive plus que pour vous, et que, désormais crucifié avec vous, je ne sois occupé qu'à vous aimer et à vous plaire. Ainsi soit-il.

LITANIES

DE LA SAINTE CROIX.

Seigneur, ayez pitié de nous.

Jésus-Christ, ayez pitié de nous.

O croix sainte, sagesse de Dieu le Père, augmentez la justice parmi les fidèles et accordez le pardon aux pécheurs,

O croix, etc. Vertu du Fils de Dieu,

L'ouvrage du Saint-Esprit,

Le désir de Jésus-Christ naissant,

L'amour de Jésus-Christ vivant,

La chaire de Jésus-Christ qui nous enseigne,

Augmentez, etc.

O Croix Sainte,

L'autel de Jésus-Christ qui s'immole,
Testament de Jésus-Christ mourant,
La gloire et l'honneur de Jésus-Christ, qui ressuscite,
Le tribunal de Jésus-Christ, notre juge,
Le sceptre de Jésus-Christ, qui règne,
Consacrée par la mort de Jésus-Christ,
Ornée par les mérites de Jésus-Christ,
Décorée par le corps de Jésus-Christ,
Teinte du sang de Jésus-Christ.

O Croix Sainte,

Fondement de la religion chrétienne,
Qui devez être annoncée à toutes les nations,
Qui devez être aimée par tous les cœurs,
Le miroir de la pénitence,
Miracle d'obéissance,
Prodige de sagesse,
Modèle de toutes les vertus,
L'arbre de vie,
Le chemin du salut,
La clé du Paradis,
La protection des misérables,

O Croix Sainte,

La consolation des pauvres,
La force de ceux qui languissent,
La source des sacrements,
Le prix de notre âme,
Le soulagement des agonisants,
La forteresse de ceux qui meurent en Jésus-Christ,
Trésor de tous les chrétiens,

Augmentez la justice parmi vos serviteurs, et accordez le pardon, etc.

L'honneur de l'Église triomphante,
Le glaive de l'Église militante,
Salut de l'Église souffrante,
O La médiatrice des hommes,
Croix La terreur des démons,
Sainte La joie des anges,
L'espérance des patriarches,
La lumière des prophètes,
Le bouclier des apôtres,
Le casque des martyrs,
La palme des confesseurs,
Le diadème des vierges,
La couronne de tous les saints,

Augmentez la justice, etc.

Agneau de Dieu, qui effacez les péchés du monde, pardonnez-nous, Seigneur.

Agneau de Dieu, qui effacez les péchés du monde, exaucez-nous, Seigneur.

Agneau de Dieu, qui effacez les péchés du monde, ayez pitié de nous.

℣. Ce signe paraîtra dans le ciel,

℟. Lorsque Jésus-Christ, viendra juger le monde.

PRIONS.

O Dieu, qui avez daigné racheter le monde par le précieux sang de Jésus-Christ, votre Fils unique, obtenez-nous dans votre miséricorde que tous ceux qui viennent adorer votre Sainte Croix soient délivrés des liens de leurs péchés, et qu'au jour du jugement ils méritent d'entendre ces paroles : Venez, les bénis de mon Père. Nous vous le demandons par le même Jésus-Christ. Ainsi soit-il.

◇◇◇◇◇◇◇◇◇◇◇◇◇◇◇◇◇◇◇◇◇◇◆◆◇◇◆

HOMMAGES A LA CROIX,

O Croix vénérable, ouvrage tout à la fois et de l'amour d'un Dieu et de la cruauté des hommes ! Croix, l'objet des désirs de Jésus-Christ, le terme de ses travaux, le théâtre de ses opprobres ainsi que le trophée de ses victoires, le lit de douleur où il nous a enfantés à la grâce, la chaire où il nous a enseigné le chemin du Ciel, l'autel où il s'est sacrifié pour notre salut ! Croix sacrée qui avez été le glorieux instrument de notre rédemption, qui avez réconcilié le Ciel avec la terre, Dieu avec les pécheurs ! Croix précieuse, qui avez été prêchée à toutes les nations, qui avez été révérée de tous les peuples, et qui, du lieu du supplice, avez passé sur les autels du Très-Haut ! Croix admirable, qui offrez à nos yeux un prodige de miséricorde, un parfait modèle de pénitence, un tableau accompli de toutes les vertus ! Croix salutaire, vrai trésor de grâces, l'asile des malheureux, la consolation des affligés, le soulagement des pauvres, le refuge des pécheurs, la confiance des agonisants ! Croix divine, le

bouclier de l'Église militante, le salut de
l'Église souffrante, l'étendard de l'Église
triomphante, la terreur de l'Enfer, la clef
du Paradis, le grand livre des Saints et des
Prédestinés, l'objet enfin de la vénération
des Anges et des hommes : encore une fois,
divine Croix, recevez en ce moment les
hommages de ma foi, de mon dévouement
et de mon amour. Je me consacre entièrement à vous, et m'attache pour toujours à
vous, comme mon Sauveur s'y est attaché
par amour pour moi. Je m'attache à vous de
cœur et d'esprit, et, s'il se pouvait, de tout
mon corps, vous priant instamment, par ce
tendre baiser que j'ose appliquer à votre bois
sacré, et encore par la vertu de ce sang précieux dont vous avez été arrosée, de me
prendre désormais sous votre sauvegarde,
d'être mon soutien dans les peines, la force
dans les tentations, mon conseil dans les
doutes, ma lumière dans les ténèbres, ma
règle de conduite pendant ma vie, ma
confiance et le gage de mon salut à la mort.

LITANIES

DU SACRÉ COEUR DE JÉSUS,

Seigneur, ayez pitié de nous.
Jésus-Christ, ayez pitié de nous.
Seigneur, ayez pitié de nous.
Jésus-Christ, écoutez-nous.
Jésus-Christ, exaucez-nous.
Père céleste, Dieu tout-puissant, ayez pitié de nous.
Dieu le Fils, Rédempteur du monde,
Esprit de Dieu, auteur de toute sainteté,
Très-sainte et très-adorable Trinité,
Cœur de Jésus,

Formé dans le sein d'une Mère Vierge,
Uni hypostatiquement au Fils de Dieu,
Sanctuaire de la Divinité,
Tabernacle de la très-Sainte Trinité,
Temple de sainteté,
Source de toutes les grâces,
Modèle de douceur et d'humilité,
Fournaise d'amour,
Source de contrition,
Trésor de sagesse,
Océan de bonté,
Trône de la miséricorde,

Cœur de Jésus.

Abime de toutes les vertus,

Qui êtes la maison de Dieu et la porte du Ciel,

Trésor qui ne s'épuise jamais,

De la plénitude duquel nous avons tout reçu,

Notre paix et notre réconciliation,

Accablé de tristesse dans le Jardin des oliviers,

Ayez pitié de nous.

Cœur de Jésus,

Affaibli par la sueur de sang,

Rassasié d'opprobres,

Brisé de douleur pour nos péchés,

Fait obéissant jusqu'à la mort de la Croix,

Refuge des pécheurs,

Force des Justes,

Consolation des affligés,

Ayez pitié de nous.

Cœur de Jésus,

Soutien de ceux qui sont tentés,

Terreur des démons,

Sanctification des cœurs,

Persévérance des bons,

Espérance des mourants,

Joie des bienheureux,

Le roi et le centre de tous les cœurs,

Agneau de Dieu, qui effacez les péchés du monde, doux Jésus, pardonnez-nous.

Agneau de Dieu, qui effacez les péchés du monde, doux Jésus, exaucez-nous.

Agneau de Dieu, qui effacez les péchés du monde, doux Jésus, ayez pitié de nous.

ORAISON.

Grand Dieu, qui par un excès d'amour avez ouvert à vos fidèles le Cœur Sacré de Notre-Seigneur Jésus-Christ votre Fils, faites que nous l'honorions et que nous l'aimions de telle manière sur la terre, que nous méritions de vous aimer, dans le Ciel, par lui et avec lui dans tous les siècles des siècles.

LITANIES

DU SACRÉ COEUR DE JÉSUS ENFANT.

Pour le lundi.

Seigneur, ayez pitié de nous.
Jésus-Christ, ayez pitié de nous.
Seigneur, ayez pitié de nous.
Jésus Christ, écoutez-nous.
Jésus-Christ, exaucez-nous.
Père céleste, qui êtes Dieu, ayez pitié de nous.
Dieu le Fils, Rédempteur du monde,
Esprit de Dieu, auteur de toute sainteté,
Très-sainte et très-adorable Trinité,
Cœur de Jésus enfant,

Ayez, etc.

Cœur de Jésus,

Cœur de Jésus,

Cœur de Jésus,

Formé dans le sein de la Vierge Marie,
Reposant sur le sein de Marie,
Nourri du lait de Marie,
En qui votre Père se plaît uniquement,
Chef d'œuvre du Saint-Esprit,
Tabernacle de la très-sainte Trinité,
Fournaise d'amour,
Trône d'amour,
Demeure de la justice et de l'amour,
Source de lait et de miel,
Puissant dans la faiblesse,
Miracle d'obéissance,
Abîme d'humilité,
Océan de bonté,
Doux centre de mon cœur,
Ma félicité souveraine,
Que l'amour a désarmé,
Trésor ouvert à tous,
Source de bénédictions,
Principe de sainteté,
Glorifié par les Anges et les bergers,
Attirant les Rois des extrémités du
    monde,
Les délices du ciel et de la terre,

Ayez pitié de nous.

Ayez pitié de nous.

Agneau de Dieu qui effacez les péchés du
    monde, pardonnez-nous, Seigneur.
Agneau de Dieu qui effacez les péchés du
    monde, exaucez-nous, Seigneur.
Agneau de Dieu qui effacez les péchés du
    monde, ayez pitié de nous, Seigneur.

℣. O Dieu, créez en moi un cœur pur.

℟. Et renouvelez en moi l'esprit d'innocence.

ORAISON.

Dieu tout-puissant, qui avez formé par le Saint-Esprit dans le sein de Marie une demeure sainte et immaculée à Jésus-Christ, créez en nous un cœur nouveau, afin que vous servant sur la terre avec un cœur pur, nous méritions de jouir de la beauté de votre face pendant l'éternité. Par le même notre Seigneur Jésus-Christ, etc.

LITANIES

DU SACRÉ COEUR DE JÉSUS VIVANT AU MILIEU DES HOMMES.

Pour le mardi.

Seigneur, ayez pitié de nous.

Jésus-Christ, ayez pitié de nous.

Seigneur, ayez pitié de nous.

Jésus-Christ, écoutez-nous.

Jésus-Christ, exaucez nous.

Père céleste, Dieu tout-Puissant, ayez pitié de nous.

Dieu le Fils, rédempteur du monde,
Esprit de Dieu, auteur de toute sainteté,
Très-sainte et très-adorable Trinité,
Cœur de Jésus, vivant parmi les hommes,
Soumis à Marie et à Joseph,
Faisant la volonté du Père,

Cœur de Jésus,
Ayez pitié de nous.

Conduit par le Saint-Esprit,
Plein de sagesse,
Plein de grâce et de vérité,
Forteresse invincible,
Puissant en œuvres et en paroles,
Embrasé de zèle pour la gloire de Dieu,
Corrigeant fortement les hypocrites,
Opérant partout des miracles,
Patience infinie,
Asile des misérables,

Cœur de Jésus,
Ayez pitié de nous.

Empressé pour les pécheurs,
Consolation des affligés,
Charité immense,
N'opposant que mansuétude et patience aux outrages de vos ennemis,
Le plus fidèle envers vos amis,
Conversant avec les simples,
Modèle de douceur et d'humilité,
Prodige de toutes les vertus,

Cœur de Jésus,
Ayez pitié de nous.

Agneau de Dieu qui effacez les péchés du monde, pardonnez-nous, Seigneur.
Agneau de Dieu, qui effacez les péchés du monde, exaucez-nous, Seigneur.

Agneau de Dieu, qui effacez les péchés du monde, ayez pitié de nous, Seigneur,

℣. Apprenez de moi que je suis doux et humble de cœur,

℟. Et vous trouverez le parfait repos de vos âmes.

ORAISON.

Adorable Jésus, qui, vivant sur la terre avez conversé parmi les hommes avec une humilité et une douceur de cœur capables de charmer tous les cœurs ; nous vous supplions de faire naître en nous ces deux vertus qui vous sont si chères, afin qu'à votre exemple, conversant parmi nos frères avec cette humilité de cœur, nous trouvions le repos que vous promettez aux humbles et débonnaires de cœur ; vous qui vivez et régnez, etc.

LITANIES

DU SACRÉ CŒUR DE JÉSUS SOLITAIRE.

Pour le mercredi.

Seigneur, ayez pitié de nous.
Jésus-Christ, ayez pitié de nous.
Seigneur, ayez pitié de nous,
Jésus-Christ, écoutez-nous.
Jésus-Christ, exaucez-nous.

Père céleste, Dieu tout puissant,
Dieu le Fils rédempteur du monde,
Esprit de Dieu auteur de toute sainteté,
Très-Sainte et très-adorable Trinité,
Cœur de Jésus solitaire,

Cœur de Jésus, Cœur de Jésus, Cœur de Jésus,

Enfermé dans le sein de Marie,
Reposant dans le sein du Père,
Amateur de la solitude,
Ciel de la solitude,
Toujours veillant sur vos Élus,
Séparé du monde,
Ravi dans les contemplations,
Adorant le Père en esprit et en vérité,
Élevé au dessus des tentations,
Embrasé d'amour,
Cellule mystique,
Délices du cœur solitaire,
Rassasiant le cœur solitaire,
Parlant au cœur solitaire,
Fécondant le cœur solitaire,
Révélant vos secrets aux cœurs solitaires,
Force du cœur solitaire,
Asile assuré du cœur solitaire,
Doux rafraichissement du cœur solitaire
Vous unissant au cœur solitaire,
Régnant paisiblement dans le cœur solitaire,

Ayez pitié de nous, Ayez pitié de nous.

Agneau de Dieu, qui effacez les péchés du monde, pardonnez-nous, Seigneur.

Agneau de Dieu , qui effacez les péchés du monde , exaucez-nous , Seigneur.

Agneau de Dieu , qui effacez les péchés du monde , ayez pitié de nous , Seigneur.

ẙ. Je conduirai l'âme dans la solitude ,

℞. Et là je parlerai à son cœur.

ORAISON.

Adorable Sauveur , qui aimez tant la solitude, faites naître dans nos cœurs l'amour de la retraite , afin qu'éloignés du bruit du monde , ils puissent entendre la douceur de votre voix dans le silence des créatures , et y répondre fidèlement par le langage de votre amour et de votre cœur ; ô vous qui vivez et régnez, avec Dieu le Père en l'unité du Saint-Esprit , dans tous les siècles des siècles. Ainsi soit-il.

LITANIES

DU SACRÉ COEUR DE JÉSUS DANS LE SAINT-SACREMENT DE L'AUTEL.

Pour le jeudi.

Seigneur, ayez pitié de nous.

Jésus-Christ, ayez pitié de nous.

Seigneur, ayez pitié de nous.

Jésus Christ, écoutez-nous.
Jésus-Christ, exaucez-nous.
Père céleste Dieu tout-puissant,
Dieu le Fils, Rédempteur du monde,
Esprit de Dieu, auteur de sainteté,
Très-sainte et très-adorable Trinité,
Cœur de Jésus, anéanti dans le saint-Sacrement,

Cœur de Jésus,
Uni au cœur de Marie,
Eclatant soleil de l'église,
Abîme de toutes les vertus,
Bon pasteur, prodigue de vous même,
Renaissant à la parole du prêtre,
Hostie sainte,
Lien de charité,
Divin sceau de nos cœurs,
Réfection des âmes saintes,
Festin adorable,
Festin admirable,
Festin désirable,
Festin délectable,
Ayez pitié de nous.

Cœur de Jésus,
Douceur spirituelle goûtée dans sa propre force,
Manne cachée,
Fontaine d'eau vive,
Abrégé des merveilles de Dieu,
Brasier d'amour,
Source de lumière,
Source de joie,
Source de flammes,
Ayez pitié de nous.

Source de charité parfaite,

Source de toutes les grâces,

Agneau de Dieu, qui effacez les péchés du monde, pardonnez-nous, Seigneur.

Agneau de Dieu, qui effacez les péchés du monde, exaucez-nous, Seigneur.

Agneau de Dieu, qui effacez les péchés du monde, ayez pitié de nous, Seigneur.

℣. Le cœur de Jésus prend ses délices

℟. Au milieu des enfants des hommes.

ORAISON.

O Jésus, divin roi des hommes, qui, pour gagner leurs cœurs, et les transformer au vôtre leur avez donné, par une invention digne de votre amour, votre propre corps en aliment ; nous vous supplions par l'excès de votre charité, de nous faire la grâce de vous recevoir avec des dispositions si saintes que nous ayons le bonheur de vous rendre cœur pour cœur, et amour pour amour à Vous qui vivez et régnez, etc.

LITANIES

DU SACRÉ COEUR DE JÉSUS SOUFFRANT.

Pour le vendredi.

Seigneur, ayez pitié de nous.
Jésus-Christ, ayez pitié de nous.
Seigneur, ayez pitié de nous.
Jésus-Christ, écoutez-nous.
Jésus-Christ exaucez-nous.
Père céleste, Dieu tout-puissant,
Dieu le Fils, Rédempteur du monde,
Esprit de Dieu, auteur de toute sainteté,
Très-sainte et très-adorable Trinité.
Cœur de Jésus, sensible aux douleurs de
    Marie votre mère,
      Les délices du Père éternel,
      Brûlant d'amour pour nous sur la croix,
      Nourri dans l'amertume,
      Source de contrition,
      Saisi de crainte dans le jardin,
      Triste jusqu'à la mort,
      Trahi par Judas,
      Affligé par la lâcheté des Apôtres,
      Consolé par un Ange,
      Affaibli jusqu'à l'agonie,
      Soumis aux ordres de votre Père,

Cœur de Jésus.   *Ayez pitié de nous.*

Lié par amour,

Souffrant toute sorte d'injustice,

Abandonné à la fureur des hommes,

Déchiré par les fouets,

Piqué par les épines,

Percé par les cloux,

Rassasié d'opprobres,

Consolation des affligés,

Doux charme des âmes pures,

Centre de toute douleur,

Agneau de Dieu, qui effacez les péchés du monde, pardonnez-nous, Seigneur,

Agneau de Dieu, qui effacez les péchés du monde, exaucez-nous, Seigneur.

Agneau de Dieu, qui effacez les péchés du monde, ayez pitié de nous, Seigneur.

ỹ. Si nous avons part aux souffrances de Jésus-Christ,

℟. Nous aurons part à sa gloire.

ORAISON.

Adorable Sauveur, dont le Cœur plein de douleur et d'amertume a gémi tant de fois sur les plaisirs criminels des hommes, nous vous prions par les mérites infinis de votre passion, que nos cœurs suivant les mouvements du vôtre, méprisent les caresses du monde et de la chair pour souffrir avec vous, et mériter par les souffrances d'être participants de votre gloire dans tous les siècles des siècles. Ainsi soit-il.

LITANIES

DU SACRÉ COEUR DE JÉSUS MOURANT.

Pour le samedi.

Seigneur, ayez pitié de nous.
Jésus-Christ, ayez pitié de nous.
Seigneur, ayez pitié de nous.
Jésus-Christ, écoutez-nous.
Jésus-Christ, exaucez-nous.
Père céleste, Dieu tout-puissant,
Dieu le Fils, Rédempteur du monde,
Esprit de Dieu, auteur de toute sainteté,
Très-sainte et très-adorable Trinité,
Cœur de Jésus mourant,
L'image du père,
    Fait obéissant jusqu'à la mort de la croix,
Victime d'expiation,
Librement offert pour nous,
Nous enfantant sur la croix,
Blessé sur l'Autel de la croix,
Parlant par mille plaies,
Priant par la voix de son sang,
Désarmant la justice divine,
Priant pour vos ennemis,

Cœur de Jésus,

Ayez pitié de nous.

Altéré de notre salut,

Epuisé de sang,

Soupirant d'amour pour nous,

Mourant d'amour pour nous,

Consommant l'ouvrage de notre rédemption,

Réconciliant la terre avec le ciel,

Paradis des âmes crucifiées,

Espérance des mourants,

Trône de la miséricorde,

Cœur de Jésus,

Ayez pitié de nous.

Agneau de Dieu, qui effacez les péchés du monde, pardonnez-nous, Seigneur.

Agneau de Dieu, qui effacez les péchés du monde, exaucez-nous, Seigneur.

Agneau de Dieu, qui effacez les péchés du monde, ayez pitié de nous, Seigneur.

℣. Que mon cœur ne respire que pour votre amour, ô Jésus,

℟. Puisque vous êtes mort pour l'amour de moi.

ORAISON.

Souverain Rédempteur des hommes, dont le Cœur élevé sur l'Autel de la croix, embrasé du feu sacré de la charité, a voulu expirer pour nous, nous vous supplions d'enflammer nos cœurs du feu de la même charité, afin qu'ils soient assez heureux pour n'aspirer qu'à vous pendant la vie, et pour vous donner leurs derniers soupirs à la mort, vous qui vivez, etc.

LITANIES

DU SACRÉ COEUR DE JÉSUS RESSUSCITÉ.

Pour le dimanche.

Seigneur, ayez pitié de noùs.
Jésus-Christ, ayez pitié de nous.
Seigneur, ayez pitié de nous.
Jésus-Christ, écoutez-nous.
Jésus-Christ, exaucez-nous.
Père céleste, Dieu tout-puissant,
Dieu le Fils, Rédempteur du monde,
Esprit de Dieu, auteur de toute sainteté,
Très-sainte et très-adorable Trinité,
Cœur de Jésus ressuscité,

> L'honneur et la gloire de Marie,
> Spendeur du Père,
> Glorieux et triomphant,
> Elevé au dessus de tous les cœurs,
> La gloire de la sainte Trinité,
> Placé à la droite du Père,
> Eclatant en bonté,
> Lumière éternelle,
> Ami fidèle,
> Rappelant vos brebis égarées,
> Blessant d'amour les âmes pures,

Ayez pitié de nous. Ayez pitié de nous

Cœur de Jésus.

Visitant ceux qui vous aiment,
Révélant vos secrets aux simples,
Purifiant les Anges,
Sanctifiant les Archanges,
Confirmant les Trônes,
Dominant sur les Dominations,
Régnant sur les Principautés,
Commandant aux Puissances,
La force des vertus,
Éclairant les Chérubins,
La couronne de tous les Saints,

Cœur de Jésus. — *Ayez pitié de nous.*

Agneau de Dieu, qui effacez les péchés du monde, pardonnez-nous, Seigneur.
Agneau de Dieu, qui effacez les péchés du monde, exaucez-nous, Seigneur.
Agneau de Dieu, qui effacez les péchés du monde, ayez pitié de nous, Seigneur.

℣. Vous êtes le Dieu de mon cœur,
℟. Et mon partage pour toute l'éternité.

ORAISON.

Glorieux Rédempteur, qui êtes la gloire et le centre bienheureux de tous les cœurs, qui nous avez dit de votre propre bouche que lorsque vous seriez exalté, vous attireriez tout à vous, nous vous prions de vouloir, en purifiant nos cœurs par les feux de votre divin amour, les attirer à vous par les liens de votre charité, afin que, transformés en vous ils y reposent pendant l'éternité ; ô vous qui vivez et régnez, etc.

LITANIES

DES SAINTS DÉVOTS AU CŒUR DE JÉSUS.

Seigneur, ayez pitié de nous.

Jésus-Christ, ayez pitié de nous.

Seigneur, ayez pitié de nous.

Jésus-Christ, écoutez-nous.

Jésus-Christ, exaucez-nous.

Père céleste, Dieu tout-puissant, ayez pitié de nous.

Dieu le Fils, Rédempteur du monde, ayez pitié de nous.

Esprit de Dieu, auteur de toute sainteté, ayez pitié de nous.

Très-sainte et très-adorable Trinité, ayez pitié de nous.

Cœur de Jésus, l'Autel de tous les Saints, ayez pitié de nous.

Cœur de Jésus, de la plénitude duquel sont dérivées toutes les grâces que les Saints ont reçues, ayez pitié de nous.

Cœur de Jésus, qui êtes la maison de délices de tous les Saints, ayez pitié de nous.

Sainte Marie, sanctuaire du Cœur de Jésus, priez pour nous.

Saint Joseph, qui, après votre Epouse toujours Vierge, avez adoré le premier le très-saint Cœur de Jésus, priez pour nous.

Saint Jean-Baptiste, l'ami fidèle du Cœur de Jésus,

Saint Jean l'Evangéliste, qui pendant la cène, avez reposé sur le sein de Jésus votre maître ;

Saint Augustin dont le cœur brûla d'amour pour le cœur de Jésus.

Saint François de Sales, le parfait imitateur de la douceur et de l'humilité du cœur de Jésus,

Saint François, sur le cœur de qui furent imprimées les marques sacrées de nôtre rédemption,

Saint Bernard, dont le trésor et toutes les richesses ont été dans le cœur de Jésus.

Saint Ignace, homme selon le cœur de Jésus,

Saint François-Xavier, vaisseau d'élection, envoyé pour embraser le nouveau monde des flammes, dont le cœur de Jésus est consumé,

Saint Elzéar, qui avez choisi pour demeure le cœur de Jésus,

Sainte Marie Magdeleine, amante du cœur de Jésus,

Sainte Agnès, chères délices du cœur de Jésus,

Sainte Gertrude, dont le cœur a été agréable à celui de Jésus,

Sainte Mecthilde, qui avez eu pour votre partage le précieux cœur de Jésus,

Priez pour nous. Priez pour nous. Priez pour nous.

Sainte Claire qui puisâtes dans le cœur de Jésus, un fond inépuisable de charité.

Sainte Catherine de Sienne entièrement attachée au cœur de Jésus,

Sainte Térèse, victime sacrée du cœur de Jésus,

Sainte Rose, dont le cœur a été tout engagé et enraciné dans le cœur de Jésus,

O Saints et Saintes de Dieu,

Saints de Dieu, qui êtes les amis du cœur de Jésus,

Saints de Dieu qui êtes les bénis du Père Éternel,

Saints de Dieu, qui participez à sa gloire,

Saints de Dieu, qui êtes nos défenseurs,

Saints de Dieu, que Jésus a choisis,

Saints de Dieu, qui êtes les disciples fidèles du Saint-Esprit,

Saints de Dieu, qui êtes les juges du monde,

Saints de Dieu, qui êtes les avocats des pauvres pécheurs,

Saints de Dieu, qui êtes nos médiateurs,

Saints de Dieu, qui êtes nos protecteurs fidèles,

Saints de Dieu, qui êtes nos charitables trésoriers,

Saints de Dieu, qui êtes écrits dans le livre de vie,

Saints de Dieu, nos meilleurs consolateurs dans le temps de l'affliction,

Priez pour nous.

Priez pour nous.

Priez pour nous.

Saints de Dieu, qui êtes nos plus fidèles amis,

Saints de Dieu, qui travaillez sans cesse pour notre salut,

Saints de Dieu, qui êtes pleins de zèle pour le salut des âmes,

Saints et Saintes de Dieu, qui êtes tout puissants auprès du cœur de Jésus,

Tous les Saints et Saintes de Dieu, intercédez tous pour nous,

Priez pour nous.

Agneau de Dieu, qui effacez les péchés du monde, pardonnez-nous, Seigneur.

Agneau de Dieu, qui effacez les péchés du monde, exaucez-nous, Seigneur.

Agneau de Dieu, qui effacez les péchés du monde, ayez pitié de nous, Seigneur.

℣. O Saints et Saintes de Dieu, qui êtes très-puissants, intercédez tous pour nous auprès du sacré cœur de Jésus,

℟. Afin que notre cœur brûle de son amour.

PRIONS.

O Dieu infiniment bon, qui avez découvert à tous vos Saints qui régnent dans la gloire, les beautés et les charmes du sacré cœur de votre Fils, nous vous supplions, qu'étant aidés de leurs puissantes intercessions, vous nous accordiez la même grâce, afin que nous appliquant sans cesse aux exercices d'une vie intérieure, nous puissions parvenir à la jouissance des biens immenses que ce divin cœur nous a mérités. Nous vous en prions par le même Jésus-Christ, qui vit et règne avec vous dans tous les siècles des siècles. Ainsi soit-il.

LITANIES

DU PRÉCIEUX SANG.

Seigneur, ayez pitié de nous.

Jésus-Christ, ayez pitié de nous.

Seigneur, ayez pitié de nous.

Jésus Christ, écoutez-nous.

Jésus-Christ, exaucez-nous.

Père céleste, Dieu tout-puissant, ayez pitié de nous.

Dieu le Fils, Rédempteur du monde, ayez pitié de nous.

Esprit de Dieu, auteur de toute sainteté, ayez pitié de nous.

Très-sainte et très-adorable Trinité, ayez pitié de nous.

Jésus qui pour notre amour avez été crucifié et ayez voulu répandre tout votre sang, ayez pitié de nous.

O sang précieux, qui sortez du sacré cœur de Jésus, rejaillissez sur nous,

Qui êtes la grande mer de la miséricorde divine, inondez-nous.

Offrande très-pure, réconciliez-nous.

Gage de l'immortalité, réjouissez-nous.

Doux rafraîchissement des âmes saintes, ravissez-nous.

Trésor inépuisable, enrichissez-nous.

Fournaise d'amour, embrasez-nous.

Douceur des âmes pures charmez-nous.

Germe de chasteté, purifiez nous.

O vous qui avez été répandu par le coup de lance qui ouvrit le cœur de Jésus, éclairez-nous.

La semence des chrétiens, multipliez-nous.

Le refuge et l'espérance des pécheurs, répondez pour nous.

Le germe des vierges multipliez-nous.

L'admiration des Anges, élevez-nous.

L'amour et la joie des Séraphins, embrasez-nous.

La foi des Patriarches, éclairez-nous.

L'espérance des Prophètes, confirmez-nous.

La charité des Apôtres, embrasez-nous.

La force des Martyrs, soutenez-nous.

La récompense des Confesseurs, animez-nous.

La pureté des Vierges, ornez-nous.

Les délices de tous les Saints, enivrez-nous.

Agneau de Dieu, qui effacez les péchés du monde, pardonnez-nous, Seigneur,

Agneau de Dieu, qui effacez les péchés du monde, exaucez-nous, Seigneur.

Agneau de Dieu, qui effacez les péchés du monde, ayez pitié de nous, Seigneur.

℣. Seigneur, nous vous en prions, venez au secours de vos serviteurs,

℟. Que vous avez rachetés par votre sang précieux.

Oraison.

Seigneur Dieu tout-puissant, qui avez envoyé votre fils unique pour rédempteur au monde et qui avez voulu que son sang apaisât votre justice, accordez-nous la grâce de vénérer ce sang précieux, de telle sorte qu'après avoir été défendu par lui contre les maux de cette vie, nous puissions pendant toute l'éternité jouir de la gloire que vous avez préparée à vos élus. Ainsi soit-il.

PRIÈRE

AU TRÈS-PRÉCIEUX SANG DE N.-S. J.-C.

O précieux sang de Jésus-Christ, répandu pour faire miséricorde à tous les hommes, nous voici tout proche de vous : coulez sur nous en abondance. Voilà nos têtes ; nos mains , nos volontés , nos entendements , nos mémoires , nos pensées , nos désirs ; nos affections, nos œuvres ; nos sens intérieurs et extérieurs : lavez tout , car tout est souillé ; purifiez tout, car tout est corrompu ; guérissez tout , car tout est malade ; changez-nous par votre vertu adorable , afin que nous puissions nous unir à vous. O pureté infinie, blanchissez-nous , ornez-nous , nourrissez-nous , sauvez-nous , couronnez-nous. Ainsi soit-il.

Cette prière, composée pour les Sauvages par les anciens Missionnaires Jésuites, fut trouvée dans l'église de Michilimackinac (Haut-Canada), le 19 juillet 1832, et envoyée à Rome , le 8 février 1833. Elle porte au bas. A. M. D. G. 1724.

LITANIES

DE JÉSUS HOSTIE.

Seigneur, ayez pitié de nous.
Jésus-Christ, ayez pitié de nous.
Seigneur, ayez pitié de nous.
Jésus-Christ, écoutez-nous.
Jésus-Christ , exaucez-nous.

Dieu le Père du haut des Cieux,
Dieu le Fils, Rédempteur du monde,
Dieu le Saint-Esprit,
Sainte Trinité, qui n'êtes qu'un seul Dieu, *Ayez pitié de nous.*

Fils du Dieu vivant,
Fils de la Vierge Marie,
Notre Dieu,
Notre rédempteur,
Notre Sauveur,
Holocauste perpétuel,
Hostie eucharistique,
Hostie de propitiation,
Hostie d'impétration,
Pontife de la loi nouvelle,
Notre médiateur,
Notre victime,
Notre chef,
Notre maître,
Notre pasteur,
Notre père,
Notre époux,
Notre frère,
Notre ami,
Notre guide,
Notre médecin,
Notre hôte,
Notre nourriture,
Notre juge,
Notre espérance,
Notre viatique,

Jésus,

Ayez pitié de nous.

Notre refuge,
Notre *trésor*,
Notre vie,
Jésus, Notre fin,
Notre gloire,
Notre bonheur,
Notre paix,
Notre réconciliation,
Notre modèle,
Notre sagesse,
Jésus, Notre lumière,
Notre force,
Notre puissance.
Notre beauté,
Notre douceur,
Notre pureté,
Notre vertu,
Jésus, Notre bien,
Humilié,
Anéanti,
Méconnu,
Délaissé,
Outragé,
Patient,
Silencieux,
Jésus, Solitaire,
Captif,
Pauvre,
Obéissant,
Doux,

Ayez pitié de nous.

Ayez pitié de nous.

Ayez pitié de nous.

Humble de cœur,

Notre unique amour,

Agneau de Dieu, qui effacez les péchés du monde, pardonnez-nous, Seigneur.

Agneau de Dieu, qui effacez les péchés du monde, exaucez-nous, Seigneur.

Agneau de Dieu, qui effacez les péchés du monde, ayez pitié de nous, Seigneur.

℣. Vous qui avez soif, venez à la source des vives eaux,

℟. Et vous serez pleinement désaltérés.

ORAISON.

O Dieu d'amour, vous qui ne cessez de nous convier à votre banquet eucharistique, faites, nous vous conjurons, que nous en approchions toujours avec des dispositions si parfaites que nous y puisions la perfection de toutes les vertus. Ainsi soit-il.

LITANIES

DU TRÈS-SAINT SACREMENT

Seigneur, ayez pitié de nous.

Jésus-Christ, ayez pitié de nous.

Seigneur, ayez pitié de nous.

Jésus-Christ, écoutez-nous.

Jésus-Christ, exaucez-nous.

Dieu le Père, du haut des Cieux,
Dieu le Fils, rédempteur du monde,
Dieu le Saint-Esprit,
Trinité sainte, un seul Dieu,
Pain de vie, descendu du Ciel,
Dieu caché,
Froment des élus,
Vin qui faites germer les vierges,
Pain délices des rois,
Sacrifice continuel,
Oblation sainte,
Agneau sans tache,
Table très-pure,
Nourriture des Anges,
Manne cachée,
Abrégé des merveilles de Dieu
Pain au-dessus de toute substance,
Verbe fait chair,
Qui habitez en nous,
Hostie sainte,
Calice de bénédiction,
Mystère de la Foi,
Auguste et vénérable sacrement,
Sacrifice le plus saint de tous,
Vraie propitiation pour les vivants et les
    morts,
Antidote céleste contre le péché,
Miracle de tous les miracles le plus
    étonnant,
Sacré mémorial de la Passion du Seigneur,

Ayez pitié de nous.

Ayez pitié de nous.

Ayez pitié de nous.

Don surpassant toute plénitude ;
Principal souvenir de l'amour de Dieu,
Torrent de la libéralité divine ;
Très-saint et très-auguste mystère,
Remède qui nous assure l'immortalité ;
Sacrement redoutable, et qui donne la vie,
Pain fait chair par la toute-puissance du
    Verbe ,
Sacrifice non sanglant ,
Nourriture et convive ,
Délicieux banquet , où assistent les Anges
    pour servir ,
Sacrement de piété ,
Lien de charité ,
Prêtre et victime ,
Douceur spirituelle , goûtée en sa source,
Réfection des âmes saintes , ·
Viatique de ceux qui meurent dans le
    Seigneur ,
Gage de la gloire future ,
Soyez-nous propice , pardonnez-nous Sei-
    gneur ,
Soyez-nous propice, exaucez-nous, Seigneur.
De l'indigne communion , délivrez-nous ,
    Seigneur ,
De la concupiscence de la chair, délivrez-
    nous , Seigneur ,
De la concupiscence des yeux , délivrez-
    nous, Seigneur.
De l'orgueil de la vie, délivrez-nous . Seign.

Ayez pitié de nous.

Ayez pitié de nous.

De toute occasion de péché,

Par le grand désir que vous eûtes de manger la Pâque avec vos disciples,

Par l'humilité profonde qui vous fit laver les pieds à vos disciples,

Par l'ardente charité qui vous fit instituer ce divin sacrement,

Par votre sang précieux, que vous nous avez laissé dans le sacrifice de la messe,

Par les cinq plaies de votre corps sacré, que vous avez reçues pour l'amour de nous,

Pauvres pécheurs que nous sommes, nous vous prions, écoutez-nous.

Afin qu'il vous plaise d'augmenter et de conserver en nous la foi, le respect et la dévotion envers votre admirable sacrement,

Afin qu'il vous plaise de nous disposer, par une vraie pénitence, à la participation fréquente de la divine Eucharistie,

Afin qu'il vous plaise de nous garder de toute hérésie, perfidie et aveuglement de cœur,

Afin qu'il vous plaise de nous départir les divins et précieux effets de ce très-saint sacrement,

Afin qu'il vous plaise de nous fortifier et de nous munir, à l'heure de notre mort,

Délivrez-nous, Seigneur.

Nous vous prions, écoutez-nous

de ce viatique céleste, nous vous prions, écoutez-nous.

Fils de Dieu, nous vous prions, écoutez-nous.

Agneau de Dieu, qui effacez les péchés du monde, pardonnez-nous, Seigneur.

Agneau de Dieu, qui effacez les péchés du monde, exaucez-nous, Seigneur.

Agneau de Dieu, qui effacez les péchés du monde, ayez pitié de nous, Seigneur.

℣. Que le très-saint et très-auguste sacrement soit loué,

℟. Dans tous les siècles des siècles.

ORAISON.

O Dieu, qui nous avez laissé, dans cet admirable sacrement, la mémoire de votre Passion et de votre mort, accordez-nous la grâce de révérer le sacré Mystère de votre corps et de votre sang, de telle sorte, que nous méritions de conserver toujours dans nos âmes le fruit de la Rédemption que vous avez accomplie, vous qui, étant Dieu, vivez et régnez, etc.

LITANIES

DE RÉPARATION AU TRÈS-SAINT SACREMENT.

Seigneur, ayez pitié de nous.

Jésus-Christ, ayez pitié de nous.

Jésus-Christ, écoutez-nous.

Jésus-Christ, exaucez-nous!

Père céleste, qui êtes Dieu, ayez pitié de nous.

Fils rédempteur du monde, qui êtes Dieu, ayez pitié de nous.

Esprit Saint qui êtes Dieu, ayez pitié de nous.

Sainte Trinité qui êtes un seul Dieu, ayez pitié de nous.

Hostie sainte, réparatrice pour les pécheurs, ayez pitié de nous.

Hostie sainte humiliée sur l'autel pour nous et par nous, ayez pitié de nous.

Hostie sainte méprisée par les mauvais chrétiens, ayez pitié de nous.

Hostie sainte placée comme un but de contradiction, ayez pitié de nous.

Hostie sainte livrée souvent aux juifs et aux hérétiques, ayez pitié de nous.

Hostie sainte outragée par les blasphémateurs, ayez pitié de nous.

Hostie sainte, pain des Anges, donnée aux chiens, ayez pitié de nous.

Hostie sainte jetée dans la boue, ayez pitié de nous.

Hostie sainte transportée des SS. Tabernacles dans les cabanes des pécheurs, ayez, etc.

Hostie sainte ensanglantée par le poignard d'un juif, ayez pitié de nous.

Hostie sainte négligée et abandonnée dans vos temples, ayez pitié de nous.

Soyez-nous favorable, pardonnez-nous, Seigneur.

Soyez-nous favorable, exaucez-nous, Seign.

Pour l'abjection extrême d'un sacrement si admirable, nous vous faisons réparation, Seigneur.

Pour les communions indignes,

Pour les irrévérences des chrétiens,

Pour la profanation de vos sanctuaires,

Pour les ciboires sacrés enlevés par force,

Pour les blasphèmes continuels des impies,

Pour l'opiniâtreté et la perfidie des hérétiques,

Pour les discours infâmes tenus dans votre saint temple,

Pour les profanateurs de votre église dont ils ont fait le lieu de leurs sacriléges,

Nous vous faisons réparat., etc.

En vous faisant réparation, exaucez-nous, Seigneur.

Afin qu'il vous plaise augmenter dans tous

les chrétiens le respect envers cet adorable mystère, exaucez-nous, Seigneur.

Afin que vous manifestiez le sacrement de votre amour aux hérétiques, exaucez-nous, Seigneur.

Afin que nous vous aimions d'autant plus qu'ils vous haïssent, exaucez-nous, etc.

Afin que les injures de ceux qui vous outragent tombent sur nous, exaucez-nous, etc.

Afin que vous receviez notre réparation faite en esprit d'humilité, exaucez-nous, etc.

Afin que notre adoration continuelle vous plaise, exaucez-nous, etc.

Hostie pure, exaucez-nous, etc.

Hostie sainte, exaucez-nous, etc.

Hostie immaculée, exaucez-nous, etc.

Agneau de Dieu, qui ôtez les péchés du monde, pardonnez-nous, Seigneur.

Agneau de Dieu, qui ôtez les péchés du monde, exaucez-nous, Seigneur.

Agneau de Dieu, qui ôtez les péchés du monde, ayez pitié de nous.

Seigneur, ayez pitié de nous.

Jésus-Christ, ayez pitié de nous.

Seigneur, ayez pitié de nous.

℣. Voyez, Seigneur, notre affliction,

℟. Et rendez la gloire à votre saint nom

ORAISON.

Seigneur Jésus-Christ, qui avez voulu demeurer parmi nous dans votre sacrement admirable jusqu'à la consommation des siècles, afin qu'y étant présent par la mémoire de votre Passion et de vos merveilles, vous donniez à votre Père une gloire éternelle, et à nous la nourriture de la vie immortelle ; vous avez mieux aimé vous exposer à tous les outrages des impies, que de vous retirer du corps de votre Église ; donnez-nous la grâce et le zèle pour pleurer avec amertume de cœur et avec douleur toutes les injures et les sacriléges qui sont faits contre vous par les juifs, les infidèles, les hérétiques et les mauvais chrétiens ; et pour réparer autant qu'il sera en nous, et de toute l'étendue de notre amour, toutes les ignominies et opprobres que vous avez soufferts dans ce mystère ineffable ; vous qui vivez et régnez avec Dieu le Père dans l'unité du Saint-Eprit, etc.

Ainsi soit-il.

LITANIES

DE LA SAINTE FAMILLE DE NAZARETH.

Seigneur, ayez pitié de nous.
Jésus-Christ, ayez pitié de nous.
Seigneur, ayez pitié de nous.

Jésus-Christ, écoutez-nous.

Jésus-Christ, exaucez-nous.

Père céleste, qui êtes Dieu,

Fils rédempteur du monde, qui êtes Dieu,

Saint-Esprit, qui êtes Dieu,

Trinité sainte, qui êtes un seul Dieu,

O Jésus, fils de Dieu fait homme,

O Jésus, devenu chair pour nous,

O Jésus, né dans la pauvreté,

O Jésus, adoré par les Anges, les bergers et les Mages,

O Jésus, présenté au temple pour nous,

O Jésus, persécuté dès l'enfance,

O Jésus, qui croissiez en âge et en sagesse,

O Jésus, enfant soumis à Marie et à Joseph,

O Jésus, travaillant pour la gloire de votre père et notre salut,

O Jésus, menant une vie cachée,

O Jésus, souffrant pour nous,

O Jésus, priant sans interruption,

O Jésus, nous instruisant par vos divines leçons,

O Jésus, docteur des docteurs,

O Jésus, aimable époux de nos âmes,

O Marie, vierge sans tache, priez p. n.

O Marie, la plus humble des créatures,

O Marie, visitée et saluée par un ange,

O Marie, mère de votre Dieu,

O Marie, qui cachiez avec soin vos grâces,

O Marie, qui montriez tant d'amour à Jésus votre cher fils,

Ayez pitié de nous.

Priez pour nous.

O Marie, qui faisiez toutes vos actions pour la gloire de Dieu,

O Marie, qui recherchâtes l'aimable Jésus avec tant d'ardeur,

O Marie, qui n'avez jamais désiré les richesses,

O Marie, qui avez supporté avec joie la pauvreté,

O Marie, dont le cœur a été percé d'un glaive de douleur,

O Marie, qui avez longtemps langui sur la terre,

Priez pour nous.

O Marie, qui êtes morte d'amour,

O Marie, notre tendre mère,

O Marie, notre protectrice,

O Marie, notre avocate,

O Marie, notre refuge et notre espoir,

Saint Joseph, fils de David,

Saint Joseph, époux très-chaste,

Saint Joseph, protecteur du Sauveur lui-même,

Priez pour nous.

Saint Joseph, vivant du travail de vos mains,

Saint Joseph, qui ne désiriez que la gloire de Dieu seul,

Saint Joseph, qui êtes mort entre les bras de Jésus et de Marie,

Saint Joseph, protecteur de ceux qui vous invoquent,

Saint Joseph, notre bon père,

Priez pour nous.

O sainte Famille, écoutez-nous.

O sainte Famille, exaucez-nous,

Par votre très-douce union, faites que nous vous imitions, ô sainte Famille,

Par votre angélique pureté,

Par votre très-sainte pauvreté,

Par votre parfaite obéissance,

Par votre profonde humilité,

Par vos pénibles voyages,

Par votre séjour à Bethléem,

Par votre séjour en Égypte,

Par votre séjour à Nazareth,

Par vos craintes et vos afflictions,

Par vos joies et vos consolations,

Par vos travaux et vos souffrances,

Par votre vie simple et cachée,

Par vos oraisons et votre silence,

Par toutes vos actions,

Par votre amour immense pour Dieu,

Par votre amour pour le prochain,

Par votre bonheur dans le ciel,

De l'amour du monde, délivrez-nous, ô sainte Famille,

De la dissipation de cœur et d'esprit,

Du désir déréglé de paraître,

Des folies de l'orgueil,

De la propre volonté,

De la tiédeur dans le service du Seigneur,

De la recherche de nos aises et commodités,

De la chûte dans les tentations,

faites que nous vous imitions, ô sainte Famille.

Délivrez, etc.

D'une mauvaise mort,

D'un malheureux jugement,

De la damnation éternelle,

Agneau de Dieu qui effacez les péchés du monde, pardonnez-nous, nous vous en prions.

Agneau de Dieu, qui effacez les péchés du monde, exaucez-nous, nous vous en supplions.

Agneau de Dieu, qui effacez les péchés du monde, ayez pitié de nous.

℣. Famille sainte et vénérable, nous vous bénissons, nous vous louons, nous vous honorons, nous nous adressons à vous avec amour et confiance,

℟. Faites-nous ressentir les effets de votre assistance salutaire.

ORAISON.

Dieu tout-puissant et éternel qui, par l'amour de Jésus, Marie, Joseph, vénérable Trinité créée, avez voulu donner au monde une figure de la Trinité incréée, nous vous supplions, par leur mérite de nous rendre dignes de la véritable gloire, et de mériter le bonheur de jouir dans le ciel de la vue du Père, du Fils et du Saint-Esprit, avec Marie et Joseph. Nous vous en conjurons par le même Jésus-Christ Notre-Seigneur.

Ainsi soit-il.

LITANIES

DE N. D. DE LORETTE DITES COMMUNÉMENT DE LA SAINTE VIERGE.

(Fête le 10 décembre.)

Seigneur, ayez pitié de nous.
Jésus-Christ, ayez pitié de nous.
Seigneur, ayez pitié de nous.
Jésus-Christ, écoutez-nous.
Jésus-Christ, exaucez-nous.
Dieu le Père, des cieux où vous êtes assis, ayez pitié de nous.
Dieu le Fils, Rédempteur du monde, ayez pitié de nous.
Dieu le Saint-Esprit, ayez pitié de nous.
Trinité sainte, qui êtes un seul Dieu, ayez pitié de nous.
Sainte Marie, priez pour nous.
Sainte Mère de Dieu,
Sainte Vierge des Vierges,
Mère de Jésus-Christ,
Mère de la divine grâce,
Mère très-pure,
Mère très-chaste,
Mère sans tache,
Mère sans souillure,
Mère aimable,
Mère admirable,

Priez pour nous.

Mère du créateur,
Mère du Sauveur,
Vierge très-prudente,
Vierge digne de vénération,
Vierge digne de louanges,
Vierge puissance,
Vierge clémente,
Vierge fidèle,
Miroir de justice,
Siége de la sagesse,
Cause de notre joie,
Vase spirituel,
Vase honorable,
Vase insigne de dévotion,
Rose mystique,
Tour de David,
Tour d'ivoire,
Maison d'or,
Arche d'alliance,
Porte du ciel,
Etoile du matin,
Santé des infirmes,
Réfuge des pécheurs,
Consolatrice des affligés,
Secours des chrétiens,
Reine des Anges,
Reine des Patriarches,
Reine des Prophètes,
Reine des Apôtres,
Reine des Martyrs,
Reine des Confesseurs,

Priez pour nous.

Priez pour nous.

Priez pour nous.

Reine des Vierges, priez pour nous.

Reine de tous les Saints, priez pour nous.

Reine conçue sans péché, priez pour nous.

Agneau de Dieu, qui effacez les péchés du monde, pardonnez-nous, Seigneur.

Agneau de Dieu, qui effacez les péchés du monde, exaucez-nous, Seigneur.

Agneau de Dieu, qui effacez les péchés du monde, ayez pitié de nous, Seigneur.

℣. Sainte Mère de Dieu, priez pour nous.

℟. Afin que nous nous rendions dignes des promesses de Jésus-Christ.

ORAISON.

Seigneur, nous vous supplions de répandre votre sainte grâce sur nos âmes, afin qu'après avoir connu, par la voix de l'ange, l'Incarnation de Jésus-Christ votre Fils, nous puissions arriver par les mérites de sa mort et de sa passion à la gloire de sa résurrection. Ainsi soit-il.

LITANIES

DE LA SAINTE VIERGE.

Pour le dimanche.

Seigneur, ayez pitié de nous.

Jésus-Christ, ayez pitié de nous.

Seigneur, écoutez-nous.

Jésus-Christ, exaucez-nous.

Père céleste qui êtes Dieu, ayez pitié de nous.

Fils Rédempteur du monde, qui êtes Dieu, ayez pitié de nous.

Esprit-Saint, qui êtes Dieu, ayez pitié de nous.

Sainte Trinité, qui êtes un seul Dieu, ayez pitié de nous.

Sainte Marie,
Sainte Mère de Dieu,
Sainte Vierge des Vierges,
Mère des vivants,
Mère du bel amour,
Mère de la douce espérance,
Paradis de délices,
Arbre de vie,
Temple de la sagesse,
Porte du Ciel,
Ville de refuge,
Gloire de Jérusalem,
Sanctuaire de Dieu,
Arche d'alliance,
Autel des parfums,
Echelle de Jacob,
Miroir sans tache,
Lis entre les épines,
Buisson ardent,
Toison de Gédéon,
Trône du véritable Salomon,
Tour d'ivoire,
Rayon distillant le miel,

Priez pour nous.

Priez pour nous.

Jardin fermé,
Fontaine scéllée,
Source vivifiante,
Vaisseau chargé du poids céleste,
Etoile du matin,
Aurore naissante,
Belle comme la lune,
Eclatante comme le soleil,
Forte comme une armée rangée en
    bataille,
Trône de la gloire de Dieu.

Priez pour nous.

*Les prières suivantes se disent aux Litanies
de la Sainte Vierge de chaque jour de la semaine:*

De tout péril, délivrez-nous, Marie.
De tout schisme,
De toute hérésie,
Par votre Immaculée Conception,
Par votre heureuse Nativité,
Par votre admirable Annonciation,
Par votre sainte Purification,
Par votre glorieuse Assomption,

Délivrez-nous, etc.

Exaucez des pécheurs qui ont recours à
    vous, nous vous en supplions.
Daignez intercéder pour nous, et obtenez-
    nous un véritable repentir,
Regardez d'un œil favorable et rendez
    florissantes les Congrégations qui vous
    honorent d'un culte spécial.
Demandez pour la sainte Église, et pour

Nous vous, etc.

tous les peuples chrétiens, l'unité et la paix, nous vous en supplions,

Obtenez pour tous les fidèles trépassés le repos éternel, nous vous en supplions.

Mère de Dieu, nous vous en supplions.

Agneau de Dieu, qui effacez les péchés du monde, pardonnez-nous, Seigneur.

Agneau de Dieu, qui effacez les péchés du monde, exaucez-nous, Seigneur.

Agneau de Dieu, qui effacez les péchés du monde, ayez pitié de nous, Seigneur.

℣. O Marie ! notre espérance, intercédez pour nous,

℟. Afin que nous soyons dignes de recevoir les promesses de Jésus-Christ.

ORAISON.

Daignez, ô mon Dieu ! par l'intercession de la bienheureuse Marie, rompre les liens de nos péchés, maintenir en sainteté nos bienfaiteurs, les ministres de vos autels, et tous vos serviteurs. Purifiez le cœur de nos parents, de nos amis, des personnes qui nous sont chères, ornez-le de toutes les vertus, et accordez-nous le repos et la paix. Repoussez nos ennemis visibles et invisibles, délivrez-nous des combats de la chair, des maladies et des contagions, et donnez-nous la force de pardonner et d'aimer nos ennemis. Conservez ce beau pays de France, cette ville et tous ses habitants, dans l'unité de l'Eglise, et soutenez-les contre les attaques de l'erreur. Accordez à tous les fidèles trépassés le repos éternel dans la terre des vivants, et que votre bénédiction se répande sur nous à jamais. Nous vous en supplions par tous les mérites de votre Fils Notre-Seigneur Jésus-Christ.

LITANIES

DE LA SAINTE VIERGE.

Pour le lundi.

Seigneur, ayez pitié de nous.
Jésus Christ, ayez pitié de nous.
Seigneur, écoutez-nous.
Jésus-Christ, exaucez-nous.
Père céleste qui êtes Dieu, ayez pitié de nous.
Fils Rédempteur du monde, qui êtes Dieu,
Esprit-Saint, qui êtes Dieu, ayez pitié de nous.
Trinité sainte qui êtes un seul Dieu,
Sainte Marie,
Sainte Mère de Dieu,
Sainte Vierge des Vierges,
Servante et Mère du Seigneur,
Vase d'élection,
Lit de repos du véritable Salomon,

Priez pour n.

Tabernacle de Dieu,
Tente élevée au milieu du désert,
Maison d'or,
Sanctuaire du Saint des Saints,
Tour de David,
Tour bâtie au sommet du Liban,
Terre bénie du Seigneur,
Ornement de la montagne de Sion,
Rose de Jéricho,
Palmier céleste,
Olivier mystique,
Cèdre du Liban,
Belle comme le lis des eaux,
Fleur du printemps,
Encens offert au Seigneur,
Parfum du Saba,
Arc en ciel de la paix éternelle,
Soleil levant,
Lune resplendissante,
Bénie entre toutes les femmes,
La plus heureuse des filles d'Israël,
Pleine de grâce,
Porte du Ciel,
Reine de l'univers,

Priez pour nous.

Priez pour nous.

Le reste comme aux Litanies du dimanche, page 156.

LITANIES

DE LA SAINTE VIERGE.

Pour le mardi.

Seigneur, ayez pitié de nous.
Jésus-Christ, ayez pitié de nous.
Seigneur, écoutez-nous.
Père céleste qui êtes Dieu, ayez pitié de nous.
Fils Rédempteur du monde, qui êtes Dieu, ayez pitié de nous.
Esprit-Saint, qui êtes Dieu,
Sainte Trinité qui êtes un seul Dieu,
Sainte Marie, priez pour nous.
Autel de Dieu,
Arche de Noé,
Toute puissante auprès du Roi des Rois,
Cité de Dieu,
Plus belle que Jérusalem,
Fournaise du divin amour,
Pierre précieuse,
Maîtresse des nations,
Mont d'Ephraïm,
Montagne fertile,
Femme forte,
Femme qui avez le soleil pour vêtement,

Priez pour nous.

Vous dont le nom est comme un baume qui charme les douleurs,
Porte de l'Orient,
Nouveau sépulcre de Jésus Christ,
Etoile de Jacob,
Temple de miséricorde,
Terre de promission,
Terre fertilisée par les eaux de la grâce,
Lit nuptial du divin époux,
Trône de Dieu,
Encensoir d'or,
Vase orné de toute sorte de pierres précieuses,
Verge fleurie d'Aaron,
Urne renfermant la manne,
Verge issue de la tige de Jessé,

Priez pour nous.

Priez pour nous.

Le reste comme aux Litanies du dimanche, page 136.

LITANIES

DE LA SAINTE VIERGE.

Pour le mercredi.

Seigneur, ayez pitié de nous.
Jésus-Christ, ayez pitié de nous.
Seigneur, écoutez-nous.
Jésus-Christ, exaucez-nous.

Père céleste qui êtes Dieu, ayez pitié de nous.

Fils Rédempteur du monde, qui êtes Dieu, ayez pitié de nous.

Esprit-Saint qui êtes Dieu, ayez pitié de nous.

Trinité sainte qui êtes un seul Dieu, ayez pitié de nous.

Sainte Marie, priez pour nous.

Vierge très-glorieuse,

Chef-d'œuvre de Dieu,

Vierge prévue de toute éternité,

Vierge promise au commencement du monde,

Vierge attendue des Patriarches,

Vierge annoncée par les Prophètes,

Vierge louée par les Anges,

Vierge admirable,

Vierge pleine de bonté,

Vierge pleine de clémence,

Vierge consacrée au service des autels,

Vierge mère de Dieu,

Vierge immaculée,

Vierge sans tache,

Vierge miséricordieuse,

Vierge obéissante,

Vierge très-gracieuse,

Vierge très-prudente,

Vierge de race royale,

Vierge sacrée,

Priez pour nous.

Priez pour nous.

Vierge très-sainte,
Vierge très-pure,
Vierge remplie de sagesse,
Vierge très-chaste,
Vierge digne de tout honneur,
Modèle de perfection,
Mère des vierges,
Couronne de Jacob,
Gloire d'Israël,
Fille du roi éternel,

*Le reste comme aux Litanies du dimanche,
page 1 6.*

❦❦❦❦❦❦❦❦❦❦❦❦

LITANIES

DE LA SAINTE VIERGE.

Pour le jeudi.

Seigneur, ayez pitié de nous.
Jésus-Christ, ayez pitié de nous.
Seigneur, écoutez-nous.
Jésus-Christ, exaucez-nous.
Père céleste qui êtes Dieu, ayez pitié de
  nous.
Fils Rédempteur du monde, qui êtes Dieu,
  ayez pitié de nous.
Esprit-Saint qui êtes Dieu, ayez pitié de
  nous.

10

Trinité sainte qui êtes un seul Dieu, ayez pitié de nous.

Sainte Marie, priez pour nous.

Mère et Vierge,

Mère de Dieu,

Mère très-pure,

Mère sans tache,

Mère élevée au dessus des Chérubins.

Mère plus glorieuse que les Séraphins,

Mère célébrée dans les Cieux,

Mère de salut,

Mère de la joie éternelle,

Mère de miséricorde,

Mère de grâce,

Mère de l'auteur de la vie,

Mère de celui qui vous a créée,

Immaculée Mère de Dieu,

Illustre Vierge,

Femme admirable,

Femme vénérable,

Reine des Anges,

Bénie de tous les siècles;

Attente des Nations,

Très-glorieuse Marie,

O ma douce maîtresse,

Priez pour nous.

Priez pour nous.

Le reste comme aux Litanies du dimanche, page 136.

LITANIES

DE LA SAINTE VIERGE.

Pour le vendredi.

Seigneur, ayez pitié de nous.
Jésus-Christ, ayez pitié de nous.
Seigneur, écoutez-nous.
Jésus-Christ, exaucez-nous.
Père céleste qui êtes Dieu, ayez pitié de nous.
Fils Rédempteur du monde, qui êtes Dieu, ayez pitié de nous.
Esprit-Saint qui êtes Dieu, ayez pitié de nous.
Sainte Trinité qui êtes un seul Dieu, ayez pitié de nous.
Sainte Marie, priez pour nous.
Trône du Père éternel,
Palais divin plus magnifique que les Cieux,
Sanctuaire de l'Esprit Saint,
Demeure sacrée de notre Roi,
Maison d'or,
Temple de la divine gloire,
Temple sanctifié,
Paradis spirituel,

Priez pour nous.

Jardin de délices,
Trône de sainteté,
Voie royale du Sauveur,
Porte du Ciel,
Astre brillant,
Etoile de la mer,
Figure de la perfection divine,
Exemple d'obéissance,
Miroir de chasteté,
Modèle de pudeur,
Fidèle imitratrice de Jésus-Christ,
Étendard de la foi,
Flambeau de dévotion,
Assemblage de toutes les vertus,
Règle vivante,
Bienheureuse Marie,
Médiatrice du monde,
Auxiliatrice des affligés,
Cause de notre salut,
Refuge du genre humain,
Asile de notre vie,
Notre avocate,
Eve céleste,

Priez pour nous.

Priez pour nous.

Le reste comme aux Litanies du dimanche, *page* 136.

LITANIES

DE LA SAINTE VIERGE.

Pour le samedi.

Seigneur, ayez pitié de nous.

Jésus-Christ, ayez pitié de nous.

Seigneur, écoutez-nous.

Jésus-Christ, exaucez-nous.

Père céleste qui êtes Dieu, ayez pitié de nous.

Fils Rédempteur du monde qui êtes Dieu, ayez pitié de nous.

Esprit Saint qui êtes Dieu, ayez pitié de nous.

Sainte Trinité qui êtes un seul Dieu, ayez pitié de nous.

Sainte Marie, priez pour nous.

Soutien de l'Eglise,

Vous qui avez terrassé le serpent infernal,

Vous qui avez triomphé de toutes les hérésies,

Vous qui avez reçu la plénitude de la grâce.

Vous qui faites notre espérance,

Echelle des pécheurs,

Libératrice des prisonniers,

Mère des orphelins,

Priez pour nous.

Secours des abandonnés,
Appui des faibles,
Colonne du monde,
Rédemption des captifs,
Santé des malades,
Espoir des malheureux,
Objet de l'amour des chrétiens,
Vous qui nous obtenez les récompenses
    célestes,
Vous qui faites la joie des Saints,
Vous qui nous obtiendrez le salut éternel,
Reine du monde,
Reine des Cieux,
Honneur des Patriarches,
Lumière des Prophètes,
Gloire des Apôtres,
Lustre des Martyrs,
Couronne des Vierges,
Mère dont toutes les nations célèbrent les
    louanges,

Priez pour nous.

Le reste comme aux Litanies du dimanche,
page 136.

LITANIES

EN L'HONNEUR DE MARIE NOTRE MÈRE.

Seigneur, ayez pitié de nous.
Jésus-Christ, ayez pitié de nous.
Seigneur, ayez pitié de nous.

Jésus-Christ, écoutez-nous.

Jésus-Christ, exaucez-nous.

Père céleste qui êtes Dieu, ayez pitié de
nous.

Fils Rédempteur du monde, qui êtes Dieu,
ayez pitié de nous.

Esprit Saint, qui êtes Dieu, ayez pitié de
nous.

Très-Sainte et très-adorable Trinité, ayez
pitié de nous.

O fille de Dieu le père, élevée au dessus de
toutes les créatures ! régnez sur vos enfants.

O mère de Dieu le fils, et notre mère, protégez vos enfants.

O épouse de Dieu le Saint Esprit, obtenez
la sanctification de vos enfants.

Mère de force, obtenez pour vos enfants une
vertu solide, ô Marie, exaucez-nous.

Mère d'amour, obtenez pour vos enfants
un amour de Dieu généreux et constant,

Mère pleine de zèle pour la gloire de
votre divin fils, obtenez à vos enfants
un zèle ardent, prudent et éclairé,

Mère, qui avez su vous conserver pure
comme le lis au milieu des épines, obtenez à vos enfants cet amour de la pureté,
qui leur fasse craindre les moindres
souillures,

Mère, qui ne perdiez jamais de vue la

O Marie, exaucez-nous.

présence de votre Dieu, obtenez à vos enfants la grâce de la conserver toujours, même au milieu du tumulte du monde,

Mère généreuse, obtenez à vos enfants l'amour des sacrifices,

Mère toujours calme dans votre douleur au pied de la croix, obtenez à vos enfants cet esprit de paix qui les maintienne au milieu des orages de la vie,

Mère douce et humble, demandez pour vos enfants ces vertus que Jésus aimait, et dont il donnait de si touchants exemples,

En laquelle nul ne s'est jamais confié en vain,

Qui obtenez des miracles en faveur de ceux qui vous invoquent,

Espérance de désespérés,

Que notre âme invoquera toujours,

Voie d'amour et de confiance pour aller à Jésus,

Guide de ceux qui se sont égarés,

Digne dispensatrice des bienfaits du Seigneur,

Trésor de paix et de joie,

Qui faites le bonheur de vos enfants,

Refuge de ceux qui sont délaissés,

Appui de tous les chrétiens, veillez toujours sur nous,

O Marie, exaucez-nous.

Mère aimable,

Mère aimable,

Veillez toujours sur nous.

Mère aimable,

Mère aimable,

Marie, exaucez-nous.

Qui éclairez dans les dangers, veillez toujours sur nous,

Qui défendez l'innocent, veillez toujours sur nous,

Qui ne cherchiez que Dieu pour témoin de vos actions, obtenez à vos enfants de n'avoir jamais d'autre vue que celle de lui plaire,

Obtenez que par notre modestie, nous nous montrions toujours vos véritables enfants,

Qui avez méprisé le monde et ses vanités, obtenez à vos enfants de résister à ses charmes séducteurs,

O vous qui n'abandonnez personne, soutenez au milieu des dangers du monde ceux qui vous sont consacrés, ó notre mère, exaucez vos enfants,

Agneau de Dieu qui effacez les péchés du monde, pardonnez-nous, Seigneur.

Agneau de Dieu qui effacez les péchés du monde, exaucez-nous, Seigneur.

Agneau de Dieu qui effacez les péchés du monde, ayez pitié de nous, Seigneur.

℣. O Marie pleine de grâce !

℟. Du haut du ciel bénissez vos enfants !

ORAISON.

O Marie ! Vierge très-sainte et mon auguste souveraine, je me mets sous votre protection et votre garde spéciale ; je me jette avec une entière confiance dans le sein de votre miséricorde ; je vous abandonne, pour tous les instants de ma vie, et surtout pour l'heure de ma mort, mon corps, mon âme, et tout ce qui m'appartient. Je vous confie encore, ô ma tendre mère, mes peines et mes craintes, mes consolations et mes espérances, ma vie et la fin de ma vie, afin que, par vos mérites et votre sainte intercession, toutes mes actions soient faites et dirigées selon votre volonté et celle de votre Fils.

Ainsi soit-il.

LITANIES

DU SAINT COEUR DE MARIE.

(La fête se célèbre le dimanche après l'octave de l'Assomption.)

Seigneur, ayez pitié de nous.
Jésus-Christ, ayez pitié de nous.
Seigneur, ayez pitié de nous.
Jésus-Christ, écoutez-nous.
Jésus-Christ, exaucez-nous.
Père céleste, qui êtes Dieu, ayez pitié de nous.
Fils, Rédempteur du monde, qui êtes Dieu, ayez pitié de nous.

Esprit-Saint, qui êtes Dieu, ayez pitié de nous.

Trinité Sainte, qui êtes un seul Dieu, ayez pitié de nous.

Cœur de Marie, conçue sans péché,

Cœur de Marie, plein de grâces,

Cœur de Marie, béni entre tous les cœurs,

Cœur de Marie, digne sanctuaire de la sainte Trinité,

Cœur de Marie, parfaite image du Cœur de Jésus,

Cœur de Marie, objet de ses complaisances,

Cœur de Marie, abîme d'humilité,

Cœur de Marie, siége de la miséricorde,

Cœur de Marie, foyer du divin amour,

Cœur de Marie, océan de bonté,

Cœur de Marie, prodige de pureté et d'innocence,

Cœur de Marie, miroir de toutes les perfections divines,

Cœur de Marie, qui avez accéléré par vos désirs le salut du monde,

Cœur de Marie, où le sang de Jésus, prix de notre rédemption, a été formé,

Cœur de Marie, qui conserviez si fidèlement les paroles et les actions de Jésus,

Cœur de Marie, transpercé d'un glaive de douleur,

Cœur de Marie, accablé d'afflictions dans la passion de Jésus-Christ,

Priez pour nous.

Cœur de Marie, crucifié avec Jésus-Christ,

Cœur de Marie, enseveli dans la douleur à la mort de Jésus,

Cœur de Marie, rendu à la vie par la joie de la résurrection,

Cœur de Marie, inondé d'une ineffable douceur dans l'Ascension,

Cœur de Marie, comblé d'une nouvelle plénitude de grâces dans la descente du Saint-Esprit,

Cœur de Marie, refuge des pécheurs,

Cœur de Marie, consolation des affligés,

Cœur de Marie, espoir et soutien de vos dévots serviteurs,

Cœur de Marie, secours des agonisants,

Cœur de Marie, joie des Anges et de tous les Saints,

Priez pour nous.

Agneau de Dieu qui ôtez les péchés du monde, pardonnez-nous, Seigneur.

Agneau de Dieu qui ôtez les péchés du monde, exaucez-nous, Seigneur.

Agneau de Dieu qui ôtez les péchés du monde, ayez pitié de nous.

℣. Marie, Vierge sans tache, douce et humble de cœur,

℟. Rendez mon cœur semblable au cœur de Jésus.

ORAISON.

Dieu de bonté, qui avez rempli le Cœur saint et immaculé de la bienheureuse Vierge

Marie, des mêmes sentiments de miséricorde et de tendresse pour nous dont le cœur de Jésus-Christ, votre fils et le sien, fut toujours pénétré, accordez à tous ceux qui honorent ce Cœur virginal de conserver jusqu'à la mort une parfaite conformité de sentiments et d'inclination avec le sacré Cœur de Jésus-Christ, qui règne avec vous et le Saint-Esprit dans les siècles des siècles.

Ainsi soit-il.

PRIÈRE

AU TRÈS-SAINT CŒUR DE MARIE.

Cœur de Marie, Mère de Dieu et notre mère, Cœur aimable, objet des complaisances de l'adorable Trinité ; Cœur le plus ressemblant au Cœur de Jésus, dont vous êtes une parfaite image ; Cœur bon et compatissant à nos misères, daignez fondre la glace de nos Cœurs, afin qu'ils se conforment au Cœur de Jésus ; communiquez leur l'amour de vos vertus et le feu dont vous avez toujours brûlé. Veillez sur l'Église ; protégez la, soyez son refuge et sa défense contre les attaques de ses ennemis, soyez la voie qui nous conduise à Jésus, et le canal qui nous transmette les grâces dont nous avons besoin pour être sauvés.

Soyez notre soulagement dans nos nécessités, notre soutien dans nos tentations, notre refuge dans la persécution, notre secours dans les dangers, et surtout au moment de la mort, dans le dernier combat, lorsque tout l'enfer déchaîné contre nous cherchera à ravir nos âmes.

A ce moment redoutable, duquel dépend notre éternité, ô Vierge compatissante, faites-nous éprouver quelle est la tendresse de votre Cœur maternel ; montrez-nous votre pouvoir auprès de Jésus, en nous ouvrant dans la source de la miséricorde un refuge assuré, afin que nous le voyions dans le séjour des bienheureux, pendant les siècles des siècles. Ainsi soit-il.

—

Par rescrit du 18 août 1807 et du 1er février 1816, Pie VII a accordé cent jours d'Indulgence à perpétuité et applicable aux morts, à ceux qui diront dévotement la prière ci-dessus en l'honneur du Très-saint Cœur de Marie ; et par un autre rescrit du 20 septembre 1817, le même Pontife accorda trois Indulgences plénières fixées aux jours de la Nativité, de l'Assomption et du Très-Saint Cœur de Marie, pour ceux qui seront fidèles à dire cette prière tous les jours pendant un an, et qui, étant contrits se confesseraient, communieraient et risiteraient une église ou un autel dédié à la Sainte Vierge, et la prieraient selon les intentions du Souverain Pontife.

Indulgence plénière à l'article de la mort pour ceux qui conserveraient l'usage de réciter cette prière chaque jour pendant leur vie.

LITANIES

DE L'IMMACULÉE CONCEPTION DE LA SAINTE VIERGE.

(La fête est le 8 décembre.)

Seigneur, ayez pitié de nous.

Jésus-Christ, ayez pitié de nous.

Seigneur, ayez pitié de nous.

Jésus-Christ, écoutez-nous.

Jésus-Christ, exaucez-nous.

Dieu le Père, du haut des cieux, ayez pitié de nous.

Dieu le Fils, Rédempteur du monde, ayez pitié de nous.

Dieu le Saint-Esprit, ayez pitié de nous.

Trinité sainte, qui êtes un seul Dieu, ayez pitié de nous.

Sainte Marie, immaculée, priez pour nous.

Vierge sainte, qui avez été solennellement proclamée par l'Eglise et son auguste chef

Immaculée dans votre conception, priez, pour nous.

Fille de Dieu le Père,

Mère de Jésus-Christ,

Epouse du Saint-Esprit,

Trône de la très-sainte Trinité,

Image de la sagesse de Dieu,

Aurore du soleil de justice,

Arche vivante du corps de Jésus-Christ,

Qui êtes issue de la race de David,

Qui êtes la voie menant à Jésus,

Qui avez triomphé du péché originel,

Qui avez écrasé la tête du serpent infernal,

Reine du ciel et de la terre,

Porte de la céleste Jérusalem,

Dispensatrice des grâces,

Epouse du chaste Joseph,

Etoile du monde,

Le plus ferme soutien de l'Eglise militante,

Rose entre les épines,

Olivier fructifiant,

Exemplaire de toute perfection,

Cause de notre joie,

Source du divin amour,

Signe assuré de prédestination,

Modèle de la plus parfaite obéissance,

Temple admirable de la chasteté,

Ancre de notre salut,

Vierge immaculée, — *Priez pour nous.*

Lumière des Anges,
Couronne des Patriarches,
Gloire des Prophètes,
Maîtresse des Apôtres,
Force des Martyrs,
Vertu des Confesseurs,
Pureté des Vierges,
Joie de ceux qui espèrent en vous,
Salut des infirmes,
Avocate des pécheurs,
Terreur des hérétiques,
Tendre protectrice des associations érigées en votre honneur,

Vierge immaculée,   *Priez pour nous.*

Agneau de Dieu, qui effacez les péchés du monde, pardonnez-nous, Seigneur.

Agneau de Dieu, qui effacez les péchés du monde, exaucez-nous, Seigneur.

Agneau de Dieu, qui effacez les péchés du monde, ayez pitié de nous.

℣. Priez pour nous, Vierge Marie immaculée dans votre conception,

℟. Afin que nous nous rendions dignes des promesses de Jésus-Christ.

ORAISON.

Dieu tout-puissant et éternel qui avez bien voulu que votre Eglise célébrât d'un culte particulier la mémoire de l'Immaculée Conception de la mère de votre Fils, faites que ceux qui l'honoreront sur la terre parviennent au bonheur éternel, nous vous en supplions par Notre-Seigneur Jésus-Christ. Ainsi soit-il.

CHAPELET

DE L'IMMACULÉE CONCEPTION

DE LA

TRÈS-SAINTE VIERGE.

Pour réciter ce Chapelet, il faut, en faisant le signe de la croix, dire : Vierge Sainte, obtenez-moi la grâce de vous louer dignement.

Demandez pour moi la force de résister à vos ennemis.

Sur la croix on dit cette prière :

O Très-Sainte Vierge, en l'honneur de votre Immaculée Conception que je crois et honore, et que je vous promets de croire, aimer, honorer et défendre, conformément au sentiment et à l'esprit de l'Eglise catholique, je vous offre et consacre pour jamais mon âme, mon corps, mes pensées, mes paroles. mes actions, ma vie, ma mort, mon jugement et tous mes intérêts, vous suppliant très-humblement d'en disposer comme bon vous semblera pour la plus grande gloire de Dieu seul, votre honneur et mon salut. Après Dieu, mon Sauveur, c'est en vous que j'ai mis toute ma confiance et mon amour, comme en ma bonne Mère et ma charitable Avocate.

Je recommande à votre aimable bonté, notre mère la sainte Eglise, tous les pasteurs des âmes, les rois et les princes chrétiens, nos parents et nos bienfaiteurs, nos amis et nos ennemis.

Obtenez-nous à tous, ô Mère de miséricorde, les grâces nécessaires pour éviter le péché, pratiquer la vertu, vivre et mourir saintement, et arriver à la gloire éternelle. Ainsi soit-il.

Au lieu du Gloria Patri, *on dit cette oraison jaculatoire :*

Bénie soit la Très-Sainte Immaculée Conception de la bienheureuse Vierge Marie, mère de Dieu, à jamais.

Sur le gros grain on dit cette prière :

Par votre très-sainte Virginité et par votre Immaculée Conception, ô Vierge très-pure, obtenez moi la pureté du cœur et du corps, et l'amour du Père, du Fils et du Saint-Esprit. Ainsi soit-il.

Sur les petits grains on dit la prière qui est sur la médaille miraculeuse.

O Marie, conçue sans péché, priez pour nous qui avons recours à vous.

A la fin, on dit le Memorare en français.

Indulgence plénière, une fois le mois, à ceux qui réciteront tous les jours la prière suivante.

Souvenez-vous, ô très-pieuse Vierge Marie, conçue sans péché, qu'on n'a jamais entendu dire qu'aucun de ceux qui ont eu recours à votre protection, qui ont imploré votre secours et sollicité vos suffrages, aient été abandonnés. Animé de cette confiance, ô Reine des Vierges, ô ma tendre Mère, je viens à vous, et, gémissant sous le poids de mes péchés, je me prosterne à vos pieds. O divine Mère du Verbe fait homme pour moi, ne méprisez pas ma prière, mais écoutez-la favorablement, et daignez l'exaucer.

Ainsi soit-il.

On dit ensuite cette oraison jaculatoire:

Jésus, Marie, Joseph, je vous donne mon esprit, mon cœur et ma vie. Jésus, Marie, Joseph, assistez-moi dans ma dernière agonie. Jésus, Marie, Joseph, faites que mon âme expire dans votre sainte compagnie.

Ainsi soit-il.

LITANIES

DE NOTRE-DAME DE PITIÉ

Ecrites pendant sa captivité par Pie VII, qui accorda une indulgence plénière à tous ceux qui les réciteront avec un cœur contrit, le vendredi.

(Il y a deux fêtes de N.-D. de Pitié : l'une se célèbre le vendredi après le dimanche de Passion ; et l'autre, au mois de septembre, le dimanche après le Saint Nom de Marie.)

Seigneur, ayez pitié de nous.
Jésus-Christ, ayez pitié de nous.
Seigneur, ayez pitié de nous.
Jésus-Christ, écoutez-nous.
Jésus-Christ, exaucez-nous.
Dieu le Père du ciel, ayez pitié de nous.
Dieu, le Fils, Rédempteur du monde, ayez pitié de nous.
Dieu le Saint Esprit, ayez pitié de nous.
Sainte-Trinité, qui êtes un seul Dieu, ayez pitié de nous.
Sainte Marie, priez pour nous.
Sainte Mère de Dieu, priez pour nous.
Sainte Vierge des Vierges, priez pour nous.
Mère crucifiée, priez pour nous.

Mère de douleurs,
Mère pleine de larmes,
Mère affligée,
Mère délaissée,
Mère désolée,
Mère privée de votre Fils,
Mère transpercée par l'épée,
Mère consumée de chagrins,
Mère remplie d'angoisses,
Mère dont le cœur fut crucifié,
Mère très-triste,
Fontaine de larmes,
Comble de souffrances,
Miroir de patience,
Constance inébranlable,
Ancre de confiance,
Refuge des délaissés,
Bouclier des opprimés,
Conquérante des incrédules,
Consolation des malheureux,
Guérison des malades,
Force des faibles,
Port des naufragés,
Calme des tempêtes,
Ressource des affligés,
Terreur des méchants,
Trésor des fidèles,
OEil de Prophètes,
Appui des Apôtres,
Couronne des Martyrs,

Priez pour nous.

Priez pour nous.

Priez pour nous.

Lumière des Confesseurs, priez pour nous.

Perle des Vierges, priez pour nous.

Consolation des veuves, priez pour nous.

Joie de tous les Saints, priez pour nous.

Agneau de Dieu, qui effacez les péchés du monde, pardonnez-nous, Seigneur.

Agneau de Dieu, qui effacez les péchés du monde, exaucez-nous, Seigneur.

Agneau de Dieu, qui effacez les péchés du monde, ayez pitié de nous, Seigneur.

Regardez nous, délivrez nous, et sauvez-nous de toutes peines par la puissance de Jésus-Christ.

Imprimez, ô ma Souveraine, vos blessures dans mon cœur : que je puisse y lire peines et amour, peines pour les souffrir toutes pour vous, amour pour mépriser tout amour, pour vous.

Credo, *Salve Regina*, trois *Ave Maria*.

PRIÈRE

A NOTRE-DAME DES SEPT DOULEURS.

O la plus désolée de toutes les mères, quel glaive terrible a pénétré votre âme ! Tous les coups de Jésus sont tombés sur vous ; toutes ses douleurs vous ont abattue, toutes ses plaies vous ont déchirée ; mais surtout, le dernier adieu qu'il vous adressa rouvrit toutes vos blessures ; et quand vous lui vîtes rendre le dernier soupir, quelle force surnaturelle vint donc soutenir notre âme ! O Mère d'amour et de douleur ! faites que j'aime et que je souffre à votre exemple. Reine des martyrs, donnez-moi part à votre martyre. L'amour vous a donné la croix ; faites que la croix me donne l'amour : et si, pour aimer, il faut souffrir et mourir, obtenez-moi la grâce d'aimer tout ce qui vient de Dieu, jusqu'à la souffrance et à la mort. Ainsi soit-il

LITANIES

DE NOTRE-DAME DU REMÈDE.

(La fête se célèbre le second dimanche d'octobre.)

Seigneur, ayez pitié de nous.

Jésus-Christ, ayez pitié de nous.

Père céleste, ayez pitié de nous.

Notre-Dame de bon Remède, priez pour nous.

Vous, en qui la Sainte Trinité a mis toutes ses complaisances, priez pour nous.

Vous, qui avez apporté au monde le souverain Remède, priez pour nous.

Vous, qui par votre humilité avez mérité

de porter dans votre sein Celui qui
venait guérir notre orgueil,

Vous, qui par votre pureté avez mis au
monde l'antidote céleste à la corruption
du siècle,

Vous, par qui nous avons eu le divin
Rédempteur de tous les hommes,

Vous, qui êtes notre refuge dans la tentation,

Vous, qui regardez avec tant de compassion les plaies que le péché fait à notre
âme,

Vous, qui savez mieux que tout autre
intéresser en notre faveur le céleste
Médecin,

Vous, pour qui il n'y a point de maux
incurables,

Vous, que l'on n'invoqua jamais en vain
dans les dangers et les périls,

Vous, qui vous plaisez à être honorée
sous le titre si aimable de Notre-Dame
de bon Remède,

Vous, qui êtes apparue deux fois à Saint
Jean de Matha et lui avez fourni les
sommes suffisantes pour racheter les
captifs qu'il ne pouvait délivrer,

Vous, qui vous êtes montrée à Saint Félix
de Valois environnée d'esprits célestes
revêtus comme vous du scapulaire de
l'Ordre de la Trinité,

Priez pour nous.

Priez pour nous.

Priez pour nous.

Vous, qui avez toujours protégé d'une ma-
manière spéciale l'ordre de la très-sainte
Trinité,

Fille du Père et Mère du Fils,

Epouse du Saint-Esprit.

Temple vivant de l'adorable Trinité, priez
pour nous.

Agneau de Dieu, qui effacez les péchés du
monde, pardonnez-nous, Seigneur.

Agneau de Dieu, qui effacez les péchés du
monde, exaucez-nous, Seigneur.

Agneau de Dieu, qui effacez les péchés du
monde, ayez pitié de nous, Seigneur.

℣. Priez pour nous, Notre Dame de bon
Remède,

℟. Afin que nous dignes des promesses de
Jésus-Christ.

ORAISON.

Dieu tout-puissant et éternel, qui, par
votre Fils unique, avez donné au monde les
remèdes du salut, accordez-nous, par l'intercession de la Vierge Marie, sa mère, que nous
honorons sous le titre de Notre-Dame de bon
Remède, qu'après avoir supporté patiemment
les infirmités du corps et de l'âme, nous
arrivions enfin à la joie éternelle, par le
même Jésus-Christ Notre Seigneur qui vit et
règne dans tous les siècles.

LITANIES

NOTRE-DAME DE PROMPT SECOURS

(La fête se célèbre le 24 mai.)

Seigneur, ayez pitié de nous.
Jésus-Christ, ayez pitié de nous.
Seigneur, écoutez-nous.
Jésus-Christ, exaucez-nous.
Père céleste, qui êtes Dieu, ayez pitié de
nous.
Fils, Rédempteur du monde, qui êtes Dieu,
ayez pitié de nous.
Esprit Saint, qui êtes Dieu,
Sainte Trinité, qui êtes Dieu,
Sainte Marie, priez pour nous.
Mère de l'enfant Jésus,
Dans les besoins de l'âme,
Dans les nécessités du corps,
Dans les dangers qui menacent notre
vie,
Des affligés,
Dans l'incendie,
Dans l'inondation,
Contre la foudre et les tempêtes,
Dans les tentations,
Dans les occasions du péché,

N.-D. de prompt secours

Priez pour nous.

Contre les démons,
Contre l'impureté,
A l'heure de la mort,
Pour opérer la conversion des pécheurs,
Pour éclairer les infidèles,
Pour délivrer les âmes du purgatoire,
Des vierges et des pauvres,
Des âmes humbles et obéissantes,
Des âmes dévouées aux mystères de Jésus enfant,
Pour obtenir l'humilité,
Pour obtenir l'amour de Dieu,
De la jeunesse,
De toutes les personnes qui après Dieu mettent en vous leur confiance,

Notre-Dame de prompt secours, — *Priez pour nous.*

Agneau de Dieu, qui effacez les péchés du monde, pardonnez-nous, Seigneur.

Agneau de Dieu, qui effacez les péchés du monde, exaucez-nous, Seigneur.

Agneau de Dieu, qui effacez les péchés du monde, ayez pitié de nous, Seigneur.

℣. Priez pour nous, Notre-Dame de prompt secours,

℟. Et assistez-nous à l'heure de la mort.

ORAISON.

Nous vous saluons Reine du ciel, Mère du Dieu vivant et de miséricorde ; ô vous qui êtes notre vie, notre joie et notre espérance, nous vous saluons, nous élevons nos voix vers vous, comme de pauvres exilés et de malheureux enfants d'Eve ; nous poussons vers vous nos soupirs et nos gémissements, dans cette vallée de larmes. Soyez notre avocate, jetez sur nous vos regards favorables, et après le terme de notre exil, montrez-nous Jésus, le fruit sacré de votre sein, vierge Marie, pleine de miséricorde, de tendresse et de bonté pour les hommes. Ainsi soit-il.

LITANIES

DE NOTRE-DAME DES DOMS.

Seigneur, ayez pitié de nous.
Jésus-Christ, ayez pitié de nous.
Seigneur, ayez pitié de nous.
Jésus Christ, écoutez-nous.
Jésus-Christ, exaucez-nous.
Père céleste, Dieu tout-puissant, ayez pitié de nous.
Dieu le Fils, Rédempteur du monde, ayez pitié de nous.
Esprit de Dieu, auteur de toute sainteté, ayez pitié de nous.
Très-sainte et très-adorable Trinité, ayez pitié de nous.
Notre-Dame des Doms, priez pour nous.
Mère du Rédempteur, priez pour nous.

Mère de vérité,
Mère de charité,
Mère du bel amour,
Mère de l'espérance,
Mère des vivants,
Mère des orphelins,
Mère la plus tendre des mères,
Mère pleine de miséricorde,
Mère des grâces,
Vierge chérie de Dieu,
Vierge toute belle,
Vierge l'ornement de l'univers,
Vierge Immaculée,
Lis de chasteté,
Fleur de virginité,
Rose de pureté,
Térébinthe de gloire,
Cèdre odorant,
Emeraude éblouissante,
Tige de Jessé,
Trône de Salomon,
Cité de Dieu,
Myrrhe précieuse,
Autel des parfums,
Colombe ravissante,
Astre du firmament,
Aurore naissante,
Buisson arde-t,
Jardin fermé,
Reine du ciel,

Priez pour nous.

Priez pour nous.

Priez pour nous.

Reine des Chérubins,
Reine des Séraphins,
Reine de toute consolation,
Santé des malades,
Espoir des pécheurs,
Protectrice de l'enfance,
Gloire de Jérusalem,
Honneur d'Israël,
Joie de notre peuple,

Agneau de Dieu, qui effacez les péchés du monde, pardonnez-nous, Seigneur,

Agneau de Dieu, qui effacez les péchés du monde, exaucez-nous, Seigneur.

Agneau de Dieu, qui effacez les péchés du monde, ayez pitié de nous, Seigneur.

℣. Régnez sur nous avec votre divin fils, ô Marie,

℟. Et répandez sur nous l'abondance de ses dons.

ORAISON.

Seigneur, daignez recevoir par l'entremise de votre Mère Immaculée les prières que nous vous adressons et répandez sur nous vos dons, vos bénédictions et vos grâces, comme nous vous le demandons par son intercession puissante, ô vous qui régnez avec le Père et le Saint-Esprit dans les siècles des siècles. Ainsi soit-il.

Priez pour nous.

LITANIES

DE NOTRE-DAME DE LUMIÈRES.

Seigneur, ayez pitié de nous.

Jésus-Christ, ayez pitié de nous.

Seigneur, écoutez-nous.

Père céleste, qui êtes Dieu, ayez pitié de nous.

Fils rédempteur du monde, qui êtes Dieu, ayez pitié de nous.

Esprit Saint qui êtes Dieu, ayez pitié de nous.

Sainte Trinité qui êtes un seul Dieu, ayez pitié de nous.

Notre-Dame de Lumières,

Fille du Père des lumières,

Mère de la lumière du monde,

Epouse de l'Esprit de lumières,

Lumière qui réfléchit les rayons du soleil de la Trinité,

Aurore resplendissante de la rédemption du genre humain,

Aurore éblouissante du soleil de justice,

Etoile brillante de la mer,

Etoile immaculée du matin,

Astre éclatant du salut,

Astre brillant de la race de David,

Signe de gloire et de puissance,

Splendeur éclatante de la nature,

Priez pour nous.

Priez pour nous.

Porte lumineuse du ciel,
Vierge couronnée de douze étoiles,
Vierge qui avez le soleil pour vêtement,
Vierge qui avez la beauté de la lune,
Vierge, qui êtes environnée des rayons
    de la grâce,
Flambeau admirable du jour et de la nuit,
Soleil sans tache,
Lune sans éclipse,
Tabernacle du tout-puissant,
Trône du Très-Haut,
Sanctuaire de Dieu même,
Ornement lumineux du Carmel,
Gloire du Liban,
Cause de notre joie,
Reine, qui du haut de votre trône brillant et
    glorieux dominez les Anges et les Saints,
Reine, qui embrasez les cœurs de vos
    fidèles serviteurs des feux de votre im-
    mense charité,
Reine, qui fécondez de vos célestes ardeurs
    l'Eglise de votre divin fils,
Reine, qui jetez sur l'univers entier l'éclat
    de votre grandeur et de votre puissance,

Priez pour nous.

Agneau de Dieu, qui effacez les péchés du
    monde, pardonnez-nous, Seigneur.
Agneau de Dieu, qui effacez les péchés du
    monde, exaucez-nous, Seigneur.
Agneau de Dieu, qui effacez les péchés du
    monde, ayez pitié de nous, Seigneur.

ORAISON.

Dieu Tout-Puissant qui éclairez votre Eglise, et qui daignez départir vos faveurs aux Chrétiens qui implorent votre infinie miséricorde, par l'intercession de la bienheureuse Vierge Marie, invoquée sous le titre de Notre-Dame des Lumières ; nous vous supplions humblement de nous délivrer des infirmités de l'âme et du corps, par les mérites de la même Vierge-Mère, laquelle a donné au monde la lumière éternelle, Jésus-Christ, Notre-Seigneur. Ainsi soit-il.

LITANIES

EN L'HONNEUR DE N.-D. DE ROCHEFORT.

(Ces litanies sont en entier tirées de la prose latine que la Vénérable Jeanne Morell, abbesse des religieuses de Sainte-Praxède d'Avignon avait composée en l'honneur de Notre-Dame de Rochefort.)

Seigneur, ayez pitié de nous.
Jésus-Christ, ayez pitié de nous.
Jésus-Christ, écoutez-nous.
Père céleste, qui êtes Dieu, ayez pitié de nous.

Fils, rédempteur du monde, qui êtes Dieu, ayez pitié de nous.

Saint-Esprit, qui êtes Dieu, ayez pitié de nous.

Trinité sainte, qui êtes un seul Dieu, ayez pitié de nous.

Notre-Dame de Grâce de Rochefort, priez pour nous.

Illustre Mère de Dieu,
Mère de la divine grâce,
Chaste colombe,
Nouvelle Ève,
Mère des vivants,
Toison de Gédéon,
Trône de Salomon,
Terre sainte de promission,
Rose du printemps,
Verge fleurie,
Lis aux suaves odeurs,
Fleur de Jessé,
Lis de la vallée,
Salut des nations,
Montagne mystérieuse,
Femme Forte,
Vie des malheureux,
Montagne fertile,
Séjour du Saint des Saints,
Océan de grâce,
Gloire du firmament,
Arche du testament,

Priez pour nous

Priez pour nous.

Signe de l'alliance, priez pour nous.

Porte du ciel, priez pour nous.

Port du salut, priez pour nous.

Source inépuisable de miséricorde, priez pour nous.

Protectrice spéciale de nos contrées, priez pour nous.

Agneau de Dieu, qui effacez les péchés du monde, pardonnez-nous, Seigneur,

Agneau de Dieu, qui effacez les péchés du monde, exaucez-nous, Seigneur.

Agneau de Dieu, qui effacez les péchés du monde, ayez pitié de nous, Seigneur.

℣. Priez pour nous, Mère de la grâce divine,

℟. Faites qu'un jour nous puissions contempler avec vous notre Dieu au céleste séjour.

ORAISON.

Ah! puissions-nous avoir par vous accès auprès de Jésus votre fils, ô Notre-Dame de Grâce! Faites, ô mère de la vie et du salut, que celui que vous nous avez donné, nous reçoive par votre entremise. Que votre pureté excuse auprès de lui les crimes ne notre corruption, et que votre humilité si chère au Seigneur réclame le pardon de notre orgueil. Que votre immense charité couvre la multitude de nos fautes, et que votre fécondité glorieuse soit pour nous une source abondante de mérites. O notre souveraine, notre médiatrice et notre avocate, réconciliez-nous avec votre fils, recommandez-nous à sa bonté et représentez-nous au trône de sa justice. Bienheureuse Marie, par la grâce que vous avez trouvée, par la prérogative ineffable que vous avez méritée, par la miséricorde que vous avez engendrée, faites que Jésus, votre divin fils, qui par vous voulut prendre part à nos infirmités et à nos misères, daigne nous admettre un jour à la participation de sa gloire et de sa béatitude. Ainsi soit-il.

ooooooooooooooooooooooooooooooooooooooooo

DÉVOTION

AU COEUR COMPATISSANT DE MARIE.

Cette dévotion a pour but, 1o d'honorer le très-saint Cœur de Marie endurant toute sa vie, mais surtout au pied de la Croix, de grandes souffrances pour le salut des âmes ; 2o d'obtenir, par les mérites de cette douloureuse *Compassion*, qu'il plaise à Dieu de susciter quelques hommes *apostoliques*, puissants en œuvres et en paroles, quelques *saints* revêtus de la force d'en haut, pour ranimer la foi au sein des populations catholiques, et pour mettre un terme aux calamités qui nous accablent.

PRIÈRE QUOTIDIENNE.

O très-miséricordieuse Marie, refuge des pécheurs, je vous en conjure par les souffrances de votre Cœur percé du glaive de la *Compassion*, et par la mort de Jésus, votre Fils bien-aimé, suppliez le Seigneur notre Dieu de se souvenir de ses anciennes miséricordes, et d'envoyer à cette génération malheureuse quelques hommes *apostoliques*, puissants en *œuvres* et en *paroles*, quelques *grands saints* revêtus de la force d'en haut, pour ranimer la foi au sein des populations catholiques, et pour arrêter le torrent des calamités qui nous menacent. Ainsi soit-il.

Cœur compatissant de Marie, priez pour nous.

Priez ! Priez ! Les temps sont mauvais, très-mauvais, sans doute ; mais il ne tient qu'à vous, âmes fidèles, de les rendre meilleurs, avec l'aide de Dieu et la protection de Marie. Demandez pour cette infortunée génération quelques-uns de ces hommes *extraordinaires*, que Dieu, dans sa miséricorde, envoie aux nations quand il veut les délivrer, et qu'il leur refuse dans sa justice, quand il veut les châtier. Il faudrait à notre siècle quelques-uns de ces hommes *providentiels*, dont le zèle et les prodiges rappelassent parmi nous les *Vincent-Ferrier*, les *François-de-Paule*, les *François-Xavier*. — Quel bien immense ne feriez-vous pas à votre siècle, si, par vos prières, par vos saints désirs, par vos sacrifices, vous parveniez à lui obtenir cette grande grâce ? Elle est du nombre de celles que Dieu accorde, quand on la lui demande avec foi et avec persévérance, par les mérites de Jésus-Christ et par la puissante intercession de sa sainte Mère.

LITANIES

DE NOTRE-DAME DE BON CONSEIL

Seigneur, ayez pitié de nous.
Jésus-Christ, ayez pitié de nous.
Seigneur, ayez pitié de nous.
Jésus-Christ, écoutez-nous.
Jésus-Christ, exaucez-nous.
Sainte Marie, conseillez-nous et protégez-nous.

Notre-Dame de Bon Conseil,
Fille bien aimée du Père éternel,
Mère Auguste du fils de Dieu,
Digne épouse du Saint-Esprit,
Temple vivant de la Sainte Trinité,
Reine du ciel et de la terre,
Siége de la divine sagesse,
Dépositaire des secrets du Très-Haut,
Médiatrice des grâces,
Etoile du chrétien,
Exemple de toutes les vertus,
Force des faibles,

Conseillez-nous et protegez-n.

Lumière des aveugles,
Guide des chancelants,
Voie de ceux qui s'égarent,
Espérance des pécheurs,
Soutien des malheureux,
Vierge très-prudente,
Vierge très-sage,
Vierge très-fidèle,
Dans nos perplexités et nos doutes,
Dans nos angoisses et nos tribulations,
Dans nos affaires et entreprises,
Dans les périls et les tentations,
Dans les combats contre le démon, le
    monde et la chair,
Dans nos découragements,
Dans tous nos besoins,
A l'heure de notre mort,
Par votre immaculée Conception,
Par votre heureuse Nativité,
Par votre admirable Présentation,
Par votre glorieuse Annonciation,
Par votre sainte Visitation,
Par votre Maternité divine,
Par votre chaste Purification,
Par votre vie bienheureuse,
Par les douleurs et les angoisses de votre
    cœur maternel,
Par votre précieuse mort,
Par votre triomphante Assomption,
Par votre amour immense pour nous,

Agneau de Dieu, qui ôtez les péchés du monde, pardonnez-nous, Seigneur.

Agneau de Dieu, qui ôtez les péchés du monde, exaucez-nous, Seigneur.

Agneau de Dieu, qui ôtez les péchés du monde, ayez pitié de nous.

℣. Priez pour nous, sainte Mère de Dieu.

℟. Et obtenez-nous le don de bon conseil.

ORAISON.

Seigneur Jésus, auteur et dispensateur de tout bien, qui, en vous incarnant dans le sein de la bienheureuse Vierge Marie, lui avez communiqué des lumières au-dessus de toutes les intelligences célestes, faites qu'en l'honorant sous le titre de Notre-Dame de Bon Conseil, nous méritions de recevoir toujours de sa bonté des conseils de sagesse et de salut qui nous conduisent au port de l'éternité bienheureuse. Ainsi soit-il.

ACTE D'OFFRANDE

A LA SAINTE VIERGE.

Un savant et pieux ecclésiastique de Naples écrivait à un vénérable prélat du Piémont, en date du mois d'octobre 1846 : « Celui qui a l'honneur de vous adresser ces lignes pratique depuis cinq ans une dévotion en l'honneur de la Sainte Vierge. Je l'ai trouvée par hasard, Monseigneur, dans l'historien Bartoli ; les paroles me manquent pour faire connaître à V. G. toutes les grâces que je dois à ce petit hommage rendu à Marie. Désirant faire jouir les fidèles des mêmes avantages, j'ai fait imprimer et répandre cette prière parmi le peuple, avec une notice de faits merveilleux qui doivent nous la rendre recommandable. Je viens donc vous conjurer, Monseigneur, d'en favoriser la réimpression, et de la faire distribuer surtout parmi les jeunes gens, dont elle a spécialement en vue le bien spirituel : et je ne crains pas d'affirmer à V. G. que bientôt elle en verra les effets peu ordinaires. »

Monseigneur Giacomo Filippo dè Marchesi Gentille, évêque de Novare, se rendant aux justes désirs de ce prêtre vertueux, ordonna l'impression de l'opuscule ; et pour encourager la pratique de cette dévotion, il l'enrichit, pour chaque jour, de 40 jours d'indulgences.

Mais à toutes ces recommandations se joint enfin la plus puissante de toutes, celle du Vicaire de Jésus-Christ Pie IX. vient d'appliquer à cette dévotion les plus riches indulgences, afin d'en propager la pratique parmi tous les fidèles, et spécialement parmi la jeunesse, en faveur de laquelle surtout il a daigné accorder cette grâce.

Par un décret *Urbi et Orbi* du 5 août 1851, Sa Sainteté accorde à perpétuité une indulgence de 100 jours, une fois par jour, à tous les fidèles qui, le matin et le soir, après la Salutation Angélique, réciteront avec ferveur, et au moins contrits de cœur, la prière ci-dessous; et à ceux qui l'auront ainsi récitée tous les jours du mois, une indulgence plénière, une fois par mois, au jour qu'ils auront eux-mêmes choisi, pourvu qu'ils s'approchent des sacrements, et que, visitant une église ou un oratoire public, ils y fassent quelques prières à l'intention du Souverain Pontife. L'indulgence de 40 jours est en outre accordée chaque fois que, dans un moment de tentation, on récitera dévotement l'aspiration qui suit la prière. Toutes ces indulgences sont applicables aux défunts.

PRIÈRE

O ma Souveraine! ô ma Mère! je m'offre tout à vous; et afin de vous témoigner mon dévouement, je vous consacre pour ce jour mes yeux, mes oreilles, ma bouche, mon cœur et toute ma personne. Puisque je suis à vous, ma bonne Mère, gardez-moi, défendez-moi, comme un bien qui vous est propre.

ASPIRATION DANS LES TENTATIONS.

O ma Souveraine! ô ma Mère! rappelez-vous que je vous appartiens: gardez-moi, défendez-moi, comme un bien qui vous est propre.

LITANIES

DES SAINTS PARENTS DE MARIE.

Seigneur, ayez pitié de nous.
Jésus-Christ, ayez pitié de nous.
Seigneur, ayez pitié de nous.
Jésus-Christ, écoutez-nous.
Jésus-Christ, exaucez-nous.
Dieu le Père, ayez pitié de nous.
Dieu le Fils, Rédempteur du monde, ayez pitié de nous.
Dieu le Saint-Esprit, ayez pitié de nous.
Sainte Trinité, qui êtes un seul Dieu, ayez pitié de nous.
Verbe de Dieu vrai Dieu, ayez pitié de nous.
Verbe de Dieu fait chair, ayez pitié de nous.
Verbe de Dieu incarné dans le sein de Marie, ayez pitié de nous.
Sainte Marie très-pure en votre Conception,
Sainte Marie très-fervente en votre Présentation,
Sainte Marie très-bienfaisante en votre Visitation à sainte Elisabeth,
Saint Joseph, époux de la très-sainte Vierge,
Saint Joseph, père nourricier de l'homme-Dieu,

Priez pour nous.

Saint Joachim qui avez engendré celle qui est la bénédiction des peuples,

Saint Joachim, qui avez éprouvé l'accomplissement des promesses du Très-Haut,

Sainte Anne qui avez conçu Marie sans tache,

Sainte Anne qui avez enfanté la Vierge Mère de Dieu,

Saint Zacharie, homme juste et bon,

Saint Zacharie, dont le Seigneur exauça les prières,

Sainte Elisabeth, dont la stérilité cessa miraculeusement,

Sainte Elisabeth visitée et saluée par la mère de Dieu,

Saint Jean-Baptiste, grand devant le Seigneur,

Saint Jean-Baptiste, le plus grand des enfants des hommes,

Saint Jean l'Evangéliste reçu en qualité de fils par Marie,

Saint Jean l'Evangéliste disciple tendrement aimé du Sauveur,

Saint Simon brulant de zèle pour le Seigneur,

Saint Alphée, oncle maternel de Marie,

Saint Jacques fils d'Alphée,

Saint Simon et Saint Jude frères de Jacques,

Saintes femmes, Marie Cléophée et Salomée,

Priez pour nous.

Tous les saints parents de Marie, dont nous honorons la mémoire,

Tous les saints parents de Marie, dont nous exaltons les triomphes,

Tous les saints parents de Marie dont nous implorons le secours,

Agneau de Dieu, qui effacez les péchés du monde, pardonnez-nous, Seigneur.

Agneau de Dieu, qui effacez les péchés du monde, exaucez-nous, Seigneur.

Agneau de Dieu, qui effacez les péchés du monde, ayez pitié de nous.

℣. Je verserai mon esprit sur votre postérité,

℟. Et ma bénédiction sur votre race.

ORAISON.

Seigneur, qui nous accordez la grâce d'honorer la mémoire de tous les saints parents de la très-glorieuse vierge Marie votre sainte mère, versez sur nous, nous vous en supplions par les mérites de tant d'intercesseurs réunis, l'abondance de vos bénédictions ; vous qui vivez et régnez, etc.

LITANIES

DES SAINTS QUI SE SONT SIGNALÉS PAR LEUR DÉVOTION ENVERS LA SAINTE VIERGE.

Seigneur, ayez pitié de nous.

Jésus-Christ, ayez pitié de nous.

Seigneur, ayez pitié de nous.

Jésus-Christ, écoutez-nous.

Jésus-Christ, exaucez-nous.

Père céleste qui êtes Dieu, ayez pitié de nous.

Fils Rédempteur du monde, qui êtes Dieu, ayez pitié de nous.

Esprit-Saint qui êtes Dieu, ayez pitié de nous.

Très-Sainte Trinité qui êtes un seul Dieu, ayez pitié de nous.

Sainte Marie, mère du fils de Dieu, priez pour nous.

Sainte Marie, épouse du Saint-Esprit,

Saint Gabriel, qui avez salué respectueusement Marie, en lui annonçant qu'elle allait concevoir le fils de Dieu dans son sein,

Tous les chœurs des Anges, dont Marie est l'auguste reine,

Priez pour nous.

Saint Joseph, glorieux époux de Marie,

Saint Joachim, très-digne père de Marie,

Saint Jean-Baptiste, précurseur du Sauveur, qui, à la voix de Marie, avez été sanctifié dans le sein de votre mère,

Saint Jean, apôtre et évangéliste, qui avez eu le bonheur et la gloire d'être le fils adoptif de Marie,

Saint Cyrille et saint Epiphane, qui avez fait éclater votre zèle pour défendre contre les hérétiques les augustes privilèges de Marie,

Saint Bernard et saint Bonaventure, dont les écrits respirent la plus tendre et la plus solide dévotion envers Marie,

Saint Louis, roi de France, et saint Henri, empereur d'Allemagne, qui avez donné sur le trône un exemple admirable de la dévotion envers Marie,

Saint Dominique, qui, par l'institution du saint Rosaire, avez si efficacement contribué à étendre la dévotion envers Marie,

Saint François d'Assise, fondateur d'un ordre qui a montré un si grand zèle pour défendre la glorieuse prérogative de l'immaculée conception de Marie,

Saint Bruno, qui, en témoignage de votre zèle pour célébrer les louanges de Marie, avez voulu que les religieux de votre

Priez pour nous.

ordre récitassent tous les jours son office,

Saint Simon Stock, qui avez eu le bonheur de recevoir des mains de Marie le saint Scapulaire, et qui, par cette salutaire dévotion, avez procuré aux fidèles un riche trésor de grâces,

Saint Philippe Benizzi, et vous, les sept fondateurs de l'ordre des serviteurs de Marie,

Saint Pierre Nolasque et saint Raymond, fondateurs de l'ordre de N.-D. de la Merci,

Saint Jean-de-la-Croix, réformateur de l'ordre de Notre-Dame du Mont-Carmel,

Saint Ignace, fondateur de la Compagnie de Jésus, dont les religieux font éclater avec tant de succès leur zèle pour étendre la dévotion envers Marie,

Saint Louis de Gonzague et saint Stanislas Kostka, qui, en récompense de votre tendre dévotion à Marie, avez reçu de cette bonne mère, des grâces et des faveurs particulières,

Saint Alphonse de Liguori et Bienheureux Alphonse Rodriguez, enfants chéris de Marie,

Sainte Anne, très-digne mère de Marie conçue sans péché,

Sainte Élisabeth, mère du précurseur du Sauveur, qui avez eu le bonheur d'être visitée par Marie,

Priez pour nous.

Sainte Jeanne de Valois, fondatrice de l'ordre des Annonciades de Marie,

Sainte Térèse, réformatrice de l'ordre de Notre-Dame du Mont-Carmel,

Sainte Jeanne-Françoise de Chantal, fondatrice de l'ordre de la Visitation de Marie,

Saints et Saintes qui, par vos discours, vos écrits, vos généreux sacrifices, vos bons exemples, et de quelque manière que ce soit, avez contribué à établir, à étendre et à augmenter la dévotion envers Marie,

Priez pour nous.

Agneau de Dieu, qui effacez les péchés du monde, pardonnez-nous, Seigneur.

Agneau de Dieu, qui effacez les péchés du monde, exaucez-nous, Seigneur.

Agneau de Dieu, qui effacez les péchés du monde, ayez pitié de nous, Seigneur.

ORAISON.

Très-Sainte Vierge, Mère de mon Dieu, et par cette auguste qualité digne des plus profonds respects des Anges et des hommes, je viens vous rendre mes humbles hommages, et implorer le secours de votre protection. Vous êtes toute-puissante auprès du Tout-Puissant, et votre bonté pour les hommes égale le pouvoir que vous avez dans le ciel.

Vous le savez, Vierge sainte, dès ma plus

tendre jeunesse, je vous ai regardée comme ma mère, mon avocate et ma patronne. Vous avez bien voulu dès lors me regarder comme un de vos enfants ; et toutes les grâces que j'ai reçues de Dieu, je confesse, avec un humble sentiment de reconnaissance, que c'est par votre moyen que je les ai reçues. Que n'ai-je eu autant de fidélité à vous servir, aimable Souveraine, que vous avez eu de bonté à me secourir ! Mais je veux désormais vous honorer, vous servir et vous aimer.

Recevez donc, Vierge sainte, la protestation que je fais d'être parfaitement à vous ; agréez la confiance que j'ai en vous ; obtenez-moi de mon Sauveur, votre cher Fils, une foi vive, une espérance ferme, un amour tendre, généreux et constant. Obtenez-moi une pureté de cœur et de corps, que rien ne puisse ternir, une humilité que rien ne puisse altérer, une patience et une soumission à la volonté de mon Dieu que rien ne puisse troubler. Enfin, très-sainte Vierge, obtenez-moi de vous imiter fidèlement dans la pratique de toutes les vertus, pendant ma vie, afin de mériter le secours de votre protection à l'heure de la mort. Ainsi soit-il.

—

BÉNÉDICTIONS A MARIE

Tirées du Psautier de la Sainte Vierge par Saint Bonaventure.

Ouvrages du Seigneur bénissez tous notre glorieuse princesse : louez-la, et célébrez sa gloire, dans tous les siècles des siècles.

Anges, bénissez notre reine ; Cieux, bénissez notre divine maîtresse la Vierge Marie.

Que toute créature bénisse Marie notre souveraine ; car le roi de l'univers a voulu qu'elle fût bénie de la sorte.

Soyez donc bénite, ô fille du souverain roi, qui répandez une odeur plus douce que toutes celles des lis.

Soyez bénie, ô vierge sainte, la couronne de votre sexe, la gloire de Jérusalem.

L'odeur de vos vertus est semblable à celle d'un champ stérile, que le Seigneur à béni. Elle rejaillit sur ceux qui vous bénissent, et pénètre de sa douceur le fond de leurs cœurs.

Que celui qui vous bénit, ô heureuse Vierge, soit comblé de bénédictions.

Et que celui qui parle contre vous, soit accablé de malédictions.

Que l'abondance de toute sorte de biens remplisse toujours la maison de vos serviteurs.

Que tout genou fléchisse à votre nom, dans le ciel, sur la terre, et dans les enfers.

Béni soit Dieu, qui vous a créé! Bénis soient le père et la mère, qui vous ont donnée au monde!

Soyez comblée des bénédictions du ciel, sur la terre, ô grande reine, digne à jamais de toutes louanges, de tout honneur et de toute gloire. Ainsi soit-il.

PRIÈRE.

Je vous salue, ô très-glorieuse princesse, plus sainte après Dieu que tous les saints; par un miracle singulier, vierge et mère tout ensemble, vous avez enfanté Jésus-Christ le Sauveur du monde. Je vous salue, ô temple de la divinité, sanctuaire du Saint-Esprit, digne de tous nos respects; écoutez, je vous en supplie, ô mère de miséricorde, les prières de votre serviteur, et dissipez par les rayons de votre sainteté, les ténèbres de mes vices, afin que j'aie le bonheur de vous être agréable éternellement. Ainsi soit-il

LE CHANT D'ACTIONS DE GRACES

OU LE *TE DEUM* DE LA SAINTE VIERGE

Tiré du Psautier de la Sainte Vierge par Saint Bonaventure.

O Marie, nous vous louons comme la mère de Dieu, et nous confessons en même temps que vous êtes vierge.

Toute la terre vous révère comme l'épouse du père Éternel.

Tous les anges et les archanges, les trônes et les principautés vous servent avec fidélité.

Toutes les puissances, toutes les vertus les plus élevées des cieux, et toutes les dominations vous obéissent.

Tous les chœurs de ces célestes intelligences, les chérubins et les séraphins, sont devant votre trône avec des transports de joie.

Tous les esprits angéliques chantent sans cesse à votre gloire :

Sainte, Sainte, Sainte est Marie, mère de Dieu, mère et vierge tout ensemble.

Les cieux et la terre sont remplis de la majesté et de la gloire du fruit de vos entrailles.

Le chœur glorieux des apôtres, vous loue comme la mère du créateur.

La troupe brillante des martyrs vous glorifie, comme la mère de Jésus-Christ.

L'armée triomphante des confesseurs, vous appelle le temple auguste de la Trinité.

La douce compagnie des vierges chante que vous êtes le modèle de la virginité et de l'humilité.

Toute la cour céleste vous révère comme sa reine.

L'Eglise sainte vous invoque dans toute l'étendue de la terre;

Elle chante d'une commune voix que vous êtes la mère de la divine majesté,

La véritable et l'auguste mère du souverain roi des cieux.

Elle publie que vous êtes sainte, que vous êtes pleine de douceur et de bonté.

Vous êtes la reine des anges.

Vous êtes la porte du paradis.

Vous êtes l'échelle du royaume céleste,

Vous êtes l'arche sainte de la piété et de la grâce.

Vous êtes la source de la miséricorde..

Vous êtes en même temps l'épouse et la mère du roi éternel.

Vous êtes le sanctuaire du Saint-Esprit.

Toute la très-sainte Trinité se repose doucement en vous, comme en l'objet de ses plus tendres complaisances.

Vous êtes remplie d'amour pour les hommes ; vous êtes leur médiatrice auprès de Dieu ; vous les éclairez des lumières célestes.

Vous êtes le soutien des combattants, l'avocate des pauvres, le refuge des pécheurs, toujours pleine de compassion pour leurs misères.

Vous êtes la distributrice des dons et des faveurs célestes.

Vous êtes la terreur des superbes démons, et vous les éloignez de nous.

Vous êtes la maîtresse du monde, la souveraine du ciel, et après Dieu notre unique espérance.

Vous êtes le salut de ceux qui vous invoquent, le port de ceux qui font naufrage, la consolation des misérables, la ressource de ceux qui périssent.

Vous êtes la mère de tous les élus, le sujet après Dieu de leur plus grande joie, et les délices de tous les bienheureux citoyens du ciel.

C'est par vous que les justes avancent ; c'est par vous que rentrent dans le bon chemin ceux qui se sont égarés.

Vous êtes l'accomplissement des promesses faites aux Patriarches et des prédictions des Prophètes.

Vous êtes la gloire et la lumière des Apôtres, et la maîtresse des Evangélistes.

Vous êtes la force des martyrs, l'exemple des confesseurs, l'honneur et la joie des vierges.

C'est dans votre chaste sein que le fils de Dieu s'est incarné pour délivrer l'homme de son exil.

C'est par vous que, l'ancien ennemi du genre humain ayant été vaincu, le royaume des cieux a été ouvert aux fidèles.

Vous êtes assise avec votre fils, à la droite du Père.

Priez pour nous, ô Vierge Marie, ce même fils que nous croyons devoir venir pour juger le monde.

Secourez vos serviteurs qui ont été rachetés par son précieux sang.

Faites, ô Vierge pleine de douceur, que nous recevions avec les saints, la récompense de la gloire éternelle.

Sauvez votre peuple, ô grande Reine, afin que nous ayons part à l'héritage de votre fils.

Veillez sur nous, et conduisez-nous jusques dans l'éternité.

Nous vous rendons chaque jour nos hommages, ô Vierge pleine de bonté.

Et nous désirons avec ardeur de vous louer de cœur et de bouche durant toute l'éternité.

Daignez, ô aimable Marie, nous préserver de tout péché, maintenant et toujours.

Ayez pitié de nous, ô Mère de bonté, ayez pitié de nous.

Faites-nous ressentir votre grande miséricorde, parce que nous avons mis en vous notre confiance.

O Marie, pleine de douceur, c'est en vous que nous espérons : prenez notre défense pour toujours.

A vous après Dieu est due la louange, la gloire, la force, l'empire dans tous les siècles des siècles.

LITANIES

DE LA PRÉSENTATION DE LA SAINTE VIERGE.

(La fête est le 21 novembre).

Seigneur, ayez pitié de nous.
Jésus-Christ, ayez pitié de nous.
Seigneur, ayez pitié de nous.
Jésus-Christ, écoutez-nous.
Jésus-Christ, exaucez-nous.
Dieu le Père, du haut des cieux ayez pitié de nous.
Dieu le Fils, Rédempteur du monde, ayez pitié de nous.
Dieu le Saint-Esprit, ayez pitié de nous.
Trinité sainte, qui êtes un seul Dieu, ayez pitié de nous.

Sainte Marie, priez pour nous.

Sainte Mère de Dieu,

Sainte Vierge des Vierges,

  Qui avez été présentée au Seigneur dans son temple,

  Qui êtes vous-même la demeure, le sanctuaire et le tabernacle du Très-Haut,

  Qui êtes la fille de la promesse,

  Qui avez été accordée aux prières de vos saints parents,

  Qui, dès le premier instant de votre Immaculée Conception, avez été la possession du Seigneur,

  Qui, au jour de votre Présentation vous êtes donnée à Dieu sans retour et sans partage,

  Qui étiez pour les filles et les épouses des Lévites un modèle achevé de toutes les vertus,

  Qui grandissiez à l'ombre du tabernacle comme le palmier du désert et le cèdre de la montagne,

  Qui, dans le silence du sanctuaire, appeliez de vos vœux et de vos désirs le jour de la rédemption d'Israël,

  Dont les prières se répandaient chaque jour dans le temple comme un encens d'agréable odeur,

Vierge aimable, qui vous prépariez ainsi à

Priez pour nous.

Vierge aimable,

Priez pour nous.

Vierge aimable,

Priez pour nous.

devenir vous-même le temple auguste du Fils de Dieu, priez pour nous.

Agneau de Dieu, qui effacez les péchés du monde, pardonnez-nous, Seigneur.

Agneau de Dieu, qui effacez les péchés du monde, exaucez-nous, Seigneur.

Agneau de Dieu, qui effacez les péchés du monde, ayez pitié de nous.

℣. Priez pour nous, sainte Mère de Dieu,

℟. Vous qui seule avez plu au Seigneur.

ORAISON.

O Dieu, qui avez voulu que la Bienheureuse Vierge Marie vous fût présentée dans votre temple, elle qui était le temple même de l'Esprit-Saint; faites que, par son intercession, nous méritions un jour de vous être présentés dans le temple de votre gloire. Par Jésus-Christ Notre-Seigneur.

LITANIES

DES GRANDEURS DE MARIE.

Seigneur, ayez pitié de nous.
Jésus-Christ, ayez pitié de nous.
Seigneur, ayez pitié de nous.
Jésus-Christ, écoutez-nous.
Jésus-Christ, exaucez-nous.

Père céleste, qui êtes Dieu, ayez pitié de nous.

Dieu le Fils, Rédempteur du monde.

Esprit Saint qui êtes Dieu.

Sainte Trinité qui êtes un seul Dieu.

Sainte Marie, fille du Père éternel, priez pour nous.

Sainte Marie, **priez pour nous.**

Mère du Fils de Dieu,

Épouse du Saint-Esprit,

Temple de l'adorable Trinité,

Bénie entre toutes les femmes,

Qui n'avez point péché en Adam,

Fille du saint Patriarche Abraham,

Plus illustre que David,

Plus sage que Salomon,

Seule exempte de la souillure originelle,

Qui avez été sanctifiée avant de naître,

Très-agréable à Dieu,

Vierge fiancée à un homme juste,

Qui dans le mariage avez conservé votre virginité intacte,

Vierge immaculée,

Vierge féconde,

Vierge la première entre les vierges,

Mère unique entre les mères,

Vierge de corps et d'esprit,

Vierge avant et après l'enfantement,

Très-humble servante du Seigneur,

Qui avez cru aux paroles de l'ange,

Sainte Marie.

Qui glorifiâtes le Seigneur,

Qui vous réjouissiez en Dieu, votre salut,

Mère du Verbe incarné,

Mère de votre créateur,

Mère du Sauveur du monde,

Mère qui avez éprouvé tant de tourments au pied de la croix,

Mère crucifiée avec votre fils,

Mère de l'auteur de la vie,

Mère du roi de la gloire éternelle,

Reine du royaume de Dieu,

Reine élevée dans les cieux,

Reine exaltée au dessus de tous les saints,

Reine couronnée par la divine Trinité,

Reine digne de toute gloire,

A nous malheureux exilés sur la terre, montrez-vous notre mère,

A nous remplis de faiblesse et exposés à tant de dangers,

A nous qui vous aimons et qui vous honorons de tout notre cœur,

Dans notre agonie et à l'heure de la mort,

A nous qui recourons avec une tendresse filiale à votre cœur maternel,

Agneau de Dieu qui effacez les péchés du monde, pardonnez-nous, Seigneur.

Agneau de Dieu, qui effacez les péchés du monde, exaucez-nous, Seigneur.

Sainte Marie,

Priez pour nous.

Priez pour nous.

Montrez-vous notre mere.

Agneau de Dieu, qui effacez les péchés du monde, ayez pitié de nous, Seigneur.

℣. O Marie conçue sans péché,

℟. Priez pour nous qui avons recours à vous.

ORAISON.

Dieu d'ineffable miséricorde, qui non-seulement avez daigné revêtir notre humanité, mais encore vous faire fils de l'homme, et qui avez voulu avoir sur la terre une femme pour mère, vous qui avez votre père dans le ciel, accordez-nous, nous vous en supplions, de vénérer et de célébrer dignement les étonnantes grandeurs de celle qui mérita de vous avoir pour fils sur la terre; ô Jésus, qui vivez et régnez dans les siècles des siècles.

Ainsi soit-il.

LITANIES

DE L'AMOUR DE MARIE.

Seigneur, ayez pitié de nous.

Jésus-Christ, ayez pitié de nous.

Seigneur, ayez pitié de nous.

Jésus-Christ, écoutez-nous.

Jésus-Christ, exaucez-nous.

Père céleste, qui êtes Dieu, ayez pitié de nous.

Dieu le Fils, Rédempteur du monde, ayez pitié de nous.

Esprit-Saint, qui êtes Dieu, ayez pitié de nous.

Trinité sainte, qui êtes un seul Dieu, ayez pitié de nous.

Marie mère de Dieu, priez pour nous.

Marie, qui nous avez fait ressentir votre charité sans bornes, c'est de tout notre cœur que nous vous aimons.

Parce que vous êtes la Fille bien aimée du Père, nous vous aimons, ô Marie !

Parce que vous êtes la Mère du Fils, notre Rédempteur,

Parce que vous êtes l'épouse du Saint-Esprit,

Parce que vous êtes l'objet des complaisances des trois personnes divines,

Parce que vous êtes l'Arche de la nouvelle alliance,

Parce que vous êtes un vase d'élection,

Parce que vous êtes pleine de grâces.

Parce que vous êtes la mère du divin amour,

Parce que vous êtes la cause de notre joie,

Parce que vous êtes notre étoile sur la mer de ce monde,

Parce que vous êtes le phare de la miséricorde,

Parce que vous êtes le canal des grâces,

Nous vous aimons, ô Marie !

Parce que vous êtes notre mère,

Parce que vous êtes notre maîtresse,

Parce que vous êtes notre souveraine,

Parce que vous êtes notre avocate dans le ciel,

Parce que vous êtes notre médiatrice auprès de Jésus,

Parce que vous êtes notre espérance,

Parce que vous êtes notre modèle,

Parce que vous êtes le refuge des pécheurs,

Parce que vous êtes le salut des infirmes.

Parce que vous êtes l'appui des faibles,

Parce que vous êtes la consolatrice des affligés,

Parce que vous êtes la ressource assurée des chrétiens,

Parce que vous êtes la porte du ciel,

Parce que vous avez consenti, par amour pour nous, à l'immolation de Jésus,

Parce que vous êtes une mère de douleurs,

Parce que vous êtes la coopératrice de notre rédemption,

Parce que vous êtes la reine des Anges,

Parce que vous êtes la reine des patriarches,

Parce que vous êtes la reine des Prophètes,

Parce que vous êtes la reine des Apôtres,

Parce que vous êtes la reine des Martyrs,

Parce que vous êtes la reine des Confesseurs,

Nous vous aimons, ô Marie !

Nous vous aimons, ô Marie !

Parce que vous êtes la reine des Vierges, nous vous aimons, ô Marie.

Parce que vous êtes la reine de tous les Saints, nous vous aimons, ô Marie.

C'est avec tout l'amour dont vous ont aimée Jésus et Joseph, que nous désirons vous aimer, ô Marie,

C'est avec l'amour dont vous ont aimée tous les hommes apostoliques, que nous désirons vous aimer, ô Marie.

C'est avec l'amour dont vous ont aimée les dévots serviteurs de Jésus, que nous désirons vous aimer, ô Marie.

C'est avec l'amour dont vous ont aimée les vierges chrétiennes, que nous désirons vous aimer, ô Marie.

Puissions-nous porter partout l'amour et la gloire de votre nom, c'est notre ardent désir, ô Marie !

Puissions-nous vous faire régner sur tous les cœurs, c'est notre ardent désir, ô Marie !

Puisse notre amour nous faire recevoir entre vos bras à notre dernier soupir, c'est notre ardent désir, ô Marie !

Agneau de Dieu, qui effacez les péchés du monde, pardonnez-nous, Seigneur.

Agneau de Dieu, qui effacez les péchés du monde, exaucez-nous, Seigneur.

Agneau de Dieu, qui effacez les péchés du monde, ayez pitié de nous, Seigneur.

℣. Priez pour nous, sainte Mère de Dieu;

℞ Afin que nous nous rendions dignes des promesses de Jésus-Christ.

ORAISON.

O Marie, le plus doux objet de notre tendresse après Jésus, l'objet le plus légitime de notre amour après Dieu, agréez ici la nouvelle expression du dévouement et de la fidélité de vos enfants, daignez recevoir l'hommage de nos cœurs; unissez-les au vôtre par les liens d'une mutuelle charité; faites que, ornés de toutes les vertus dont vous avez donné l'exemple, ils soient pour jamais tout à vous et tout à Jésus, en qui et pour qui nous voulons vous aimer toujours. Ainsi soit-il.

LITANIES

DES SAINTS.

Seigneur, ayez pitié de nous.

Jésus-Christ, ayez pitié de nous.

Seigneur, ayez pitié de nous.

Jésus-Christ, écoutez-nous.

Jésus-Christ, exaucez-nous.

Père céleste , qui êtes Dieu , ayez pitié de nous.

Dieu le Fils , Rédempteur du monde , ayez pitié de nous.

Esprit-Saint, qui êtes Dieu, ayez pitié de nous.

Sainte Trinité , qui êtes un seul Dieu , ayez pitié de nous.

Sainte Marie , priez pour nous.

Sainte Mère de Dieu , priez pour nous.

Sainte Vierge des Vierges , priez pour nous.

Saint
Michel ,
Gabriel ,
Anges et Archanges ,
Ordres des Esprits bienheureux ,
Jean-Baptiste ,
Patriarches et saints prophètes ,

Saint
Pierre ,
Paul ,
André ,
Jacques le mineur ,
Jean ,

Saint
Thomas ,
Jacques le majeur ,
Philippe ,
Barthélemy ,
Matthieu ,

Saint
Simon ,
Thadée ,
Mathias ,
Barnabé ,

Priez pour nous.

Priez pour nous.

Saint Luc,

Saint Marc,

Apôtres et saints Evangélistes,

Disciples du Seigneur,

Innocents,

Saint Étienne,

Saint Laurent,

Vincent,

Fabien et saint Sébastien,

Jean et saint Paul,

Saint Côme et saint Damien,

Saint Gervais et saint Protais,

Martyrs,

Sylvestre,

Ambroise,

Saint Augustin,

Saint Jérôme,

Martin,

Nicolas,

Pontifes et saints Confesseurs,

Saint Docteurs,

Saint Antoine,

Benoît,

Bernard,

Dominique,

Saint François,

Saint Prêtres et saints Lévites,

Marie Madeleine,

Agathe,

Lucie,

Priez pour nous.

Agnès,
Cécile,
Catherine,
Barbe,
Anastasie,
Vierges et saintes Veuves,

Saint (left margin)

Priez p. n. (right margin)

O vous saints et saintes de Dieu, intercédez tous pour nous.

O Dieu, soyez-nous favorable, pardonnez-nous, Seigneur.

De tout mal, délivrez-nous, Seigneur.

De tout péché,

De votre colère,

De la mort subite et imprévue,

Des embûches du démon,

De la colère, de la haine et de toute mauvaise volonté,

De l'esprit de fornication,

Des feux de l'air et des tempêtes,

De la mort éternelle,

Par le mystère de votre sainte Incarnation,

Par votre Avénement,

Par votre Naissance,

Par votre Baptême et votre saint Jeûne,

Par votre Croix et par votre Passion,

Par votre Mort et par votre Sépulture,

Par votre sainte Résurrection,

Par votre admirable Ascension.

Par l'avénement du Saint-Esprit consolateur,

Délivrez-nous, Seigneur. (right margin)

Au jour du jugement, délivrez-nous Seigneur,

Ecoutez-nous, Seigneur, quoique nous soyons pécheurs.

De nous pardonner,

De nous faire grâce,

De nous conduire à une véritable pénitence,

De gouverner et conserver votre sainte Eglise,

De maintenir dans votre sacrée religion le souverain Pontife et tous les ordres de la hiérarchie ecclésiastique,

D'humilier les ennemis de la sainte Eglise,

D'établir parmi les rois et les princes Chrétiens la paix et la concorde véritable,

D'accorder à tout le peuple chrétien la paix et l'unité,

De nous fortifier et de nous maintenir dans votre saint service,

D'élever nos âmes vers les célestes désirs.

De récompenser tous nos bienfaiteurs en leur donnant les biens éternels,

De délivrer nos âmes, celles de nos frères, de nos proches et nos bienfaiteurs, de la damnation éternelle.

De nous donner et de nous conserver les fruits de la terre,

Nous vous prions,

Exaucez nous, Seigneur

Nous vous prions,

Exaucez-nous, Seigneur,

Nous vous prions, d'accorder le repos éternel à tous les fidèles qui sont morts, exaucez-nous, Seigneur.

Nous vous prions d'écouter nos vœux, exaucez-nous, Seigneur,

Nous vous prions, ô Fils de Dieu, exaucez-nous, Seigneur.

Agneau de Dieu, qui effacez les péchés du monde, pardonnez-nous, Seigneur.

Agneau de Dieu, qui effacez les péchés du monde, exaucez-nous, Seigneur.

Agneau de Dieu, qui effacez les péchés du monde, ayez pitié de nous, Seigneur.

Jésus-Christ, écoutez-nous.

Jésus-Christ, exaucez-nous.

ORAISON.

O Dieu, qui par un excès de bonté qui vous est propre, êtes toujours prêt à faire grâce et à pardonner, recevez favorablement notre prière ; et faites, s'il vous plaît, que les chaînes invisibles du péché, qui lient nos âmes soient enfin rompues par la puissance de votre infinie miséricorde.

Dieu tout-puissant et éternel, qui êtes glorifié dans l'assemblée de vos saints, daignez, nous vous supplions, répandre sur nous l'abondance de vos bénédictions en considération du grand nombre d'intercesseurs que nous avons auprès de vous. Par Jésus-Christ Notre-Seigneur. Ainsi soit-il.

LITANIES DES SAINTS

DE CHAQUE MOIS DE L'ANNÉE.

Suivant le Calendrier romain et le propre du diocèse d'Avignon.

Pour le mois de janvier.

Seigneur, ayez pitié de nous.

Jésus-Christ, ayez pitié de nous.

Seigneur, ayez pitié de nous.

Jésus-Christ, écoutez-nous.

Jésus-Christ, exaucez nous.

Dieu le Père, ayez pitié de nous.

Dieu le Fils, Rédempteur du monde, ayez pitié de nous.

Dieu le Saint Esprit, ayez pitié de nous.

Sainte Trinité, qui êtes un seul Dieu, ayez pitié de nous.

Jésus circoncis pour nous, ayez pitié de nous.

Jésus, dont le nom sacré est béni par toute la terre,

Jésus adoré par les Mages,

Jésus baptisé par Saint Jean,

Sainte Marie mariée à Saint Joseph, priez pour nous.

Saint Pierre établissant votre chaire à
    Rome,

Saint Paul converti sur le chemin de
    Damas,

Saint Télesphore,

Saint Hygin,

Saint Félix de Nole,

Saint Marcel,

Saint Canut,

Saint Marius et vos compagnons,

Saint Fabien et saint Sébastien,

Saint Vincent et saint Anasiase,

Saint Timothée,

Saint Clair d'Apt,

Saint Polycarpe,

Saint Hilaire de Poitiers,

Saint Jean Chrysostôme,

Saint François de Sales,

Saint Paul, premier ermite,

Saint Maur,

Saint Antoine du désert,

Saint Pierre Nolasque,

Sainte Prisque,

Sainte Agnès,

Sainte Emerentiane,

Sainte Bathilde,

Sainte Martine,

Sainte Geneviève,

Saints et saintes de Dieu, intercédez pour
    nous,

Priez pour nous.

Agneau de Dieu, qui ôtez les péchés du monde, pardonnez-nous, Seigneur.

Agneau de Dieu, qui ôtez les péchés du monde, exaucez-nous, Seigneur.

Agneau de Dieu, qui ôtez les péchés du monde, ayez pitié de nous.

ORAISON.

Que tous vos saints, ô mon Dieu, nous aident de leurs secours ! et tandis que dans cette vallée de larmes nous exaltons leurs mérites, daignez par ceux de Jésus-Christ votre fils, notre Rédempteur, nous faire ressentir les effets de leur puissante intercession. Ainsi soit-il.

LITANIES

DES SAINTS POUR LE MOIS DE FÉVRIER.

Seigneur, ayez pitié de nous.

Jésus-Christ, ayez pitié de nous.

Seigneur, ayez pitié de nous.

Jésus-Christ, écoutez-nous.

Jésus-Christ, exaucez-nous.

Dieu le Père, ayez pitié de nous.

Dieu le Fils, rédempteur du monde, ayez pitié de nous.

Dieu le Saint-Esprit, ayez pitié de nous.

SainteTrinité, qui êtes un seul Dieu, ayez pitié de nous.

Jésus présenté au temple, ayez pitié de nous.

Jésus agonisant au jardin des olives,

Sainte Marie admirable dans votre Purification, priez pour nous.

Saint Pierre établissant votre chaire à Antioche,

Saint Mathias,

Saint Ignace d'Antioche,

Saint Blaise,

Saints martyrs du Japon,

Saint Valentin,

Saint Faustin et Saint Jovite,

Saint Siméon, fils de Cléophas,

Bienheureux Jean de Britto,

Saint André Corsini,

Saint Pierre Damien,

Saint Tite,

Saint Quenin de Vaison,

Saint Romuald,

Saint Jean de Matha,

Saint Raymond de Pennafort

Sainte Jeanne de Valois,

Sainte Catherine de Ricci,

Sainte Agathe,

Sainte Dorothée,

Sainte Apollonie,

Sainte Scolastique,

Sainte Marguerite de Cortone.

Priez pour nous.

Priez pour nous.

Saints et Saintes de Dieu, intercédez pour nous.

Agneau de Dieu, qui effacez les péchés du monde, pardonnez-nous, Seigneur.

Agneau de Dieu, qui effacez les péchés du monde, exaucez-nous, Seigneur.

Agneau de Dieu, qui effacez les péchés du monde, ayez pitié de nous, Seigneur.

℣. Justes, réjouissez-vous dans le Seigneur, et tressaillez d'allégresse ;

℟. Et soyez dans la jubilation, vous tous qui avez le cœur droit.

ORAISON.

Seigneur Dieu de bonté, multipliez sur nous votre grâce, puisque vous avez bien voulu multiplier auprès de vous le nombre de nos intercesseurs. Par Jésus-Christ Notre-Seigneur. Ainsi soit-il.

LITANIES

DES SAINTS POUR LE MOIS DE MARS.

Seigneur, ayez pitié de nous.
Jésus Christ, ayez pitié de nous.
Seigneur, ayez pitié de nous.
Jésus-Christ, écoutez-nous.
Jésus-Christ, exaucez-nous.
Dieu le Père, ayez pitié de nous.

Dieu le Fils, Rédempteur du monde, ayez pitié de nous.

Dieu le Saint Esprit, ayez pitié de nous.

Sainte Trinité, qui êtes un seul Dieu, ayez pitié de nous.

Jésus verbe fait chair, ayez pitié de nous.

Jésus souffrant et mourant pour nous,

Sainte Marie saluée par l'Ange, priez pour nous.

Sainte Marie, mère des douleurs,

Saint Joseph, époux de Marie,

Saint Gabriel, archange,

Saint Lucius,

Saints Quarante martyrs de Sébaste,

Saint Grégoire-le-grand,

Saint Patrice, patron de l'Irlande,

Saint Casimir,

Saint Thomas d'Aquin,

Saint Jean de Dieu,

Saint Benoît-le-grand,

Saint Pons, abbé de Villeneuve,

Saint Jean-Joseph de la Croix,

Bienheureux Amédée de Savoie,

Sainte Perpétue et Sainte Félicité

Sainte Françoise, romaine,

Sainte Catherine de Gênes,

Priez pour nous.

Priez pour nous.

Saints et Saintes de Dieu, intercédez pour nous.

Agneau de Dieu, qui effacez les péchés du monde, pardonnez-nous, Seigneur.

Agneau de Dieu, qui effacez les péchés du monde, exaucez-nous, Seigneur.

Agneau de Dieu, qui effacez les péchés du monde, ayez pitié de nous, Seigneur.

℣. Que les justes se réjouissent en présence de Dieu,

℟. Et qu'ils tressaillent de joie et d'allégresse.

ORAISON.

Dieu tout-puissant, protégez votre peuple qui se confie en protection de vos saints, et éloignez de lui les fléaux qui pourraient l'atteindre. Par J.-C. N.-S. Ainsi soit-il.

LITANIES

DES SAINTS POUR LE MOIS D'AVRIL.

Seigneur, ayez pitié de nous.

Jésus-Christ, ayez pitié de nous.

Seigneur, ayez pitié de nous.

Jésus-Christ, écoutez-nous.

Jésus-Christ, exaucez-nous.

Dieu le Père, ayez pitié de nous

Dieu le Fils, Rédempteur du monde, ayez pitié de nous.

Dieu le Saint-Esprit, ayez pitié de nous.

Sainte Trinité, qui êtes un seul Dieu, ayez pitié de nous.

Jésus triomphant de la mort, ayez pitié de nous.

Sainte Marie transportée d'allégresse à la résurrection de Jésus votre fils, priez pour nous.

Notre-Dame de Bon Conseil, priez pour nous.

Saint Joseph, protecteur des chrétiens,
Saint Marc, évangéliste,
Saint Herménégilde,
Saint Tiburce et vos compagnons,
Saint Anicet,
Saint Soter et saint Caïus,
Saint Georges,
Saint Fidèle de Sigmaringue,
Saint Clet et saint Marcellin,
Saint Vital,
Saint Pierre de Vérone,
Saint Isidore de Séville,
Saint Léon-le-Grand,
Saint Anselme,
Saint Hugues de Grenoble,
Saint François-de-Paule,
Saint Vincent Ferrier,
Sainte Catherine de Sienne,
Bienheureuse Marie de l'Incarnation,

Priez pour nous.

Saints et Saintes de Dieu, intercédez pour nous.

Agneau de Dieu, qui effacez les péchés du monde, pardonnez-nous, Seigneur.

Agneau de Dieu, qui effacez les péchés du monde, exaucez-nous, Seigneur.

Agneau de Dieu, qui effacez les péchés du monde, ayez pitié de nous, Seigneur.

ỳ. Le Seigneur a les yeux fixés sur ses saints,

Ŷ. Et ses oreilles sont toujours ouvertes à leurs prières.

ORAISON.

O Dieu, qui nous accordez de célébrer sur a terre le triomphe de vos Saints, faites que ious partagions un jour avec eux dans le ciel es joies de la béatitude éternelle. Par Jésus-Christ Notre-Seigneur. Ainsi soit-il.

LITANIES

DES SAINTS POUR LE MOIS DE MAI.

Seigneur, ayez pitié de nous.

Jésus-Christ, ayez pitié de nous.

Seigneur, écoutez-nous.

Jésus-Christ, écoutez-nous.

Jésus-Christ, exaucez-nous.

Dieu le Père, ayez pitié de nous.

Dieu le Fils, Rédempteur du monde, ayez pitié de nous.

Dieu le Saint-Esprit, ayez pitié de nous.

Sainte Trinité, qui êtes un seul Dieu, ayez pitié de nous.

Jésus retournant au ciel en vainqueur, ayez pitié de nous.

Jésus glorifié dans l'Invention de votre sainte Croix, ayez pitié de nous.

Notre-Dame Auxiliatrice, priez pour nous.

Notre-Dame des fleurs,

Saint Michel, archange,

Saint Philippe et saint Jacques,

Saint Jean martyrisé davant la porte Latine,

Saint Alexandre et vos compagnons,

Saint Stanislas de Cracovie,

Saint Gordien et vos compagnons,

Saint Nérée et vos compagnons,

Saint Boniface, apôtre de l'Allemagne,

Saint Jean Népomucène,

Saint Didier,

Saint Venance,

Saint Eleuthère,

Saint Urbain,

Saint Jean,

Saint Félix, pape,

Bienheureux André Bobola,

Saint Athanase,

Saint Juvénal,

Saint Grégoire de Nazianze,

Saint Antonin,

Saint Eutrope d'Orange,

Saint Pie,

Saint Ubalde,

Saint Grégoire pape,

Priez pour nous.

Priez pour nous.

Saint Pierre-Célestin,
Saint Gens, ermite,
Saint Pascal Baylon,
Saint Isidore le laboureur,
Saint Bernardin de Sienne,
Saint François de Hieronymo,
Saint Philippe de Néri,
Saint Ferdinand,
Sainte Monique,
Sainte Pétronille,
Sainte Madeleine de Pazzi,
Sainte Pudentienne,
Sainte Angèle Mérici,

Priez pour nous.

Saints et Saintes de Dieu, intercédez pour nous.

Agneau de Dieu, qui effacez les péchés du monde, pardonnez-nous, Seigneur.

Agneau de Dieu, qui effacez les péchés du monde, exaucez-nous, Seigneur.

Agneau de Dieu, qui effacez les péchés du monde, ayez pitié de nous.

℣. Le Seigneur est l'espérance de ses Saints
℟. Il est la tour de leur puissance.

ORAISON.

Que les prières de vos saints nous assistent, Seigneur, auprès de votre trône, et que leur secours ne nous fasse pas défaut, puisque nous leur rendons nos hommages. Ainsi soit-il.

LITANIES

DES SAINTS POUR LE MOIS DE JUIN.

Seigneur, ayez pitié de nous.

Jésus-Christ, ayez pitié de nous.

Seigneur, ayez pitié de nous.

Jésus-Christ, écoutez-nous.

Jésus-Christ, exaucez-nous.

Dieu le Père, ayez pitié de nous.

Dieu le Fils, Rédempteur du monde, ayez pitié de nous.

Dieu le Saint-Esprit, ayez pitié de nous.

Sainte Trinité, qui êtes un seul Dieu, ayez pitié de nous.

Jésus envoyant votre Saint-Esprit sur les apôtres, ayez pitié de nous.

Jésus notre nourriture et notre breuvage, ayez pitié de nous.

Cœur sacré de Jésus, ayez pitié de nous.

Sainte Marie, mère de toute consolation, priez pour nous.

Sainte Marie, mère de grâce, priez pour nous.

Saint Jean-Baptiste, priez pour nous.

Saint Pierre et saint Paul, priez pour nous.

Saint Barnabé, priez pour nous.

Saint Marcellin et vos compagnons,
Saint Prime et saint Félicien,
Saint Basilide et vos compagnons,
Saint Guy et vos compagnons,
Saint Marc et saint Marcellin,
Saint Gervais et saint Protais,
Saint Irénée,
Saint Silvère,
Saint Jean et saint Paul martyrs,
Saint Norbert,
Saint Basile-le-grand,
Saint Paulin,
Saint Léon,
Saint Anthélme,
Saint Eutrope de Marseille,
Saint Vérédème,
Saint Bernard de Menthon,
Saint François Carraciolo,
Saint Jean de Facond,
Saint Antoine de Padoue,
Saint Jean-François Régis,
Saint Louis de Gonzague,
Saint Guillaume de Verceil,
Sainte Marguerite d'Ecosse,
Sainte Julienne de Falconeri,
Bienheureuse Marianne de Parédès,
Saints et Saintes de Dieu, intercédez pour
    nous.

Priez pour nous.

Agneau de Dieu, qui effacez les péchés du
    monde, pardonnez-nous, Seigneur.

Agneau de Dieu, qui effacez les péchés du monde, exaucez-nous, Seigneur.

Agneau de Dieu, qui effacez les péchés du monde, ayez pitié de nous, Seigneur.

℣. Seigneur, vous avez placé sur le front de vos élus,

℟. Une couronne de pierres précieuses.

ORAISON.

O Dieu, qui nous permettez de recourir à vos Saints pour qu'ils nous recommandent eux-mêmes à votre miséricorde ; accordez-nous aussi la grâce de vous servir fidèlement à l'exemple de ceux dont nous sollicitons l'intercession. Ainsi soit-il.

LITANIES

DES SAINTS POUR LE MOIS DE JUILLET.

Seigneur, ayez pitié de nous.

Jésus-Christ, ayez pitié de nous.

Seigneur, ayez pitié de nous.

Jésus-Christ, écoutez-nous.

Jésus-Christ, exaucez-nous.

Dieu le Père, ayez pitié de nous.

Dieu le Fils, Rédempteur du monde, ayez pitié de nous.

Dieu le Saint Esprit, ayez pitié de nous.

Sainte Trinité, qui êtes un seul Dieu, ayez pitié de nous.

Jésus, qui avez versé votre sang précieux pour le salut du monde, ayez pitié de nous.

Sainte Marie visitant votre cousine Elisabeth, priez pour nous.

Notre-Dame des miracles,
Notre-Dame du Mont-Carmel,
Saints prophètes Elie et Isaïe,
Saint Jacques, apôtre,
Saints frères Martyrs,
Saint Victor de Marseille,
Saint Processe et saint Martinien,
Saint Pie,
Saint Nabor et saint Félix,
Saint Anaclet,
Saint Apollinaire,
Saint Christophe,
Saint Pantaléon,
Saint Nazaire et vos compagnons,
Saint Simplice et vos compagnons,
Saint Abdon et saint Sennen,
Bienheureux Quarante martyrs du Brésil,
Saint Bonaventure,
Saint Liboire,
Saint Innocent,
Saint Jean Gualbert,
Saint Henri, empereur,
Saint Alexis,
Saint Camille de Lellis,

Priez pour nous. *Priez pour nous.* *Priez pour nous.*

Saint Vincent de Paul,
Saint Jérôme Emilien,
Saint Ignace de Loyola,
Bienheureux Pierre de Luxembourg,
Sainte Elisabeth de Portugal,
Sainte Symphorose et vos compagnons,
Sainte Rufine et sainte Seconde,
Sainte Pulchérie,
Sainte Marguerite,
Sainte Praxède,
Sainte Marie Madeleine,
Sainte Marthe, l'hôtesse de N.-S.
Sainte Anne, l'aïeule de N.-S.
Sainte Christine,
Bienheureuse Louise de Savoie,
Saints et Saintes de Dieu, intercédez pour
  nous.

Priez pour nous.

Agneau de Dieu, qui effacez les péchés du
  monde, pardonnez-nous, Seigneur.
Agneau de Dieu, qui effacez les péchés du
  monde, exaucez-nous, Seigneur.
Agneau de Dieu, qui effacez les péchés du
  monde, ayez pitié de nous.

℣. Bénissez le Seigneur, ô vous qui êtes
  ses élus,
℟. Et chantez un hymne à la gloire de son
  nom.

ORAISON.

Faites, ô Dieu d'amour et de bonté, que
nous soyons assistés auprès du trône de votre

miséricorde par ceux dont nous aimons à nous rappeler les vertus et les mérites.

Ainsi soit-il.

LITANIES

DES SAINTS POUR LE MOIS D'AOUT.

Seigneur, ayez pitié de nous.

Jésus-Christ, ayez pitié de nous.

Seigneur, ayez pitié de nous.

Jésus-Christ, écoutez-nous.

Jésus-Christ, exaucez-nous.

Dieu le Père, ayez pitié de nous.

Dieu le Fils, Rédempteur du monde, ayez pitié de nous.

Dieu le Saint Esprit, ayez pitié de nous.

Sainte Trinité, qui êtes un seul Dieu, ayez pitié de nous.

Jésus glorieusement transfiguré sur le Thabor, ayez pitié de nous.

Sainte Marie, montant aux cieux au milieu des chœurs des Anges, priez pour nous.

Notre-Dame des Anges, priez pour nous.

Notre-Dame des Neiges, priez pour nous.

Cœur très-pur de Marie, priez pour nous.

Saint Joachim, père de la très-sainte Vierge, priez pour nous.

Saint Jean-Baptiste,
Saint Pierre ès-liens,
Saint Barthélemy,
Saints frères Machabées,
Saint Etienne, pape,
Saint Etienne, premier martyr,
Saint Sixte et vos compagnons,
Saint Auspice d'Apt,
Saint Donat,
Saint Cyriaque et vos compagnons,
Saint Romain,
Saint Laurent,
Saint Agapit,
Saint Tiburce et sainte Suzanne,
Saint Cassien et saint Hippolyte,
Saint Timothée et vos compagnons,
Saint Zéphyrin,
Saint Hermès,
Saint Félix et saint Adaucte,
Saint Lazare de Marseille,
Saint Augustin-le-grand,
Saint Louis de Toulouse,
Saint Alphonse Marie de Liguori,
Saint Magne d'Avignon,
Saint Césaire d'Arles,
Saint Bernard-le-grand,
Saint Eusèbe,
Saint Hyacinthe,
Saint Gaëtan,
Saint Roch,

Priez pour nous.

Priez pour nous.

Priez pour nous.

Saint Philippe Bénili,
Saint Joseph Calazance,
Saint Louis, roi de France,
Saint Raymond Nonnat,
Sainte Rose de Lima,
Sainte Sabine,
Sainte Jeanne-Françoise de Chantal,
Sainte Claire,
Sainte Philomène,

Priez pour nous.

Saints et Saintes de Dieu, intercédez pour
nous.

Agneau de Dieu, qui effacez les péchés du
monde, pardonnez-nous, Seigneur.

Agneau de Dieu, qui effacez les péchés du
monde, exaucez-nous, Seigneur.

Agneau de Dieu, qui effacez les péchés du
monde, ayez pitié de nous.

℣. Que le nom du Seigneur est admirable !

℟. Il a par toute la terre couronné ses Saints
de gloire et d'honneur.

ORAISON.

Exaucez, Seigneur père tout-puissant,
nos vœux et nos prières, et, puisque vous
nous donnez vos saints pour intercesseurs,
faites nous ressentir par leur entremise les
doux effets de votre miséricorde. Par Jésus-
Christ Notre-Seigneur. Ainsi soit-il

LITANIES

DES SAINTS POUR LE MOIS DE SEPTEMBRE.

Seigneur, ayez pitié de nous.
Jésus-Christ, ayez pitié de nous.
Seigneur, ayez pitié de nous.
Jésus-Christ, écoutez-nous.
Jésus-Christ, exaucez-nous.
Dieu le Père, ayez pitié de nous.
Dieu le Fils, Rédempteur du monde, ayez pitié de nous.
Dieu le Saint-Esprit, ayez pitié de nous.
Sainte Trinité qui êtes un seul Dieu, ayez pitié de nous.
Jésus glorifié dans l'exaltation de votre sainte croix, ayez pitié de nous.
Marie, dont la naissance annonça la joie au monde, priez pour nous.
Marie, dont le nom est si doux,
Notre-Dame des sept douleurs,
Notre-Dame de la Merci,
Saint Michel, archange,
Saint Matthieu, apôtre et évangéliste,
Saint Adrien,
Saint Gorgon,
Saint Prote et saint Hyacinthe,

Priez pour nous,

Saint Nicomède,
Saint Corneille et saint Cyprien,
Saint Janvier et vos compagnons,
Saint Eustache et vos compagnons,
Saint Maurice et vos compagnons,
Saint Lin.
Saint Wenceslas,
Saint Cyprien et sainte Justine,
Saint Agricol, évêque et patron d'Avignon,
Saint Castor d'Apt,
Saint Laurent Justinien,
Saint Thomas de Villeneuve,
Saint Jérôme-le-grand,
Saint Joseph de Cupertin,
Saint Bénézet,
Saint François décoré des stigmates sacrés,
Saint Nicolas de Tolentin,
Saint Martian de Saignon,
Saint Elzéar de Sabran,
Saint Gilles,
Saint Etienne, roi,
Bienheureux Pierre Claver,
Sainte Rusticule de Vaison,
Sainte Rosalie,
Sainte Thècle,

Priez pour nous.

Saints et Saintes de Dieu, intercédez pour nous.

Agneau de Dieu, qui effacez les péchés du monde, pardonnez-nous, Seigneur.

Agneau de Dieu, qui effacez les péchés du monde, exaucez-nous, Seigneur.

Agneau de Dieu, qui effacez les péchés du monde, ayez pitié de nous, Seigneur.

℣. Les saints ont sur leurs fronts une couronne d'or,

℟. Une couronne de gloire et d'honneur.

ORAISON.

Faites, Seigneur, que les prières de vos saints nous viennent en aide, afin que, ce que nous ne pouvons obtenir par nous-mêmes, nous l'obtenions par leur intercession. Par Jésus-Christ N.-S. Ainsi soit-il.

LITANIES

DES SAINTS POUR LE MOIS D'OCTOBRE.

Seigneur, ayez pitié de nous.

Jésus-Christ, ayez pitié de nous.

Seigneur, ayez pitié de nous.

Jésus-Christ, écoutez-nous.

Jésus-Christ, exaucez-nous.

Dieu le Père, ayez pitié de nous.

Dieu le Fils, Rédempteur du monde, ayez pitié de nous.

Dieu le Saint-Esprit, ayez pitié de nous.

Sainte Trinité, qui êtes un seul Dieu, ayez pitié de nous.

Jésus divin Rédempteur du monde, ayez pitié de nous.

Notre-Dame du Rosaire, priez pour nous.

Mère de Dieu,

Vierge très-pure,

Protectrice des Chrétiens,

Saints Anges gardiens,

Saint Luc,

Saint Simon et saint Jude,

Saint Placide et vos compagnons,

Saint Côme et saint Damien,

Saint Marc, pape,

Saint Calixte,

Saint Serge et vos compagnons,

Saint Crépin et saint Crépinien,

Saint Denis et vos compagnons,

Saint Chrysanthe,

Saint Evariste,

Saint Remi,

Saint Florent d'Orange,

Saint Hilarion,

Saint Edouard,

Saint Pierre d'Alcantara,

Saint Jean de Kenty,

Saint Edouard, roi,

Saint Bruno,

Saint François d'Assise,

Saint François de Borgia,

Bienheureux Alphonse Rodriguez,

Sainte Brigitte,

Priez pour nous.

Sainte Térèse,

Sainte Hedwige,

Sainte Darie,

Sainte Ursule et vos compagnes,

Sainte Pélagie,

Saints et Saintes de Dieu, intercédez pour
nous.

Agneau de Dieu, qui effacez les péché du
monde, pardonnez-nous, Seigneur.

Agneau de Dieu, qui effacez les péchés du
monde, exaucez-nous, Seigneur.

Agneau de Dieu, qui effacez les péchés du
monde, ayez pitié de nous, Seigneur.

ỹ. Les saints ont méprisé les joies périssa-
ble du monde,

℟. C'est pour cela qu'ils jouissent de la gloire
éternelle des cieux.

ORAISON.

Que vos saints, ô Seigneur, nous obtiennent votre grâce, eux dont la vie vous fut
toujours agréable et dont la mort fut si précieuse à vos yeux. Par J.-C. Ainsi soit-il.

LITANIES

DES SAINTS POUR LE MOIS DE NOVEMBRE.

Seigneur, ayez pitié de nous.

Jésus-Christ, ayez pitié de nous.

Priez pour nous.

Seigneur , ayez pitié de nous.

Jésus-Christ , écoutez-nous.

Jésus-Christ , exaucez-nous.

Dieu le Père , ayez pitié de nous.

Dieu le Fils , Rédempteur du monde , ayez pitié de nous.

Dieu le Saint-Esprit , ayez pitié de nous.

Sainte Trinité , qui êtes un seul Dieu , ayez pitié de nous.

Jésus , récompense et couronne de tous les saints , ayez pitié de nous.

Jésus , Rédempteur des âmes des fidèles trépassés ,

Sainte Marie , présentée au temple , priez pour nous.

Saint André ,

Saint Vital et vos compagnons ,

Saints Quatre couronnés ,

Saint Théodore ,

Saint Chrysogone ,

Saint Tryphon et vos compagnons ,

Saint Menne ,

Saint Martin , pape ,

Saint Clément ,

Saint Pontien ,

Saint Saturnin ,

Saint Pierre d'Alexandrie ,

Saint Charles Borromée ,

Saint Martin de Tours.

Saint Etienne d'Apt ,

Priez pour nous.

Saint Ruf d'Avignon,
Saint Véran de Cavaillon,
Saint Siffrein de Carpentras,
Saint Maxime d'Avignon,
Saint Grégoire le Thaumaturge,
Saint Stanislas Kostka,
Saint Jean-de-la-Croix,
Saint Didace,
Saint André Avellin,
Saint Félix de Valois,
Bienheureux Léonard de Port-Maurice,
Sainte Cécile,
Sainte Catherine,
Sainte Delphine,
Sainte Elisabeth de Hongrie,
Sainte Félicité,
Sainte Gertrude,

Saints et Saintes de Dieu, intercédez pour nous.

Agneau de Dieu, qui effacez les péchés du monde, pardonnez-nous, Seigneur.

Agneau de Dieu, qui effacez les péchés du monde, exaucez nous, Seigneur.

Agneau de Dieu, qui effacez les péchés du monde, ayez pitié de nous.

℣ Le Seigneur a conduit les justes par le droit chemin,

℟. Et il leur a manifesté sa gloire dans son royaume

ORAISON.

Dieu tout-puissant, faites qu'en louant dans vos saints votre gloire et votre puissance, nous soyons affermis dans l'amour de votre nom. Par J.-C. N.-S. Ainsi soit-il.

LITANIES

DES SAINTS POUR LE MOIS DE DÉCEMBRE.

Seigneur, ayez pitié de nous.
Jésus-Christ, ayez pitié de nous.
Seigneur, ayez pitié de nous.
Jésus-Christ, écoutez-nous.
Jésus-Christ, exaucez-nous.
Dieu le Père, ayez pitié de nous.
Dieu le Fils, Rédempteur du monde, ayez pitié de nous.
Dieu le Saint-Esprit, ayez pitié de nous.
Sainte Trinité, qui êtes un seul Dieu, ayez pitié de nous.
Jésus, né pour le salut du monde, ayez pitié de nous.
O Marie conçue sans péché, priez pour nous.
O Marie Mère de Dieu, priez pour nous.
Notre-Dame de Lorette, priez pour nous.
Saint Thomas, Apôtre, priez pour nous.
Saint Jean l'Evangéliste, priez pour nous.

Saint Etienne, premier martyr,
Saints Innocents,
Saint Melchiade,
Saint Eusèbe de Verceil,
Saint Thomas de Cantorbéry,
Saint Trophime d'Arles,
Saint Pierre Chrysologue,
Saint Silvestre,
Saint Spiridion,
Saint Damase,
Saint Ambroise,
Saint Nicolas de Myre,
Saint François-Xavier,
Saint Sabas,
Sainte Lucie,
Sainte Barbe,
Sainte Bibiane,
Sainte Cazarie,
Bienheureuse Marguerite de Savoie,

Priez pour nous.

Saints et Saintes de Dieu, intercédez pour nous.

Agneau de Dieu, qui effacez les péchés du monde, pardonnez-nous, Seigneur.

Agneau de Dieu, qui effacez les péchés du monde, exaucez-nous, Seigneur.

Agneau de Dieu, qui effacez les péchés du monde, ayez pitié de nous, Seigneur.

℣. Ce n'est qu'à ceux qui l'aiment,

℟. Que le Seigneur donnera la couronne de vie.

ORAISON.

Que vos saints, ô Seigneur, nous recommendant à votre miséricorde ; et que leur intercession délivre nos corps des maux qui pourraient les atteindre, et nos âmes des pensées perverses qui les troublent. Par J.-C. N.-S. Ainsi soit-il.

LITANIES

DES SAINTS ANGES.

Seigneur, ayez pitié de nous.

Jésus-Christ, ayez pitié de nous.

Seigneur, écoutez-nous.

Père céleste, qui êtes Dieu, ayez pitié de nous.

Fils Rédempteur du monde, qui êtes Dieu, ayez pitié de nous.

Esprit-Saint, qui êtes Dieu, ayez pitié de nous.

Sainte Trinité, qui êtes un seul Dieu, ayez pitié de nous.

Sainte Marie, reine des Anges, priez pour nous.

Saint Michel,
Saint Gabriel,
Saints Anges gardiens,
Chœur des Séraphins,
Chœur des Chérubins,
Chœur des Trônes,

Priez pour n.

Chœur des Dominations,

Chœur des Vertus,

Chœur des Puissances,

Chœur des Principautés,

Chœur des Archanges,

Chœur des Anges,

Vous qui environnez le trône sublime et élevé de Dieu,

Vous qui chantez incessamment devant Dieu, Saint, Saint, Saint est le Dieu des armées,

Vous qui dissipez nos ténèbres et éclairez nos esprits,

Vous qui nous annoncez les choses divines,

Vous qui avez reçu de Dieu la charge de garder les hommes,

Vous qui contemplez toujours la face du Père céleste,

Vous qui avez une grande joie de la conversion du pécheur,

Vous qui avez retiré le juste Loth du milieu des pécheurs,

Vous qui montiez et descendiez par l'échelle de Jacob,

Vous qui avez donné la loi de Dieu à Moïse sur le mont Sinaï,

Vous qui avez annoncé la joie au monde en la naissance du Sauveur,

Vous qui l'avez servi dans le désert après son jeûne de quarante jours,

Priez pour nous.

Vous qui avez porté Lazare dans le sein d'Abraham,

Vous qui étiez en habits blancs auprès du sépulcre de Jésus-Christ,

Vous qui avez parlé aux disciples aussitôt que Jésus fut monté au Ciel,

Vous qui accompagnerez Jésus au jugement dernier,

Vous qui rassemblerez les élus à la fin des siècles,

Vous qui séparerez les méchants d'avec les justes,

Vous qui portez nos prières au trône de Dieu,

Vous qui nous fortifiez au dernier combat à l'heure de notre mort,

Vous qui tirez du purgatoire les âmes qui sont purifiées,

Vous qui faites des miracles par la puissance divine,

Vous qui êtes envoyés pour conduire ceux qui veulent parvenir à l'héritage éternel,

Vous qui présidez aux états et aux monarchies,

Vous qui avez souvent dissipé les armées ennemies,

Vous qui avez délivré les amis de Dieu des prisons et autres dangers,

Vous qui avez consolé les martyrs dans leurs tourments,

Priez pour nous.

Priez pour nous.

Priez pour nous.

Vous qui protégez d'un soin particulier les prélats et les princes, priez pour nous.

Tous les ordres et hiérarchies des bienheureux esprits, priez pour nous.

Agneau de Dieu, qui effacez les péchés du monde, pardonnez-nous, Seigneur.

Agneau de Dieu, qui effacez les péchés du monde, exaucez-nous, Seigneur.

Agneau de Dieu, qui effacez les péchés du monde, ayez pitié de nous, Seigneur.

ỹ. Vertus célestes, bénissez le Seigneur,

℟. Et vous aussi, ministres qui exécutez les ordres du Seigneur.

ORAISON.

Seigneur, qui partagez avec un ordre admirable les divers ministères et fonctions des Anges et des hommes, accordez-nous par votre grâce que ceux qui assistent toujours dans le ciel en votre présence pour vous servir, défendent aussi notre vie sur la terre. Par Notre-Seigneur Jésus-Christ.

LITANIES

DE SAINT MICHEL ARCHANGE.

(La fête de Saint Michel se célèbre le 29 septembre,
et celle de son Apparition, le 8 mai.)

Seigneur, ayez pitié de nous.
Jésus-Christ, ayez pitié de nous.
Seigneur, ayez pitié de nous.
Jésus-Christ, écoutez-nous.
Jésus-Christ, exaucez-nous.
Père céleste, qui êtes Dieu, ayez pitié de
nous.
Fils Rédempteur du monde, qui êtes Dieu,
ayez pitié de nous.
Esprit-Saint, qui êtes Dieu, ayez pitié de
nous.
Trinité Sainte, qui êtes un seul Dieu, ayez
pitié de nous.
Sainte Marie, reine des Anges, priez pour
nous.
Saint Michel, archange, priez pour nous.

S. Michel.
Prince des milices Angéliques,
Porte-étendard des armées célestes,
Préposé à la garde du Paradis,
Défenseur invincible de la majesté
divine,
Priez pour n.

Qui avez soutenu dans le ciel un grand combat contre le dragon infernal,

Qui, au milieu de la lutte, avez poussé ce cri sublime : *Qui est semblable à Dieu ?*

Qui avez triomphé de l'orgueil de Satan,

Qui avez précipité du haut des cieux dans les abîmes de l'enfer les anges rebelles,

Qui avez été comblé de toutes les grâces que Lucifer avait perdues par son crime,

Qui avez disputé au démon le corps de Moïse,

Qui êtes venu en aide à l'archange Gabriel contre le prince des Perses,

Qui sonniez de la trompette, lorsque saint Jean contemplait les mystères ineffables des cieux,

Qui, êtes honoré par tous les chœurs des célestes esprits,

Qui êtes apparu plusieurs fois glorieux sur la terre,

Dont la présence soulevait les flots de la mer et secouait la terre sur ses fondements,

Qui secourez le peuple de Dieu,

Qui fortifiez les fidèles à l'heure de la mort,

Qui recevez et pesez les âmes pour les présenter devant l'éternelle lumière,

Saint Michel, (gauche)

Priez pour nous. (droite)

S. Michel,

Priez pour n.

Dont les prières conduisent au royaume des cieux,

Qui vous lèverez un jour pour le peuple d'Israël,

Qui êtes le protecteur tout spécial de l'Eglise et du pays de France,

Agneau de Dieu, qui effacez les péchés du monde, pardonnez-nous, Seigneur.

Agneau de Dieu, qui effacez les péchés du monde, exaucez-nous, Seigneur.

Agneau de Dieu, qui effacez les péchés du monde, ayez pitié de nous, Seigneur.

℣. Saint Michel, défendez-nous et secourez-nous,

℟. Pendant notre vie et à notre heure dernière.

ORAISON.

Grand Dieu, qui avez élevé en grâce et en gloire au-dessus de toutes les intelligences célestes votre archange saint Michel, daignez, nous vous en prions par son intermédiaire, daignez éloigner de nous les embûches de l'ennemi qu'il terrassa; et faites qu'après avoir été à son exemple fidèles à votre saint service et zélés défenseurs de votre nom, nous puissions un jour être introduits par lui dans les parvis sacrés de la bienheureuse éternité. Par Jésus-Christ Notre-Seigneur.

LITANIES

DE SAINT GABRIEL ET DE SAINT RAPHAEL, ARCHANGES.

(La fête de Saint Gabriel se célèbre le 18 mars, et celle de Saint Raphaël, le 24 octobre.)

Seigneur, ayez pitié de nous.
Jésus-Christ, ayez pitié de nous.
Seigneur, ayez pitié de nous.
Jésus-Christ, écoutez-nous.
Jésus-Christ, exaucez-nous,
Père céleste, qui êtes Dieu, ayez pitié de nous.
Fils Rédempteur du monde, qui êtes Dieu, ayez pitié de nous.
Esprit-Saint, qui êtes Dieu, ayez pitié de nous.
Très-Sainte Trinité, qui êtes un seul Dieu, ayez pitié de nous.
Sainte Marie, reine des Anges, priez pour nous.
Saint Gabriel, archange, priez pour nous.
Saint Gabriel, qui avez manifesté les divines visions au prophète Daniel, priez pour nous.
Saint Gabriel, qui descendites avec les trois

enfants dans la fournaise pour éloigner de leurs corps les flammes ardentes,

Qui êtes apparu à Zacharie pour lui prédire la naissance et le ministère glorieux de son fils Jean-Baptiste,

Qui avez été envoyé de Dieu vers la Vierge Marie à Nazareth pour lui annoncer l'Incarnation du Verbe éternel,

Qui avez apporté à la terre le saint Nom de Jésus,

Dont le nom signifie *force de Dieu*,

Qui offrez nos prières au Très-Haut,

Patron des âmes chastes,

Saint Raphaël, archange,

Qui êtes un des sept esprits qui se tiennent devant la face du Seigneur,

Qui avez été le compagnon de route et le conducteur du jeune Tobie,

Qui avez chassé le démon du corps de la fille de Raguël,

Qui avez été le céleste médecin du vieux Tobie,

Qui descendiez dans le temple pour agiter les eaux de la piscine probatique,

Qui êtes le consolateur des affligés,

Dont le nom signifie *Médecine de Dieu*,

Qui êtes le protecteur des époux chrétiens.

(En marge gauche : Saint Gabriel, Saint Gabriel, Saint Raphaël, Saint Raphaël ; en marge droite : Priez pour nous.)

Agneau de Dieu, qui effacez les péchés du monde, pardonnez-nous, Seigneur.

Agneau de Dieu, qui effacez les péchés du monde, exaucez-nous, Seigneur.

Agneau de Dieu, qui effacez les péchés du monde, ayez pitié de nous, Seigneur.

ꝯ. Priez pour nous, glorieux Archanges saint Gabriel et saint Raphaël,

ꝶ. Maintenant et surtout à l'heure de notre mort.

ORAISON.

O Dieu, qui avez choisi entre tous les Anges l'Archange Gabriel pour annoncer le mystère de l'Incarnation de votre divin fils, accordez-nous, s'il vous plaît, de ressentir les doux effets de son intercession dans les cieux, puisque nous célébrons ici bas sa mémoire.

Seigneur, qui avez donné pour compagnon de route au jeune Tobie, Saint Raphaël Archange, faites que nous restions toujours sous la conduite tutélaire de cette sublime intelligence. Par Jésus-Chr st Notre-Seigneur.

LITANIES

DE L'ANGE GARDIEN.

(La fête est le 2 octobre.)

Seigneur, ayez pitié de nous.

Jésus-Christ, ayez pitié de nous.

Seigneur, ayez pitié de nous.

Jésus-Christ, écoutez-nous.

Jésus-Christ, exaucez-nous.

Père céleste, qui êtes Dieu, ayez pitié de nous.

Fils Rédempteur du monde, ayez pitié de nous.

Esprit-Saint, qui êtes Dieu, ayez pitié de nous.

Trinité Sainte, qui êtes un seul Dieu, ayez pitié de nous.

Sainte Marie, reine des Anges, priez pour nous.

Ange du Ciel, qui êtes mon gardien, priez pour nous.

Ange du Ciel,

Que je révère comme mon prince,

Qui me donnez de charitables avertissements,

Qui me donnez de sages conseils,

Qui faites envers moi l'office d'un zélé tuteur,

Priez pour nous.

Ange du Ciel,

Qui pourvoyez à mes besoins,
Qui m'aimez tendrement,
Qui êtes mon consolateur,
Qui m'êtes attaché comme un frère,
Qui m'instruisez de mes devoirs,
Qui êtes pour moi un charitable pasteur,
Qui êtes le témoin de toutes mes actions,

Ange du Ciel,

Qui me secourez dans toute rencontre,
Qui veillez continuellement à ma garde,

Priez pour nous.

Qui me secondez dans toutes mes entreprises,
Qui intercédez pour moi,
Qui me portez entre vos mains,
Qui me dirigez dans toutes mes voies,

Ange du Ciel,

Qui présidez à toutes mes actions,
Qui prenez toujours ma défense,
Qui me conduisez avec sagesse,
Qui me mettez à l'abri des dangers,
Qui m'enseignez les vérités du salut,

Priez pour nous.

Qui dissipez mes ténèbres et éclairez mon esprit,

Agneau de Dieu, qui effacez les péchés du monde, pardonnez-nous, Seigneur.

Agneau de Dieu, qui effacez les péchés du monde, exaucez-nous, Seigneur.

Agneau de Dieu, qui effacez les péchés du monde, ayez pitié de nous, Seigneur.

℣. Priez pour moi Saint Ange,

℟. Défendez-moi, tendre gardien.

ORAISON.

Dieu tout-puissant et éternel, qui, par un effet de votre bonté ineffable, avez donné à tous les fidèles, dès le sein de leur mère, un Ange pour gardien spécial du corps et de l'âme, faites que j'aie pour celui que vous m'avez accordé dans votre miséricorde, tant de respect et d'amour, que, protégé par les dons de votre grâce et par son secours, je mérite d'aller dans la céleste patrie vous contempler avec lui et les autres esprits bienheureux, dans tout l'éclat de votre gloire. Par Jésus-Christ Notre-Seigneur.

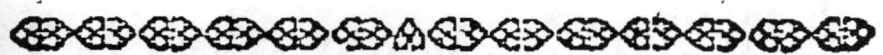

LITANIES

POUR OBTENIR UNE PROTECTION SPÉCIALE DES SAINTS ANGES, PAR L'INTERCESSION DES SAINTS QUI EN ONT REÇU DES FAVEURS PARTICULIÈRES.

Seigneur, ayez pitié de nous.
Jésus-Christ, ayez pitié de nous.
Seigneur, ayez pitié de nous.
Jésus-Christ, écoutez-nous.
Jésus-Christ, exaucez-nous.
Sainte Marie, qui avez été visitée et saluée par l'ange Gabriel, priez pour nous.

Saint Joseph, qui avez reçu plusieurs fois les ordres de Dieu, par le ministère des Anges, priez pour nous.

Saint Jean-Baptiste, dont la naissance a été annoncée par un ange,

Saint Pierre, apôtre, qui avez été délivré des fers et de la prison par le secours d'un ange,

Saint Jean, apôtre et évangéliste, à qui l'ange du Seigneur a révélé de grands mystères,

Saint Laurent, qui avez été délivré par un ange de l'ardeur des flammes,

Saint Félix de Nole, qu'un ange fit sortir de prison,

Saint Venance, qu'un ange arracha au fumier sur lequel vous étiez condamné à mourir,

Saint Guy, qui, sur l'avis d'un ange, vous mîtes en route pour des terres lointaines,

Saint Faustin et saint Jovite que des anges arrachèrent aux abîmes de l'Océan,

Saints quarante martyrs de Sébaste, qui fûtes couronnés par des anges,

Saint Léon, qui marchiez à la rencontre d'Attila, précédé d'un ange brandissant une épée nue,

Saint Henri, qui avez vu souvent au milieu de la mêlée l'ange du Seigneur combattant sous votre bannière,

Priez pour nous.

Saint Laurent Justinien , dont la mort précieuse fut honorée des concerts angéliques ,

Saint Nicolas de Tolentin, qui, pendant les six mois qui précédèrent votre mort, méritâtes d'ouïr chaque soir les concerts des anges ,

Saint Jean de Matha , qui , sur l'avis d'un ange partîtes pour Rome avec saint Félix de Valois ,

Saint Grégoire , pape , et saint Philippe de Néri , qui , en récompense de votre généreuse charité , avez mérité de voir un ange mêlé parmi les pauvres que vous secouriez ,

Saint Pacôme , qui avez reçu du Ciel , par le ministère d'un ange , une règle pour vos religieux ,

Saint Nicolas de Myre et saint Martin de Tours , évêques , qui , au moment de votre mort , avez mérité de voir des troupes d'anges et d'entendre leurs concerts harmonieux ,

Saint François d'Assise , qui avez reçu les stigmates de la passion de Jésus-Christ , par le ministère d'un Séraphin ,

Saint Wenceslas , duc de Bohême , qui , entre autres faveurs que vous avez reçues des saints anges , en avez été visiblement protégé dans les combats ,

Priez pour nous.

Priez pour nous.

Priez pour nous.

Saint Raymond Nonnat et saint Stanislas Kostka, qui avez eu le bonheur de recevoir la sainte communion de la main des anges,

Saint Thomas d'Aquin, qui avez reçu du Seigneur le don de chasteté, par le ministère d'un ange,

Saint Isidore, laboureur, qui, pour vaquer plus souvent à la prière, avez été aidé dans vos travaux par les saints anges,

Saint Camille de Lellis, qui, dans vos voyages, avez été délivré de plusieurs dangers par le secours visible des saints anges,

Saint Roch, qui avez été guéri de la peste par le ministère d'un ange,

Saint Jean Gualbert, qui avez été servi pendant trois jours par des anges,

Saint Pierre Nolasque et saint André Avellin, qui avez souvent joui de l'apparition de votre ange gardien,

Saint Louis de Gonzague, qui fûtes appelé *Ange dans un corps mortel*,

Saint François-Xavier, qui étiez rempli d'une si tendre dévotion envers les neuf chœurs des anges,

Saint Bénézet qui avez eu comme le jeune Tobie, l'ange du Seigneur pour conducteur et pour guide,

Priez pour nous.

Priez pour nous.

Priez pour nous.

Bienheureux Alexandre Sauli, apôtre de la Corse, qui plusieurs fois durant vôtre vie avez mérité d'être réjoui par les concerts des anges,

Sainte Marie Madeleine et autres saintes femmes, qui avez appris par les anges la résurrection du Sauveur,

Sainte Agnès et sainte Cécile, qui avez eu des anges pour défenseurs de votre virginité,

Sainte Françoise, qui, en récompense de votre tendre dévotion à votre bon ange, avez souvent joui de sa conversation, et en avez reçu beaucoup d'autres faveurs,

Sainte Catherine, de Suède, qui, en mourant, avez remis votre âme entre les mains des saints,

Sainte Térèse de Jésus, qui avez reçu les impressions du divin amour par le ministère d'un Séraphin,

Sainte Rose de Lima, qui, en récompense de votre amour pour la pureté, avez mérité la consolation de jouir souvent de la présence visible de votre bon ange,

Sainte Catherine, dont le corps a été miraculeusement porté par les anges sur le mont Sinaï,

Sainte Rosalie, qui avez goûté dès cette vie les délices dont les anges jouissent dans les cieux,

Priez pour nous. Priez pour nous. Priez pour nous.

Sainte Julienne Falconieri, qui méritâtes d'être appelée un ange par le bienheureux Alexis servite,

Saints et Saintes, qui, par votre tendre dévotion pour les saints anges, et votre zèle pour en étendre le culte, avez mérité d'en obtenir des secours et des faveurs particulières,

Agneau de Dieu, qui effacez les péchés du monde, pardonnez-nous, Seigneur.

Agneau de Dieu, qui effacez les péchés du monde, exaucez-nous, Seigneur.

Agneau de Dieu, qui effacez les péchés du monde, ayez pitié de nous.

℣. Le Seigneur a ordonné à ses anges,

℟. De vous garder dans toutes vos voies.

Priez pour nous.

ORAISON.

Accordez-nous, ô Dieu tout puissant, de commencer une vie nouvelle et meilleure à l'exemple et par les prières de vos saints, afin qu'un jour nous partagions avec eux l'héritage céleste qui nous a été promis et dont ils sont déjà en possession. Par Jésus-Christ Notre-Seigneur.

LITANIES

DES JUSTES DE L'ANCIENNE LOI,

Dont les noms sont inscrits au Martyrologe romain.

Seigneur, ayez pitié de nous.

Jésus-Christ, ayez pitié de nous.

Seigneur, ayez pitié de nous.

Jésus-Christ, écoutez-nous.

Jésus-Christ, exaucez-nous.

Pèrecéleste, qui êtes Dieu, ayez pitié de nous.

Dieu le Fils, Rédempteur du monde, ayez pitié de nous.

Esprit Saint, qui êtes Dieu, ayez pitié de nous.

Trinité Sainte, qui êtes un seul Dieu, ayez pitié de nous.

Jésus, l'objet de l'attente et des désirs du peuple d'Israël,

Jésus, le roi des Patriarches et l'espérance des Prophètes,

Jésus, fils de David, fils d'Abraham,

Marie, humble fille de Juda, priez pour nous.

Saint Joseph, fils de David, héritier de la foi et des vertus des Patriarches,

Priez pour nous.

Saint Joachim, père de la bienheureuse Vierge Marie,

Saint Jean-Baptiste, glorieux précurseur du Sauveur des hommes,

Saint Zacharie, père de saint Jean-Baptiste,

Saint Siméon, qui, plus heureux que tous les prophètes, avez eu le bonheur de tenir l'enfant Dieu entre vos bras.

Sainte Anne, bienheureuse aïeule de Notre-Seigneur Jésus-Christ,

Sainte Elisabeth, qui avez été la première à saluer Marie du nom de Mère du Seigneur,

Sainte Anne la Prophétesse, qui avez pu contempler de vos yeux le Messie au jour de sa présentation au temple,

Saint Abraham, le père des croyants,

Saint Moïse, qui fûtes suscité de Dieu pour être le législateur de son peuple,

Saint Aaron, que Dieu lui-même appela à l'honneur sublime du sacerdoce,

Saint Josué, qui par votre constante fidélité au service du Seigneur méritâtes d'introduire les Hébreux dans la terre promise,

Saint Gédéon, le juge du peuple d'Israël,

Saint Samuël, prophète et prêtre du Seigneur,

Saint roi David, qui êtes un parfait modèle de sincère pénitence,

Priez pour nous.

Saint prophète Elie, qui avez été miraculeusement enlevé à la terre sur un char de feu,

Saint Elisée, qui héritâtes de l'esprit et des vertus du prophète Elie dont vous étiez le disciple,

Saint Isaïe et saint Jérémie, prophètes et martyrs,

Saint Job et saint Tobie,

Saint prophète Ezéchiel,

Saint Joël et saint Malachie prophètes,

Saint Jonas et saint Nahum prophètes,

Saint Daniel, qui avez confondu les prêtres des faux dieux et dévoilé l'innocence de la chaste Suzanne,

Saint Habacuc et saint Aggée prophètes,

Saint Esdras, prêtre du Seigneur,

Saint Osée et saint Amos prophètes,

Saints prophètes Abdias et Agabus,

Saint Zacharie et Ste Sophonias prophètes,

Priez pour nous.

Agneau de Dieu, qui ôtez les péchés du monde, pardonnez-nous, Seigneur.

Agneau de Dieu, qui ôtez les péchés du monde, exaucez-nous, Seigneur.

Agneau de Dieu, qui ôtez les péchés du monde, ayez pitié de nous.

℣. Priez pour nous, saints patriarches et prophètes,

℟. Afin que nous nous rendions dignes des promesses de Jésus-Christ.

ORAISON.

Seigneur, faites que le souvenir de vos bontés infinies ne s'efface point de nos cœurs; et accordez-nous, par l'intercession des saints Patriarches et Prophètes, la grâce de vous aimer par-dessus toutes choses, afin de pouvoir un jour recevoir dans le ciel la couronne de vie que vous avez promise à ceux qui vous aiment. Ainsi soit-il.

LITANIES

DE SAINT JOSEPH.

(La fête de Saint Joseph est fixée au 19 mars ; et celle de son patronage tombe le troisième dimanche après Pâques.)

Seigneur, ayez pitié de nous.
Jésus-Christ, ayez pitié de nous.
Seigneur, ayez pitié de nous.
Jésus-Christ, écoutez-nous.
Jésus-Christ, exaucez nous.
Dieu le Père, ayez pitié de nous.
Dieu le Fils, Rédempteur du monde, ayez pitié de nous.
Dieu le Saint-Esprit, ayez pitié de nous.
Sainte Trinité, qui êtes un seul Dieu, ayez pitié de nous.

Sainte Marie, priez pour nous.

Sainte Mère de Dieu, priez pour nous,

Sainte épouse de Saint Joseph, priez pour nous.

Saint Joseph, image du Père céleste et père nourricier de son fils unique,

Chaste époux de la reine des Vierges,

Fils de David, héritier de la foi et de la vertu des Patriarches,

Homme juste et selon le cœur de Dieu,

Modèle de l'obéissance la plus prompte, la plus simple et la plus parfaite,

Méprisé des hommes, mais grand aux yeux de Dieu, admiré et respecté des anges,

Qui avez mené une vie pauvre, obscure et laborieuse,

Modèle parfait de la vie intérieure,

Dont la vie a été cachée en Dieu avec Jésus-Christ,

Qui avez si longtemps et si familièrement contemplé de vos yeux, et touché de vos mains le Verbe de vie,

Qui, par vos soins et votre travail, avez sauvé et entretenu la vie du Créateur et du Sauveur des hommes,

Qui avez été si docile à la conduite du Saint-Esprit et à toutes les inspirations de la grâce,

Dont les actions extérieures n'ont jamais

interrompu le recueillement et l'attention à la présence de Dieu,

Dont la vie fut une oraison et une contemplation continuelles,

Uni à Jésus-Christ par l'amour le plus pur, le plus fort et le plus tendre,

Qui êtes mort dans les bras du Seigneur,

Qui êtes le directeur, l'ami et le protecteur des âmes qui tendent à la perfection,

Saint Joseph. — *Priez pour nous.*

Par votre sainte enfance et votre vie cachée, exaucez-nous, Seigneur Jésus.

Par la très-pure virginité de votre très-sainte Mère, purifiez-nous, Seigneur Jésus.

Par la fidélité et la justice de saint Joseph, protégez-nous, Seigneur Jésus.

Agneau de Dieu, qui effacez les péchés du monde, exaucez-nous, Seigneur.

Agneau de Dieu, qui effacez les péchés du monde, ayez pitié de nous, Seigneur.

Agneau de Dieu, qui effacez les péchés du monde, ayez pitié de nous, Seigneur.

℣. Priez pour nous saint Joseph,

℟. Afin que nous nous rendions dignes des promesses de Notre-Seigneur Jésus-Christ.

ORAISON.

Seigneur Jésus, que les mérites du chaste époux de votre sainte mère nous aident, et que son intercession nous obtienne ce que nous ne pouvons obtenir par nous mêmes. Ainsi soit-il.

LITANIES

DE SAINT JEAN-BAPTISTE.

(La fête de la Nativité de Saint Jean-Baptiste est fixée au 24 juin; et celle de sa Décollation, au 9 août.)

Seigneur, ayez pitié de nous.
Jésus-Christ, ayez pitié de nous.
Seigneur, ayez pitié de nous.
Jésus-Christ, écoutez-nous.
Jésus-Christ, exaucez-nous.
Dieu le Père, ayez pitié de nous
Dieu le Fils, Rédempteur du monde, ayez pitié de nous.
Dieu le Saint-Esprit, ayez pitié de nous.
Sainte Trinité, qui êtes un seul Dieu, ayez pitié de nous.
Sainte Marie, priez pour nous.
Sainte Vierge des vierges,
Sainte Mère de Dieu,
Saint Jean-Baptiste,
S. Précurseur du Seigneur,
Promis de Dieu à Zacharie votre père,
Sanctifié dans le sein de votre mère,
Fruit de grâces donné à Elisabeth frappée de stérilité,

S. Jean-Bap. — *Priez pour nous.*

Dont la naissance remplit d'allégresse vos parents et leurs voisins,

Qui avez miraculeusement délié la langue de votre père,

Rempli de la science divine,

Prédicateur admirable,

Qui avez préparé les voies du Seigneur,

Qui avez baptisé Jésus-Christ,

Qui avez montré l'agneau divin,

Censeur de l'impudicité,

Modèle d'humilité et de mortification,

Lumière-brillante devant le Seigneur,

Homme merveilleux,

Gloire du désert,

Persécuté par les méchants,

Décollé dans la prison,

Descendant des Patriarches,

Chef des Prophètes,

Avant-coureur des Apôtres,

Modèle des Martyrs,

Guide des Confesseurs,

Père des Anachorètes,

Maître des Vierges,

Glorieux au milieu des SS. du Paradis,

Dont la solennité transporte les peuples d'allégresse et de joie,

Saint Jean-Baptiste,

Priez pour nous.

Agneau de Dieu, qui effacez les péchés du monde, pardonnez-nous, Seigneur.

Agneau de Dieu, qui effacez les péchés du monde, exaucez-nous, Seigneur.

Agneau de Dieu, qui effacez les péchés du monde, ayez pitié de nous, Seigneur.

℣. Intercédez pour nous, bienheureux Jean-Baptiste, saint précurseur de Jésus-Christ,

℟. Afin que nous soyons dignes de ses promesses.

ORAISON.

Nous vous demandons, Dieu tout-puissant et souverainement miséricordieux, que tous les membres de la famille chrétienne avancent dans les voies du salut, et qu'après avoir suivi les traces de saint Jean-Baptiste, ils arrivent au royaume de celui qu'il annonçait, de Notre-Seigneur Jésus-Christ, votre fils, qui vit et règne avec vous en l'unité du Saint-Esprit dans tous les siècles de siècles.

Ainsi soit-il.

LITANIES

DES SAINTS ROIS MAGES.

(La piété des fidèles honore communément leur mémoire le 6 janvier, jour auquel l'Eglise célèbre la fête de l'Epiphanie.)

Seigneur, ayez pitié de nous.
Jésus-Christ, ayez pitié de nous.
Seigneur, ayez pitié de nous.

Jésus-Christ, écoutez-nous.

Jésus-Christ, exaucez-nous.

Dieu le Père, ayez pitié de nous.

Dieu le Fils, Rédempteur du monde, ayez pitié de nous.

Dieu le Saint-Esprit, ayez pitié de nous.

Sainte Trinité qui êtes un seul Dieu, ayez pitié de nous.

Jésus Roi des Rois, ayez pitié de nous.

Sainte Marie, Reine des Rois, priez pour nous.

Saint Gaspard,

Saint Melchior,

Saint Balthasar,

Saint Rois de Tharse, d'Arabie et de Saba,

Saints Rois prémices de la conversion des Gentils,

Saints Rois dont Jésus faisait l'espérance et la joie,

Saints Rois éclairés par l'amour, fortifiés par l'espérance et embrasés par la charité,

Qui avez été divinement avertis par l'étoile,

Qui, obéissant promptement à la grâce, avez cherché le Roi des Juifs nouvellement né,

Qui avez sans crainte fait profession publique de la foi de Jésus-Christ devant Hérode,

Priez pour nous.

Priez pour nous.

Saints Rois,

Qui avez été extrèmement réjouis à la seconde apparition de l'étoile,

Qui avez suivi cette même étoile jusqu'à ce qu'elle se fût arrêtée sur l'étable, où était le divin Enfant,

Qui, entrant dans cette étable, avez trouvé l'Enfant Jésus avec la Vierge sa mère,

Qui l'avez adoré, et lui avez offert vos présents, déclarant par l'or qu'il était Roi, par l'encens qu'il était Dieu, et par la myrrhe qu'il était homme,

Qui, après avoir été avertis par un ange pendant votre sommeil, de ne pas retourner vers Hérode, ètes retournés en votre pays par un autre chemin,

Qui, après avoir été les apôtres de vos compatriotes, avez apporté la lumière de l'Évangile dans des contrées lointaines,

Dont les saintes reliques sont entourées de la vénération et de la reconnaissance du peuple de Cologne,

Dont le culte est en grand honneur sur notre terre de Provence,

Saints Rois,

Priez pour nous.

Agneau de Dieu, qui effacez les péchés du monde, pardonnez-nous, Seigneur.

Agneau de Dieu, qui effacez les péchés du monde, exaucez-nous, Seigneur.

18

Agneau de Dieu, qui effacez les péchés du monde, ayez pitié de nous.

℣. Saints Rois, Gaspard, Melchior et Balthasar, priez pour nous,

℞. Afin que nous nous rendions dignes des promesses de Jésus-Christ.

ORAISON.

O Dieu, qui avez manifesté votre Fils unique aux trois Rois mages en leur donnant une étoile pour les conduire à la crèche de Bethléem ; accordez-nous, par leur intercession, que, vous connaissant par la foi, nous parvenions un jour à vous contempler dans votre gloire. Par Jésus-Christ Notre-Seigneur. Ainsi soit-il.

LITANIES

DES SAINTS APÔTRES.

Seigneur, ayez pitié de nous.

Jésus-Christ, ayez pitié de nous.

Seigneur, écoutez-nous.

Jésus-Christ, écoutez-nous.

Jésus-Christ, exaucez-nous.

Dieu le Père, ayez pitié de nous.

Dieu le Fils, Rédempteur du monde, ayez pitié de nous.

Dieu le Saint-Esprit, ayez pitié de nous.

Sainte Trinité, qui êtes un seul Dieu, ayez pitié de nous.

Sainte Vierge Marie, reine des Apôtres, priez pour nous.

Saints Apôtres de Notre-Seigneur Jésus-Christ,

Qui avez été appelés à l'apostolat par le Sauveur lui-même,

Qui avez tout quitté pour suivre ce divin maître,

Qui avez été formés par ses divines leçons,

Qui l'avez accompagné dans ses courses à travers les bourgs et les campagnes de la Judée.

Qui, au jour de la dernière Cène, avez reçu de ses mains son corps en nourriture et son sang en breuvage,

Qui avez alors reçu de lui le pouvoir de consacrer le pain en son corps adorable et le vin en son sang précieux,

Qui avez été les témoins des prodiges qui éclatèrent au moment de sa mort,

Qui, après sa résurrection, avez pu le voir et converser souvent avec lui,

Qui avez reçu de sa bouche divine l'ordre d'aller enseigner toutes les nations,

Saints Apôtres, *Priez pour nous.*

Saints Apôtres, *Priez pour nous.*

Qui avez assisté à son Ascension glorieuse,

Qui, au jour de la Pentecôte, avez reçu le Saint-Esprit,

Qui avez reçu le don des langues,

Qui vous êtes répandu par tout le monde pour annoncer l'Évangile à toute créature,

Qui avez scellé par l'effusion de votre sang la vérité que vous annonciez aux peuples,

Qui, à la fin du monde, jugerez du haut de vos trônes de gloire les douze tribus d'Israël,

Colonnes de l'Eglise de Dieu,

Saints Apôtres,   *Priez pour nous.*

Agneau de Dieu, qui effacez les péchés du monde, pardonnez-nous, Seigneur.

Agneau de Dieu, qui effacez les péchés du monde, exaucez-nous, Seigneur.

Agneau de Dieu, qui effacez les péchés du monde, ayez pitié de nous, Seigneur.

℣. Leur voix s'est fait entendre par toute la terre,

℟. Et leurs paroles ont retenti d'un bout du monde à l'autre.

ORAISON.

O Dieu, qui nous avez fait parvenir à la connaissance de votre nom par le ministère de vos saints Apôtres ; faites nous la grâce de célébrer leur glorieuse mémoire en avançant dans la vertu. Par Jésus-Christ Notre-Seigneur. Ainsi soit-il.

LITANIES

DE SAINT PIERRE, TIRÉES DE L'ÉVANGILE ET DES ACTES DES APÔTRES.

(La fête de Saint Pierre se célèbre le 29 juin ; celle de Saint Pierre ès-liens, le ,er août ; celle de la Chaire de Saint Pierre à Rome, le 18 janvier ; et celle de la Chaire de Saint Pierre à Antioche le 22 février.)

Seigneur, ayez pitié de nous.

Jésus-Christ, ayez pitié de nous.

Seigneur, ayez pitié de nous.

Jésus-Christ, écoutez-nous.

Jésus-Christ, exaucez-nous.

Père céleste, qui êtes Dieu, ayez pitié de nous.

Fils Rédempteur du monde qui êtes Dieu, priez pour nous.

Esprit-Saint qui êtes Dieu, ayez, etc.

Sainte Trinité qui êtes un seul Dieu, ayez, etc.

Sainte Marie, reine et modèle de notre foi, priez pour nous.

Sainte Marie, reine des Apôtres, priez, etc.

Saint Pierre, prince des Apôtres, priez, etc.

Qui le premier, à la voix de Jésus, avez tout quitté pour le suivre,

Qui avez reçu votre nom du Seigneur Jésus,

De qui seul la barque a servi de chaire à Jésus,

Qui êtes toujours nommé le premier entre les Apôtres,

Qui avez marché sur les eaux avec Jésus,

Qui avez connu et confessé la divinité de Jésus par révélation du Père céleste,

Qui avez accompagné Jésus sur le mont Thabor,

Que Jésus s'est associé dans le paiement du tribut,

Qui, par humilité, repoussiez Jésus quand il voulait vous laver les pieds,

Qui consentiez à ce qu'il vous lavât même les mains et la tête, pour n'être point séparé de lui;

Que Jésus prit avec lui au jardin des Olives,

Qui, par amour, suivîtes Jésus jusque chez Caïphe,

Qui, touché d'un regard de Jésus, avez pleuré amèrement votre péché,

Qui êtes entré le premier dans le tombeau de Jésus,

Saint Pierre.

Saint Pierre,

Saint Pierre,

Priez pour nous.

Priez pour nous.

Priez pour nous.

Qui , le premier entre les Apôtres ,
avez vu Jésus ressuscité ,

Qui de votre barque vous êtes jeté à
l'eau pour atteindre plutôt Jésus sur
le rivage ,

Qui avez eu pour Jésus plus d'amour
que les autres Apôtres ,

Qui avez reçu le souverain pouvoir de
paître et de gouverner le bercail de
Jésus ,

Pour qui Jésus a prié afin que votre
foi ne défaille point ,

Qui avez reçu de Jésus la charge de
confirmer vos frères ,

Qui , seul, avez été établi par Jésus le
fondement de son Eglise ,

A qui seul ont été données les clés du
royaume du ciel ,

Qui avez reçu la suprème autorité de
délier et de lier sur la terre ,

Qui avez présidé le premier concile de
l'Église ,

Qui , le premier, après la descente du
Saint-Esprit avez promulgué l'Evangile ,

Qui avez fait le premier miracle en
témoignage de la foi ,

Qui avez frappé du glaive de votre parole l'hypocrisie et la fraude d'Ana-
nie et de Saphire ,

Saint Pierre, *Saint Pierre,* *Saint Pierre,*

Priez pour nous. *Priez pour nous.* *Priez pour nous.*

De qui l'ombre seule guérissait les malades,

Qui avez découvert et condamné le premier hérésiarque, Simon le magicien,

Qui, le premier, avez porté aux nations la parole de Dieu,

Qui avez consacré au Seigneur les prémices des nations,

Pour qui l'Eglise priait avec sollicitude quand vous étiez en prison,

Qui avez été délivré par un ange de la prison d'Hérode et de la perfidie des Juifs,

Qui, par une disposition de la sagesse divine, avez établi votre siége spécialement à Rome,

A qui il a été donné, selon la promesse de Jésus, de mourir comme lui sur la croix,

Qui vivez et présidez en votre siége, et donnez la vérité de la foi à ceux qui la cherchent,

(marge gauche :) Saint Pierre, Saint Pierre,

(marge droite :) Priez pour nous. Priez pour nous.

Agneau de Dieu, qui effacez les péchés du monde, pardonnez-nous, Seigneur.

Agneau de Dieu, qui effacez les péchés du monde, exaucez-nous, Seigneur.

Agneau de Dieu, qui effacez les péchés du monde, ayez pitié de nous, Seigneur.

℣. Tu es Pierre,

℟. Et sur cette pierre je bâtirai mon Eglise.

ORAISON.

O Dieu, qui en donnant à Saint Pierre, votre Apôtre, les clés du ciel, lui avez conféré la puissance de lier et de délier, accordez-nous, par son intercession, que nous soyons délivrés des liens de nos péchés, vous qui vivez et regnez avec Dieu le Père en l'unité du Saint-Esprit. Ainsi soit-il.

LITANIES

DE SAINT PAUL, APÔTRE.

(La fête de Saint Paul se fait conjointement avec celle de Saint Pierre, le 29 juin ; le 30 juin on célèbre sa commémoraison ; et le 25 janvier, sa conversion.)

Seigneur, ayez pitié de nous.
Jésus-Christ, ayez pitié de nous.
Seigneur, ayez pitié de nous.
Jésus-Christ, écoutez-nous.
Jésus-Christ, exaucez-nous.
Père céleste qui êtes Dieu, ayez pitié de nous.
Dieu le Fils, Rédempteur du monde, ayez pitié de nous.
Dieu le Saint-Esprit, ayez pitié de nous.

Sainte Trinité, qui êtes un seul Dieu, ayez pitié de nous.

Sainte Marie, reine des Apôtres,

Saint Paul, Apôtre, priez pour nous.

Saint Paul, *Priez pour nous.*

Qui avez été terrassé par le Seigneur sur le chemin de Damas,

Qui vous êtes relevé Apôtre de Jésus-Christ,

Qui êtes un vase d'élection que le Seigneur se choisit pour porter son nom à la face des nations,

Qui avez confondu les Juifs et la synagogue,

Qui vous fesiez tout à tous,

Dont la charité était sans bornes,

Qui êtes l'Apôtre des Gentils,

Qui êtes appelé à juste titre le docteur des nations,

Qui avez été le collègue de Saint Pierre dans l'apostolat,

Qui portiez sur votre corps les stigmates sacrés de Jésus-Christ,

Qui avez été ravi jusqu'au troisième ciel,

Que rien n'a pu séparer de la charité de Jésus-Christ,

Qui ne vouliez vous glorifier que dans la croix du divin Sauveur,

Qui avez prêché Jésus crucifié au milieu de l'Aréopage,

Qui avez planté la croix sous les murs même du palais des Césars,

Qui avez confessé la foi au tribunal du cruel Néron,

Qui avez souffert la faim, la soif, le froid, la nudité, les veilles et les tribulations,

Qui avez été trois fois frappé de verges et une fois lapidé,

Qui avez fait trois fois naufrage et êtes demeuré une nuit et un jour au fond de la mer,

Qui avez combattu noblement les combats du Seigneur,

Qui avez été jeté dans les cachots et chargé de chaînes comme un vil criminel,

Qui avez péri glorieusement par le glaive,

Qui avez reçu du Seigneur cette couronne de justice qu'il a promise à ceux qui l'aiment

Dont les sublimes accents ont retenti par toute la terre,

Qui êtes avec Saint Pierre la colonne de l'Eglise,

Qui êtes la gloire et l'ornement de la ville de Rome,

Dont le génie et les vertus ravissaient d'admiration Saint Jean Chrysostôme et saint Augustin.

Qui êtes le protecteur de tous les Chrétiens, priez pour nous.

Agneau de Dieu, qui effacez les péchés du monde, pardonnez-nous, Seigneur.

Agneau de Dieu, qui effacez les péchés du monde, exaucez-nous, Seigneur.

Agneau de Dieu, qui effacez les péchés du monde, ayez pitié de nous.

℣. Vous êtes, ô Saint Paul, un vase d'élection ;

℟. Vous êtes le prédicateur de la vérité dans le monde entier.

ORAISON.

Seigneur, qui avez converti la multitude des nations par la prédication de votre apôtre Saint Paul, faites qu'en célébrant ses glorieux mérites, nous ressentions les effets de sa puissante protection. Par Jésus-Christ Notre-Seigneur. Ainsi soit-il.

LITANIES

DE SAINT ANDRÉ, APOTRE.

(Sa fête est fixée au 30 novembre.)

Seigneur, ayez pitié de nous.
Jésus-Christ, ayez pitié de nous.
Seigneur, ayez pitié de nous.

Jésus-Christ, écoutez-nous.

Jésus-Christ, exaucez-nous.

Dieu le Père, ayez pitié de nous.

Dieu le Fils, Rédempteur du monde, ayez pitié de nous.

Dieu le Saint Esprit, ayez pitié de nous.

Sainte Trinité, qui êtes un seul Dieu, ayez pitié de nous.

Sainte Marie, reine des Apôtres, priez pour nous.

Saint André, Apôtre, priez pour nous.

Qui avez été un des disciples de saint Jean-Baptiste,

Frère de saint Pierre,

Aimé de Jésus,

Qui le premier avez servi le Seigneur,

Qui avez amené Pierre à Jésus,

Qui avez été d'une patience invincible,

Qui de pêcheur êtes devenu apôtre,

Admirable pêcheur d'hommes,

Apôtre de l'Évangile,

Serviteur fidèle de Jésus-Christ,

Ouvrier infatigable de la vigne du Seigneur,

Docteur de la vérité divine,

Qui avez fait connaître le nom de Jésus aux nations infidèles de la Thrace,

Fondateur des églises de Scythie et d'Epire,

Qui avez démontré la science du salut à un cruel proconsul,

Intrépide contre les impies,

Crucifié pour l'Évangile,

Qui du haut de la croix instruisiez les peuples,

Qui n'avez point voulu être détaché de la croix,

Amant bienheureux de la croix qui avez été crucifié vous même,

Prédicateur de la croix qui avez été crucifié,

Imitateur du Sauveur qui avez été crucifié,

Qui êtes mort en croix,

Qui d'une croix avez fait l'autel de votre sacrifice,

A qui la croix a servi de degrés pour monter au ciel,

A qui la croix a été un char de triomphe,

Bienheureux André, intercédez pour uous.

Agneau de Dieu, qui effacez les péchés du monde, pardonnez-nous, Seigneur.

Agneau de Dieu, qui effacez les péchés du monde, exaucez-nous, Seigneur.

Agneau de Dieu, qui effacez les péchés du monde, ayez pitié de nous, Seigneur.

℣. Intercédez pour nous, bienheureux apôtre Saint André,

℟. Afin que par la croix nous méritions d'être reçus auprès de celui qui nous a rachetés par la croix.

(Saint André. — Priez pour nous.)

ORAISON.

Seigneur, exaucez nos prières, et faites que nous ressentions les doux effets de l'intercession de votre apôtre Saint André auprès de votre divine majesté. Par Jésus-Christ Notre-Seigneur. Ainsi soit-il.

LITANIES

DE SAINT JEAN L'ÉVANGÉLISTE.

(La fête de Saint Jean se célèbre le 27 décembre; celle de son martyre devant la porte Latine, le 6 mai.)

Seigneur, ayez pitié de nous.
Jésus-Christ, ayez pitié de nous.
Seigneur, ayez pitié de nous.
Jésus-Christ, écoutez-nous.
Jésus-Christ, exaucez-nous.
Dieu le Père, du haut des cieux, ayez pitié de nous.
Dieu le Fils, Rédempteur du monde, ayez pitié de nous.
Dieu le Saint-Esprit, ayez pitié de nous.
Trinité sainte, qui êtes un seul Dieu, ayez pitié de nous.
Sainte Marie, priez pour nous.

Saint Jean l'Evangéliste, priez pour nous.

Saint Jean.
Que Jésus aimait,
Prophète du Très-Haut,
Qui avez toujours conservé l'innocence,
Fils du tonnerre,
Fidèle ami du Rédempteur,
Fournaise brûlante du céleste amour,
Vrai imitateur du Fils de Dieu,
Qui à la dernière Cène avez reposé sur la poitrine de Jésus,

Saint Jean.
A qui ont été révélés les secrets du ciel,
Témoin des souffrances et de la mort du Fils de Dieu,
Fils adoptif de Marie,
Chaste gardien de la Vierge Marie,
Envoyé du Sauveur,
Ambassadeur fidèle du Dieu vivant,

Saint Jean.
Trompette de l'Eglise,
Colonne de la maison de Dieu,
Plein de la grâce de Dieu,
Docteur de la nouvelle loi,
Rose de charité,
Lis de chasteté,
Vase débordant de la rosée céleste,
Fleur virginale née au printemps,

Saint Jean.
Ecrivain des mystères de Dieu,
Qui n'avez craint ni les poisons, ni les tourments de la chaudière d'huile bouillante,
Semblable aux Anges,

Priez pour nous.

Priez pour nous.

Priez pour nous.

Saint Jean... Gloire des Prophètes,
Perle entre les Apôtres,
Aigle des Évangélistes,
Disciple par excellence,
Associé aux souffrances des Martyrs,
Miroir des Docteurs,
Modèle des Vierges,
Saint Jean, Habitant de la Jérusalem céleste,
Protecteur de ceux qui vous invoquent,
Avocat des pécheurs,
Consolateur des affligés,
Terreur des payens et des infidèles,
Illustre par vos miracles,

Priez pour nous.

Agneau de Dieu, qui effacez les péchés du monde, pardonnez-nous, Seigneur.

Agneau de Dieu, qui effacez les péchés du monde, exaucez-nous, Seigneur.

Agneau de Dieu, qui effacez les péchés du monde, ayez pitié de nous.

℣. Honorons la mémoire de Saint Jean ;

℟. Car c'est à lui que le Seigneur révéla les secrets du ciel.

ORAISON.

Répandez, ô Dieu de bonté, votre lumière sur votre Église, afin qu'éclairée par la science de Saint Jean, votre apôtre et évangéliste, elle parvienne à la possession des biens éternels. Par Jésus-Christ Notre-Seigneur.

Ainsi soit-il.

19

LITANIES

DE SAINT JUDE, APOTRE.

(Sa fête se célèbre le 28 octobre).

Seigneur, ayez pitié de nous.

Jésus-Christ, ayez pitié de nous.

Seigneur, ayez pitié de nous.

Jésus-Christ, écoutez-nous.

Jésus-Christ, exaucez-nous.

Père céleste, qui êtes Dieu, ayez pitié de nous.

Dieu le Fils, Rédempteur du monde, ayez pitié de nous.

Esprit Saint qui êtes Dieu, ayez pitié de nous.

Sainte Trinité, qui êtes un seul Dieu, ayez pitié de nous.

Saint Jude, parent de Jésus et de Marie, priez pour nous.

Qui avez eu le bonheur de voir Jésus et Marie, et de jouir de leurs doux entretiens,

Qui avez été élevé à la dignité d'apôtre,

Qui avez eu l'honneur de voir votre divin maître s'abaisser jusqu'à vous laver les pieds,

Qui, dans la dernière scène avez reçu la

Sainte Eucharistie des mains de Jésus-Christ lui-même,

Qui, après la cruelle douleur que vous
causa la mort de votre maître bien
aimé, avez eu la consolation de le
voir ressuscité et d'assister à son
Ascension glorieuse,

Qui avez été rempli du Saint-Esprit le
jour de la Pentecôte,

Qui êtes allé prêcher l'Evangile dans le
royaume de Perse,

Qui avez converti à la foi des peuples
innombrables,

Qui avez opéré des prodiges inouis par
la vertu du Saint-Esprit,

Qui avez rendu la vie de l'âme et celle
du corps à un roi idolâtre,

Qui avez imposé silence au démon et
confondu ses oracles,

Qui avez prédit à un prince faible une
paix glorieuse avec son puissant ennemi,

Qui avez ôté à des serpents le pouvoir
de nuire aux hommes,

Qui méprisant les menaces des impies
avez prêché sans crainte les dogmes
de la foi,

Qui avez eu le bonheur de mourir sous
les coups des bourreaux pour le nom
de Jésus,

Saint Jude,
Saint Jude,
Saint Jude,

Priez pour nous.
Priez pour nous.
Priez pour nous.

Saint Jude, que les désespérés n'ont jamais invoqué en vain, priez pour nous.

Agneau de Dieu, qui effacez les péchés du monde, pardonnez-nous, Seigneur.

Agneau de Dieu, qui effacez les péchés du monde, exaucez-nous, Seigneur.

Agneau de Dieu, qui effacez les péchés du monde, ayez pitié de nous.

℣. Priez pour nous, ô glorieux Apôtre Saint Jude.

℟. Afin que nous soyons dignes des promesses de Jésus-Christ.

ORAISON.

Accordez, Seigneur, à vos fidèles une fermeté inébranlable dans la foi, afin qu'honorant la mémoire de votre Apôtre Saint Jude, ils obtiennent par son intercession la grâce de parvenir au royaume des Cieux. Par Jésus-Christ Notre Seigneur.

Ainsi soit-il.

LITANIES

DE TOUS LES SAINTS PAPES.

(Leur fête se célèbre le deuxième dimanche de juillet.)

Seigneur, ayez pitié de nous.
Jésus-Christ, ayez pitié de nous.

Seigneur, ayez pitié de nous.

Jésus-Christ, écoutez-nous.

Jésus Christ, exaucez-nous,

Père céleste, qui êtes Dieu, ayez pitié de nous.

Dieu le Fils, Rédempteur du monde, ayez pitié de nous.

Esprit Saint qui êtes Dieu, ayez pitié de nous.

Sainte Trinité, qui êtes un seul Dieu, ayez pitié de nous.

Sainte Marie, Reine des Apôtres, priez pour nous.

Saint Pierre, prince des Apôtres, priez pour nous.

Saint Lin et Saint Anaclet,
Saint Clément et Saint Evariste,
Saint Alexandre et Saint Sixte,
Saint Télesphore et Saint Hygin,
Saint Pie martyr et Saint Anicet,
Saint Soter et Saint Eleuthère,
Saint Victor et Saint Zéphyrin,
Saint Calixte et Saint Urbain,
Saint Pontien et Saint Anthère,
Saint Fabien et Saint Corneille,
Saint Lucius et Saint Etienne,
Saint Sixte second et Saint Denis,
Saint Félix et Saint Eutychien,
Saint Caïus et Saint Marcelin,
Saint Marcel et Saint Eusèbe

Priez pour nous.

Saint Melchiade, Saint Sylvestre et Saint
    Marc,

Saint Jules, Saint Damase et Saint
    Sirice,

Saint Anastase, Saint Innocent et Saint
    Zozime,

Saint Célestin et Saint Sixte III,

Saint Léon le Grand,

Saint Hilaire, Saint Simplice et Saint
    Gélase,

Saint Felix III et Saint Anastase second,

Saint Hormisdas, Saint Jean et Saint
    Silvère,

Saint Agapit, Saint Dieudonné et Saint
    Martin,

Saint Grégoire le Grand,

Saint Eugène, Saint Léon second et Saint
    Paschal,

Saint Sergius, Saint Nicolas et Saint Gré-
    goire II,

Saint Symmaque, Saint Léon III et Saint
    Zacharie,

Saint Grégoire III et Saint Agathon,

Saint Pierre Célestin et Saint Léon IV,

Saint Grégoire IV et Saint Simplice,

Saint Grégoire VII et Saint Pie V,

Bienheureux Benoît XI,

Bienheureux Grégoire IX.

Agneau de Dieu, qui effacez les péchés du
    monde, pardonnez-nous, Seigneur.

Priez pour nous.

Priez pour nous.

Agneau de Dieu, qui effacez les péchés du monde, exaucez-nous, Seigneur.

Agneau de Dieu, qui effacez les péchés du monde, ayez pitié de nous.

℣. Tu es Pierre et sur cette pierre je bâtirai mon Eglise.

℟. Et les portes de l'enfer ne prévaudront point contre elle.

ORAISON.

Donnez-nous, Seigneur, une fermeté inébranlable dans la foi Catholique et un attachement inaltérable au Saint-Siège Apostolique, afin qu'honorant la mémoire du Prince de vos Apôtres et des saints Pontifes qui lui ont succédé, nous obtenions par leur intercession les joies éternelles du royaume des Cieux. Par Notre-Seigneur Jésus-Christ.

◇◆◇◆◇◆◇◆◇◆◇◆◇◆◇◆◇◆◇◆◇◆◇◆◇◆◇◆◇◆◇◆

LITANIES

DE SAINT ÉTIENNE, PREMIER MARTYR.

(Sa fête se célèbre le 26 décembre; et celle de l'Invention de ses reliques, le 3 août.)

Seigneur, ayez pitié de nous.

Jésus-Christ, ayez pitié de nous.

Seigneur, ayez pitié nous.

Jésus-Christ, écoutez-nous.

Jésus-Christ, exaucez-nous.

Dieu le Père, du haut des Cieux, ayez pitié de nous.

Dieu le Fils, Rédempteur du monde, ayez pitié de nous.

Dieu le Saint-Esprit ayez pitié de nous.

Trinité sainte, qui êtes un seul Dieu, ayez pitié de nous.

Sainte Marie, Reine des Martyrs, priez pour nous.

Saint Etienne,

Homme de bon témoignage,

Homme rempli du Saint-Esprit,

Homme plein de foi et de sagesse,

Homme doué de la force d'en Haut,

Homme comblé des dons de la grâce,

Placé par les Apôtres à la tête des Diacres de l'Eglise naissante,

Qui faisiez des prodiges et des miracles parmi le peuple,

Dont la parole faisait accroître le nombre des disciples dans Jérusalem,

Dont le visage ressemblait à celui d'un Ange au milieu de l'assemblée des fidèles,

A la parole duquel nul ne pouvait résister,

Par la bouche duquel l'Esprit-Saint se faisait entendre,

Dont le zèle excita la colère des Juifs et les fureurs de la Synagogue,

Qui fûtes saisi par la populace et traîné par elle devant un tribunal infâme,

Qui fûtes en butte aux accusations de faux témoins et aux ressentiments de juges iniques,

Qui fûtes rejeté hors des portes de la ville de Jérusalem comme un vil malfaiteur,

Qui fûtes lapidé pour la foi de Jésus-Christ,

Qui avant de rendre le dernier soupir avez vu le Ciel s'ouvrir à vos regards,

Qui au milieu des tourments de votre dernier supplice avez mérité par votre constance de voir Dieu dans sa gloire et son Fils assis à la droite de sa puissance,

Qui êtes mort en invoquant le Seigneur et demandant pardon au ciel pour vos bourreaux,

Qui le premier dans l'Eglise avez versé votre sang pour le nom de Jésus-Christ,

Qui êtes vraiment couronné de gloire et d'honneur,

Saint Etienne, (à gauche) — *Priez pour nous.* (à droite)

Agneau de Dieu, qui effacez les péchés du monde, pardonnez-nous, Seigneur.

Agneau de Dieu, qui effacez les péchés du monde, exaucez-nous, Seigneur.

Agneau de Dieu, qui effacez les péchés du monde, ayez pitié de nous.

℣. Priez pour nous, glorieux Saint Etienne,

℟. Afin que nous nous rendions dignes des promesses de Jésus-Christ.

ORAISON.

Faites, ô mon Dieu, que nous imitions ce que nous admirons et qu'à l'exemple de votre premier martyr Saint Étienne, nous apprenions à aimer nos ennemis et à prier comme lui pour nos persécuteurs. Par Jésus-Christ Notre-Seigneur.

Ainsi soit-il.

LITANIES

DE SAINT LAURENT.

(Sa fête se célèbre le 10 août.)

Seigneur, ayez pitié de nous.

Jésus-Christ, ayez pitié de nous.

Seigneur, ayez pitié de nous.

Jésus-Christ, écoutez-nous.

Jésus-Christ, exaucez-nous.

Père céleste, qui êtes Dieu, ayez pitié de nous.

Dieu le fils, Rédempteur du monde, ayez pitié de nous.

Esprit-Saint, qui êtes Dieu, ayez pitié de nous.

Sainte Trinité, qui êtes un seul Dieu, ayez pitié de nous.

Sainte Marie, Reine des Martyrs, priez pour nous.

Saint Laurent,

Associé à l'ordre sacré des Lévites,

Fils adoptif du Pape Saint Sixte,

Digne ministre des bonnes œuvres de ce glorieux Pontife,

Fidèle dispensateur du corps et du sang de Jésus-Christ,

Dont la chasteté égalait celle des Anges,

Qui donniez aux pauvres les trésors de l'Eglise,

Qui rendiez par le signe de la croix la vue aux aveugles,

Qui portiez aux fidèles de Rome la parole de vie,

Qui vouliez à tout prix mourir avec Saint Sixte,

Qui engendrâtes à la croix Saint Romain et saint Hippolyte,

Qui fûtes chargé de chaînes et emprisonné pour le nom de Jésus-Christ,

Qui confessâtes courageusement la foi au milieu des plus affreux supplices,

Qui avez soutenu avec fermeté les tortures du chevalet,

Qui fûtes exposé aux morsures cruelles des scorpions,

Qui fûtes flagellé avec des fouets garnis de plomb,

Dont la chair fut dépécée par les coups,

Qui fûtes brûlé vif sur un gril,

Dont la patience et la magnanimité lassèrent les bourreaux,

Qui sortîtes du milieu des flammes comme l'or sort de la fournaise,

Qui triomphez dans le Ciel à la suite de l'Agneau sans tache,

Qui êtes l'ornement et l'orgueil de la ville de Rome,

Saint Laurent.

Agneau de Dieu, qui effacez les péchés du monde, pardonnez-nous, Seigneur.

Agneau de Dieu, qui effacez les péchés du monde, exaucez-nous, Seigneur.

Agneau de Dieu, qui effacez les péchés du monde, ayez pitié de nous.

℣. Mon âme s'est attachée à vous, ô mon Dieu.

℟. Parceque ma chair a été brûlée pour votre nom.

ORAISON.

Nous vous prions, ô mon Dieu, d'éteindre en nous par votre grâce l'ardeur de nos vices, vous qui avez fait triompher votre martyr Saint Laurent des flammes de son supplice. Par Notre-Seigneur Jésus-Christ.

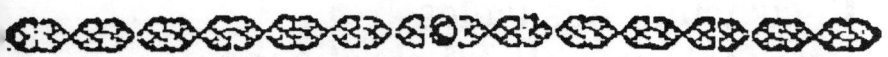

LITANIES

DE SAINT SÉBASTIEN.

(Sa fête se célèbre le 20 janvier.)

Seigneur, ayez pitié de nous,
Jésus-Christ, ayez pitié de nous.
Seigneur, ayez pitié de nous.
Jésus-Christ, écoutez-nous.
Jésus Christ, exaucez-nous.
Père céleste, qui êtes Dieu, ayez pitié de nous.
Dieu le Fils, Rédempteur du monde, ayez pitié de nous.
Esprit Saint qui êtes Dieu, ayez pitié de nous.
Sainte Trinité, qui êtes un seul Dieu, ayez pitié de nous.
Sainte Marie, forte comme une armée rangée en bataille, priez pour nous.
Saint Sébastien, très-fort athlète de Dieu,
Valeureux soldat de Jésus-Christ,
Illustre par votre foi et par votre naissance,
Contempteur des pompes du siècle,
Triomphateur des démons,
Miroir et modèle des soldats,
Doué de sagesse et de vertus,

Saint Sébastien, — *Priez pour nous.*

Destructeur des idoles,

Propagateur de la foi chrétienne,

Cher à Dieu et aux hommes,

Illustre par vos vertus et vos miracles,

Puissant en œuvres et en paroles,

Qui avez consolé vos frères souffrants pour Jésus-Christ.

Qui avez soutenu les fidèles chancelants dans les supplices,

Qui avez encouragé les martyrs,

Qui convertissiez les infidèles par vos exhortations et vos miracles,

Brûlant des ardeurs de l'amour de Jésus,

Qui avez méprisé les distinctions et les faveurs des empereurs Romains,

Qui avez été honoré de la compagnie des anges,

Qui avez appris d'un ange l'éloquence de Dieu,

Héraut plein de ferveur de Dieu le Verbe,

Qui avez délié la langue à des muets,

Admirable médecin des malades,

Souverain préservateur des épidémies et de la peste,

Gloire des soldats chrétiens,

Percé de flèches pour Jésus-Christ,

Très patient dans les tortures,

Assommé à coups de bâtons,

Couronné dans le Ciel,

Protecteur des armées catholiques,

Saint Sébastien, (côté gauche, répété)

Priez pour nous. (côté droit, répété)

.Saint Sébastien, vainqueur des ennemis de l'Eglise, priez pour nous.

Agneau de Dieu, qui effacez les péchés du monde, pardonnez-nous, Seigneur.

Agneau de Dieu, qui effacez les péchés du monde, exaucez-nous, Seigneur.

Agneau de Dieu, qui effacez les péchés du monde, ayez pitié de nous.

℣. Priez pour nous, glorieux Saint Sébastien,

℟. Afin que nous méritions d'être délivrés de toutes sortes de maux.

ORAISON.

O Dieu qui avez donné la constance au bienheureux Sébastien et l'avez soutenu dans les souffrances du martyre, accordez-nous. par votre amour et à son imitation, de mépriser les prospérités du siècle, et de recevoir avec résignation tous les maux qu'il plaira à votre providence de nous envoyer. Par Notre-Seigneur Jésus-Christ.

LITANIES

DE SAINT DENIS DE PARIS.

(Sa fête se célèbre le 9 octobre).

Seigneur, ayez pitié de nous.
Jésus-Christ, ayez pitié nous.

Seigneur, ayez pitié de nous.

Jésus-Christ, écoutez-nous.

Jésus-Christ exaucez-nous.

Père céleste, qui êtes Dieu, ayez pitié de nous.

Dieu le Fils, Rédempteur du monde, ayez pitié de nous.

Esprit Saint qui êtes Dieu, ayez pitié de nous.

Sainte Trinité, qui êtes un seul Dieu, ayez pitié de nous.

Sainte Marie, reine des Martyrs,

Saint Denis, Saint Rustique et Saint Eleuthère,

Saint Denis, membre illustre de l'Aréopage d'Athènes,

Homme versé dans toutes les sciences humaines,

Qui vivant encore au milieu des erreurs de la gentilité avez deviné la mort du Dieu fait homme,

Qui avez été converti à la foi par Saint Paul,

Qui avez été mis par lui à la tête de l'Eglise naissante d'Athènes,

Qui plus tard fûtes envoyé dans les Gaules par le Pape Saint Clément,

Qui êtes l'Apôtre de la ville de Paris,

Qui avez engendré à la foi des peuples nombreux,

Saint Denis, — *Priez pour nous.*

Saint Denis, — *Priez pour nous.*

Qui avez confessé le nom de Jésus-Christ devant le tribunal des persécuteurs,

Qui malgré votre âge et vos infirmités avez courageusement supporté les plus cruels supplices,

Qui avez été chargé de fers et battu de verges,

Qui avez été étendu sur un gril embrasé,

Qui avez terminé votre vie apostolique sous le coup de la hâche,

Qui triomphâtes encore après votre décollation glorieuse,

Qui nous avez laissé des livres admirables et des écrits vraiment célestes,

Qui êtes un des fondateurs de l'Eglise de France et l'un de ses principaux protecteurs dans le ciel,

Saint Denis, Saint Denis, Priez pour nous. Priez pour nous.

Agneau de Dieu, qui effacez les péchés du monde, pardonnez-nous, Seigneur.

Agneau de Dieu, qui effacez les pechés du monde, exaucez-nous, Seigneur.

Agneau de Dieu, qui effacez les péchés du monde, ayez pitié de nous.

℣. Priez pour nous, Saint Denis et vos compagnons.

℟. Afin que nous nous rendions dignes des promesses de Jésus-Christ.

ORAISON,

O Dieu, qui avez rempli de force et de

20

constance au milieu des supplices vos saints
Martyrs Denis, Rustique et Eleuthère, faites
qu'à leur exemple et par leur intercession,
nous méprisions pour l'amour de vous le
monde, ses pompes et ses œuvres. Par Notre
Seigneur Jésus-Christ.

LITANIES

DES QUARANTE MARTYRS DE SÉBASTE.

(Leur fête se célèbre le 10 mars.)

Seigneur, ayez pitié de nous.
Jésus-Christ, ayez pitié de nous.
Seigneur, ayez pitié de nous.
Jésus-Christ, écoutez-nous.
Jésus-Christ, exaucez-nous.
Père céleste, qui êtes Dieu, ayez pitié de
    nous.
Dieu le Fils, Rédempteur du monde, ayez
    pitié de nous.
Esprit Saint, qui êtes Dieu, ayez pitié de
    nous.
Sainte Trinité, qui êtes un seul Dieu, ayez
    pitié de nous.
Sainte Marie, Reine des martyrs, priez pour
    nous.
Saint Quirion,

Candide,
Domnus,
Méliton,
Saint Domitien,
Eunoïque,
Silinne,
Héracle,
Alexandre,
Jean,
Claude,
Athanase,
Valens,
Hélien,
Saint Ecdice,
Acace,
Vibien,
Elie,
Théodule.
Cyrille,
Flavius,
Sévérien,
Valère,
Saint Cudion,
Sacerdos,
Prisque,
Eutyque,
Eutychès,
Smaragde,
Philoctemon,
Aëce,

Priez pour nous.

Priez pour nous.

Priez pour nous.

Saint

Nicolas,
Lysimaque,
Théophile,
Xanthéas,
Agias,
Léonce,
Hésique,
Caïus,
Gorgone,

Agneau de Dieu, qui effacez les péchés du monde, pardonnez-nous, Seigneur,

Agneau de Dieu, qui effacez les péchés du monde, exaucez-nous, Seigneur.

Agneau de Dieu, qui effacez les péchés du monde, ayez pitié de nous.

℣. Priez pour nous, Saints Martyrs,

℟. Afin que nous nous rendions dignes des promesses de Jésus-Christ.

ORAISON.

Faites, nous vous en supplions, ô Dieu tout puissant, qu'après avoir admiré le courage de vos Quarante Martyrs de Sébaste dans la confession de votre saint nom, nous éprouvions l'efficacité de leurs prières auprès de vous. Par Jésus-Christ Notre-Seigneur.

—

LITANIES

DE SAINT JEAN NÉPOMUCÈNE.

(Sa fête se célèbre le 15 mai.)

Seigneur, ayez pitié de nous.

Jésus-Christ, ayez pitié de nous.

Seigneur, ayez pitié de nous.

Jésus-Christ, écoutez-nous.

Jésus-Christ, exaucez-nous.

Père céleste, qui êtes Dieu, ayez pitié de nous.

Dieu le Fils, Rédempteur du monde, ayez pitié de nous.

Esprit Saint, qui êtes Dieu, ayez pitié de nous.

Sainte Trinité, qui êtes un seul Dieu, ayez pitié de nous.

Sainte Marie Reine des Martyrs, priez pour nous.

Saint Jean Népomucène,

Saint Jean

Fils de bénédiction que méritèrent les vœux les plus ardents,

Qui faisiez dans votre enfance la joie de vos parents avancés en âge,

Qui fûtes éclairé dès votre naissance des plus vives lumières de la grâce.

Qui enfant encore fûtes miraculeuse-

Priez pour nous.

ment guéri par l'intercession de la sainte Vierge,

Qui vous dévouâtes d'une manière si assidue au saint sacrifice de la Messe,

Grand serviteur de la Mère de Dieu,

Vierge de cœur, de corps et d'esprit,

Prodige de vertu et de sainteté,

Prêtre saint et irréprochable dans vos mœurs,

Modèle du clergé,

Homme apostolique,

Zélateur du salut des âmes,

Docteur des vérités évangéliques,

Asile des pécheurs pénitents,

Exterminateur des hérésies,

Père des pauvres,

Protecteur des veuves,

Appui des orphelins,

Consolateur des affligés,

Ennemi des dissensions,

Médiateur dans les procès,

Vigoureux défenseur des lois ecclésiastiques,

Parfait exemple des confesseurs,

Martyr du secret de la confession,

Prodige de patience dans les tourments,

Constant imitateur de Jésus crucifié,

Lumière de la Bohême et trésor de la ville de Prague,

Saint Jean Népomucène, Saint Jean Népomucène,

Priez pour nous. Priez pour nous. Priez pour nous.

Saint Jean.

Ami de Dieu très-illustre par une infinité de miracles,

Glorieux aujourd'hui encore par l'état d'incorruption où se trouve votre langue,

Protecteur spécial de ceux qui sont en danger de se noyer,

Priez pour nous.

Agneau de Dieu, qui effacez les péchés du monde, pardonnez-nous, Seigneur.

Agneau de Dieu, qui effacez les péchés du monde, exaucez-nous, Seigneur.

Agneau de Dieu, qui effacez les péchés du monde, ayez pitié de nous.

℣. Saint Jean Népomucène, priez pour nous.

℟. Afin que nous devenions dignes des promesses de Jésus-Christ.

ORAISON.

Seigneur, qui avez enrichi votre Eglise d'une gloire nouvelle par le martyre qu'a valu au bienheureux Jean le silence invincible qu'il a gardé dans le secret de la confession, accordez-nous, par son intercession et par ses exemples, la grâce de préserver notre langue de tout ce qui pourrait la souiller, et de souffrir plutôt tous les tourments en ce monde, que de perdre notre ame pour l'éternité. Par Notre-Seigneur Jésus-Christ.

—

LITANIES

DE SAINT FÉLIX, ENFANT-MARTYR

(Dont les reliques sont exposées le premier jour de chaque mo s dans la chapelle du noviciat des Jésuites d'Avignon.)

Seigneur, ayez pitié de nous.
Jésus-Christ, ayez pitié de nous.
Seigneur, ayez pitié de nous.
Jésus-Christ, écoutez-nous.
Jésus-Christ, exaucez-nous,
Père céleste, qui êtes Dieu, ayez pitié de nous.
Dieu le Fils, Rédempteur du monde, ayez pitié de nous.
Esprit Saint, qui êtes Dieu, ayez pitié de nous.
Sainte Trinité, qui êtes un seul Dieu, ayez pitié de nous.
Saint Félix, martyr, priez pour nous.

Saint Félix,

Qui avez tout perdu pour gagner Jésus-Christ,
Que Dieu a éprouvé comme l'or dans la fournaise,
Que Dieu a délivré des morsures cruelles des ennemis du salut,
Que Dieu a fortifié et rempli de joie,

Priez pour nous.

Surabondant de joie au sein des tribulations,

Saint Félix, : Fidèle jusqu'à la mort, A qui Dieu a donné la couronne de vie, Enfant béni de Dieu, Enfant Machabée de la nouvelle loi, Qui en peu de temps, avez rempli une longue carrière; *Priez pour nous.*

Que Dieu a enlevé de bonne heure afin que la malice du siècle ne pervertit point votre intelligence,

Saint Félix, : Qui étant encore à la mamelle vous montrâtes vaillant soldat de Jésus-Christ, Gloire de l'enfance chrétienne, Modèle de l'enfance chrétienne, Soutien de l'enfance chrétienne, Dont les os sacrés brillent comme autant de pierres précieuses, *Priez pour nous.*

Agneau de Dieu, qui effacez les péchés du monde, pardonnez-nous, Seigneur.

Agneau de Dieu, qui effacez les péchés du monde, exaucez-nous, Seigneur.

Agneau de Dieu, qui effacez les péchés du monde, ayez pitié de nous.

℣. Priez pour nous, Saint Felix enfant-martyr.

℟. Afin que nous soyons rendus dignes des promesses de Jésus-Christ.

ORAISON.

O Dieu, dont le nom a été confessé non point par les paroles, mais par la mort du Saint enfant Félix votre martyr; faites que notre vie atteste la foi que notre langue confesse. Par Jésus-Christ Notre-Seigneur.

LITANIES

DES TROIS MARTYRS JAPONAIS DE LA COMPAGNIE DE JÉSUS.

(Leur fête se célèbre le 5 février.)

Seigneur, ayez pitié de nous.
Jésus-Christ, ayez pitié de nous.
Seigneur, ayez pitié de nous.
Jésus-Christ, écoutez-nous.
Jésus-Christ, exaucez-nous.
Père céleste, qui êtes Dieu, ayez pitié de nous.
Dieu le Fils, Rédempteur du monde, ayez pitié de nous.
Esprit Saint, qui êtes Dieu, ayez pitié de nous.
Sainte Trinité, qui êtes un seul Dieu, ayez pitié de nous.
Sainte Marie, Reine des Martyrs, priez pour nous.

Saint Ignace do Loyola, fondateur de
la Compagnie de Jésus,

Saint François Xavier, Apôtre du Japon,

Saint Paul Miki,

Saint Jean de Gotto,

Saint Jacques Kisaï,

Grands Saints, vous que Dieu a choisis
entre mille,

Eclairés de la lumière de la vraie Religion,

Enflammés du désir de propager la foi,

Dociles à la vocation de Dieu,

La gloire et l'ornement de la Compagnie
de Jésus,

Lumières brillantes du Japon,

Prémices et Apôtres de votre patrie,

Très-illustres prédicateurs de Jésus-
Christ,

Courageux dans la persécution,

Magnanimes dans les supplices,

Embrassant la croix comme Saint André,

Attachés à la croix comme Jésus-Christ,

Pleins de joie et de constance sur la
croix,

Spectacle pour le monde et pour les
anges,

Heureuses semences d'une nouvelle
chrétienté,

Dont la mort a été marquée par plusieurs
prodiges,

Grands Saints, Priez pour nous.

Grands Saints, dont les corps demeurèrent exempts de la corruption, priez pour nous.

Grand Saints, qui êtes devenus la gloire de l'Eglise, priez pour nous.

Agneau de Dieu, qui effacez les péchés du monde, pardonnez-nous, Seigneur.

Agneau de Dieu, qui effacez les péchés du monde, exaucez-nous, Seigneur.

Agneau de Dieu, qui effacez les péchés du monde, ayez pitié de nous.

℣. Glorieux Martyrs du Japon, priez pour nous.

℟. Afin que nous nous rendions dignes des promesses de Jésus-Christ,

ORAISON.

O Dieu, qui avez scellé du sang de vos bienheureux Martyrs Paul, Jean et Jacques les prémices de la foi dans l'Empire du Japon; faites, par votre miséricorde, que leurs prières nous aident à confesser votre nom comme leurs exemples nous y excitent. Par Jésus-Christ Notre-Seigneur.

LITANIES

DU BIENHEUREUX JEAN DE BRITTO, MARTYR DE LA COMPAGNIE DE JÉSUS.

(Sa fête se célèbre le 11 février.)

Seigneur, ayez pitié de nous.

Jésus-Christ, ayez pitié de nous.

Seigneur, ayez pitié de nous.

Jésus-Christ, écoutez-nous.

Jésus-Christ, exaucez-nous.

Père céleste, qui êtes Dieu, ayez pitié de nous.

Fils rédempteur du monde, qui êtes Dieu, ayez pitié de nous.

Esprit-Saint, qui êtes Dieu, ayez pitié de nous.

Trinité sainte, qui êtes un seul Dieu, ayez pitié de nous.

Sainte Marie, reine des Martyrs, priez pour nous.

Bienheureux Jean de Britto,

Client plein d'amour de la Mère de Dieu,

Imitateur de Saint François-Xavier, votre céleste protecteur,

Vous qui avez préféré les rigueurs de la vie religieuse aux délices de la cour,

Vous qui observâtes si fidèlement toutes les règles de la Compagnie de Jésus,

Vous qui conservâtes avec tant de soin le trésor de la chasteté,

Vous dont la foi, l'espérance et la charité, furent si grandes,

Vous qui fûtes un modèle de douceur et de miséricorde,

Vous qui fûtes rempli de l'esprit Apostolique,

Priez pour nous.

Priez pour nous.

Vous qui brûlâtes du plus vif désir de propager la foi,

·Vous qui vous dévouâtes entièrement au salut éternel des Indiens,

Vous qui gagnâtes tant d'âmes à Jésus-Christ,

Vous que des signes célestes accompagnèrent pendant votre vie,

Vous qui rendites témoignage très-généreusement à Jésus-Christ,

Vous qui supportâtes volontiers et avec un courage à toute épreuve les outrages, les tourments et l'exile.

Vous qui scellâtes de votre propre sang la foi de Jésus-Christ,

Vous qui fûtes décapité pour le nom de Jésus,

Gloire et soutien du Maduré,

Splendeur du Portugal,

Astre brillant de la Compagnie de Jésus,

Agneau de Dieu qui effacez les péchés du monde, pardonnez-nous, Seigneur.

Agneau de Dieu, qui effacez les péchés du monde, exaucez-nous, Seigneur.

Agneau de Dieu, qui effacez le péchés du monde, ayez pitié de nous.

Jésus-Christ, écoutez-nous.

Jésus-Christ, exaucez-nous.

℣. Bienheureux Jean de Britto, priez pour nous.

(marginal, right:) Priez pour nous. Priez pour nous.

℟. Afin que nous nous rendions dignes des promesses de Jésus-Christ.

ORAISON.

O Dieu, qui avez fortifié le Bienheureux Jean, votre martyr, d'une invincible constance pour la propagation de la foi catholique dans les Indes, accordez-nous, par ses mérites et son intercession, d'imiter les exemples de sa foi en célébrant la mémoire de son triomphe. Par Jésus-Christ notre Seigneur. Ainsi soit-il.

LITANIES
DU BIENHEUREUX ANDRÉ BOBOLA, MARTYR DE LA COMPAGNIE DE JÉSUS.

(Sa fête se célèbre le 23 mai.)

Seigneur, ayez pitié de nous.
Jésus-Christ, ayez pitié de nous.
Seigneur, ayez pitié de nous.
Jésus-Christ, écoutez-nous.
Jésus-Christ, exaucez-nous.
Père céleste, qui êtes Dieu, ayez pitié de nous,
Fils, rédempteur du monde qui êtes Dieu, ayez pitié de nous.

Esprit-Saint, qui êtes Dieu, ayez pitié de nous.

Trinité Sainte, qui êtes un seul Dieu, ayez pitié de nous.

Sainte Marie, reine des Martyrs, priez pour nous.

Bienheureux André Bobola,

Serviteur dévoué de Marie,

Noble fils de Saint Ignace,

Modèle de toutes les vertus,

Homme Apostolique,

Prodige de mansuétude,

Plein de zèle pour la maison du Seigneur,

Prédicateur infatigable de la vérité Catholique,

Force des Catholiques,

Chasseur des âmes,

Indomptable athlète de la foi,

Invincible soldat de Jésus-Christ,

Vous qui fûtes torturé par les supplices les plus nombreux et les plus cruels,

Vous dont tout le corps fut couvert de blessures,

Vous qui fûtes cruellement mutilé,

Vous qui confessâtes avec tant de constance la foi Catholique dans les supplices,

Vous qui demandiez, au milieu des tourments, pardon pour vos bourreaux,

Vous dont le martyre fut achevé par un double coup de sabre,

Priez pour nous.

Ornement de la compagnie de Jésus,
Apôtre de la Lithuanie,
Protecteur de la Pologne,
Vous qu'illustrèrent des miracles sans nombre,
Vous dont le corps exempt de corruption exhale encore aujourd'hui une odeur délicieuse,

Agneau de Dieu, qui effacez les péchés du monde, pardonnez-nous, Seigneur.

Agneau de Dieu, qui effacez les péchés du monde, exaucez-nous, Seignenr.

Agneau de Dieu, qui effacez les péchés du monde, ayez pitié de nous, Seigneur.

℣. Priez pour nous, Bienheureux André Bobola.

℟. Afin que nous devenions dignes des promesses de Jésus-Christ Notre-Seigneur.

ORAISON

O Dieu, qui, pour la confession de la vraie foi, avez couronné par un illustre martyre le Bienheureux André déjà éprouvé par de si nombreux supplices, faites, nous vous en supplions, que, fermes dans la même foi, nous supportions toutes les adversités plutôt que de perdre notre âme. Par Jésus-Christ Notre-Seigneur.

21

ooooooooooooooooooooooooooooooooo

PRIÈRE

AU BIENHEUREUX MARTYR ANDRÉ BOBOLA.

O Bienheureux André Bobola, dont l'innocence ne fut jamais ternie et dont l'invincible constance à confesser la foi de la sainte Eglise Romaine dans la multitude des supplices, fut couronnée par un illustre martyre, soyez à jamais mon protecteur et mon père. Je me réjouis avec vous du triomphe que vous avez remporté sur le schisme et de la gloire dont vous jouissez dans le ciel. Obtenez-moi, je vous en supplie, un cœur pur, une foi vive, un amour ardent pour mon Dieu et mon prochain, une fidélité inébranlable envers l'église et la chaire suprême du Vicaire de Jésus-Christ sur la terre. Daignez m'obtenir encore, ô mon très libéral bienfaiteur, la grâce (*ici chacun spécifie la grâce qu'il veut obtenir*) et l'unique prospérité temporelle capable de m'aider à mieux servir Jésus-Christ et opérer mon salut éternel. Ainsi soit-il.

✠ ✠ ✠ ✠ ✠ ✠ ✠✠✠ ✠ ✠ ✠ ✠ ✠

LITANIES
EN L'HONNEUR DES QUARANTE MARTYRS DU BRÉSIL DE LA COMPAGNIE DE JÉSUS.

(Leur fête est fixée au 15 juillet.)

Seigneur, ayez pitié de nous.

Jésus-Christ, ayez pitié de nous.

Seigneur, ayez pitié de nous.

Jésus-Christ, écoutez-nous,

Jésus-Christ, exaucez-nous.

Père céleste, qui êtes Dieu, ayez pitié de nous.

Fils, rédempteur du monde, qui êtes Dieu, ayez pitié de nous.

Esprit-Saint, qui êtes Dieu, ayez pitié de nous.

Trinité Sainte, qui êtes un seul Dieu, ayez pitié de nous.

Sainte Marie, reine des Martyrs, priez pour nous.

Saint Père Ignace de Loyola,

Bienheureux Ignace d'Azevedo,

Bienheureux [Didace Andrada,

Benoît de Castro,

Gonzalve Henriquez,

Emmanuel Alvarez,

Blaise Ribera,

Grégoire Scribano,] Priez pour nous.

Alvare Mendez,
Simon Acosta,
François Alvarez,
Alphonse Vaena,
Jean Fernandez de Braga,
Jean Majorga,
Louis Correa,
Emmanuel Rodriguez,
Simon Lopez,
Jean Fernandez de Lisbonne,
Pierre Mugnoz,
Emmanuel Fernandez,
Pierre Fonseca,
André Gonzalez,
Jacques Perez,
Jean Baëza,
Marc Caldera,
Dominique Fernandez,
Jean Zaura,
Alexis Delgado,
Antoine Correa,
Fernandez Sanchez,
François Perez-Godoï
François Magallianez,
Nicolas Dinès,
Gaspard Alvarez,
Antoine Fernandez,
Etienne Zurara,
Emmanuel Pacheco,
Pierre Fonlaüra,

Bienheureux.

Bienheureux,

Priez pour nous.

Priez pour nous.

Jean de Saint-Martin,

Antoine Suarez,

San-Juan,

Agneau de Dieu, qui effacez les péchés du monde, pardonnez-nous, Seigneur.

Agneau de Dieu, qui effacez les péchés du monde, exaucez-nous, Seigneur.

Agneau de Dieu, qui effacez les péchés du monde, ayez pitié de nous.

℣. Priez pour nous, Bienheureux Martyrs du Brésil.

℟. Afin que nous devenions dignes de promesses de Jésus-Christ.

ORAISON.

Dieu tout-puissant et éternel, qui nous faites la grâce de vénérer dans une seule mémoire les palmes du Bienheureux Ignace et des trente compagnons de son martyre; accordez-nous, s'il vous plaît, de pouvoir imiter la constance invincible de ceux dont nous nous plaisons à célébrer le triomphe. Par Jésus-Christ Notre-Seigneur.

LITANIES
DE SAINT AUGUSTIN.

(Sa fête se célèbre le 28 août.)

Seigneur, ayez pitié de nous.

Jésus-Christ, ayez pitié de nous.

Seigneur, ayez pitié nous.

Jésus-Christ, écoutez-n us.

Jésus-Christ, exaucez-nous.

Père céleste, qui êtes Dieu, ayez pitié de nous,

Dieu le fils, Rédempteur du monde, ayez pitié de nous.

Esprit Saint, qui êtes Dieu, ayez pitié de nous.

Sainte Trinité, qui êtes un seul Dieu, ayez pitié de nous.

Notre-Dame de conversion, refuge des pécheurs, priez pour nous.

Saint Augustin, miracle de la grace, priez pour nous.

Enfant des larmes d'une mère pieuse,

Pénitent sincère, courageux et persévérant,

Cœur embrasé d'amour et de charité,

Prodige de science et de piété,

Aigle spirituel, dont les yeux se sont fixés sur les plus hauts mystères,

Lumière éclatante de l'Eglise de Jésus-Christ,

Docteur tout à la fois humble et sublime,

Gloire de l'Episcopat,

Boulevard de la foi,

Défenseur intrépide de la vérité,

Effroi de l'hérésie et du schisme,

Guide éclairé dans les voies du salut,

Instituteur des règles les plus salutaires,

Exemple de toutes les vertus religieuses,

Père d'une multitude de saints,

Patron de la terre d'Afrique,

Agneau de Dieu, qui effacez les péchés du monde, pardonnez-nous, Seigneur.

Agneau de Dieu, qui effacez les péchés du monde, exaucez-nous, Seigneur.

Agneau de Dieu, qui effacez les péchés du monde, ayez pitié de nous.

℣. Le Seigneur l'a aimé,

℞. Et il l'a orné d'un vêtement de gloire.

ORAISON.

Dieu de miséricorde, qui avez suscité dans votre Eglise le glorieux Augustin, pour y combattre le schisme et l'erreur, et perpétuer parmi ses enfants la saine doctrine et la piété véritable, accordez-nous, par son intercession, la grâce de suivre ses préceptes, d'imiter ses exemples, et d'arriver au salut éternel que nous a mérité Jésus-Christ Notre-Seigneur. Ainsi soit-il.

LITANIES

DE SAINT NICOLAS.

(Sa fête se célèbre le 6 décembre.)

Seigneur, ayez pitié de nous.

Jésus-Christ, ayez pitié de nous.

Seigneur, ayez pitié de nous.

Jésus-Christ, écoutez-nous.

Jésus-Christ, exaucez-nous.

Père céleste, qui êtes Dieu, ayez pitié de nous.

Dieu le Fils, Rédempteur du monde, ayez pitié de nous.

Esprit Saint, qui êtes Dieu, ayez pitié de nous.

Sainte Trinité, qui êtes un seul Dieu, ayez pitié de nous.

Sainte Marie, priez pour nous.

Saint Nicolas, grand thaumaturge,
  Secours des pauvres,
  Protecteur de ceux qui naviguent,
  Qui ressuscitez les morts,
  Restaurateur des temples de Dieu,
  Consolateur des affligés,
  Pontife miraculeusement élu,
  Vainqueur des démons,
  Défenseur de la foi chrétienne,
  Destructeur des idoles,
  Dissipateur des hérésies,
  Salut des malades,
  Aide des Captifs.
  Qui connaissiez les secrets des cœurs,
  Modèle de toutes les vertus,
  Qui exaucez tous ceux qui vous invoquent,
  Protecteur de l'enfance,

(en marge gauche : Saint Nicolas, Saint Nicolas,)

(en marge droite : Priez pour nous. Priez pour nous.)

Agneau de Dieu, qui effacez les péchés du monde, pardonnez-nous, Seigneur.

Agneau de Dieu, qui effacez les péchés du monde, exaucez-nous, Seigneur.

Agneau de Dieu, qui effacez les péchés du monde, ayez pitié de nous.

ỷ. Seigneur exaucez, ma prières.

℞. Et que mes cris s'élèvent jusqu'à vous.

ORAISON.

O Dieu, qui avez glorifié par des miracles sans nombre, ce que vous continuez de faire tous les jours, votre glorieux Confesseur et Pontife le bienheureux saint Nicolas, accordez-nous, s'il vous plaît, la grâce d'être, par ses mérites et son intercession, délivrés de tous dangers en ce monde et des flammes éternelles en l'autre. Par Jésus-Christ Notre-Seigneur.

LITANIES

DE SAINT MARTIN.

(Sa fête se célèbre le 11 novembre.)

Seigneur, ayez pitié de nous.

Jésus-Christ, ayez pitié de nous.

Seigneur, ayez pitié de nous.

Jésus-Christ, écoutez-nous.

Jésus-Christ, exaucez-nous.

Père céleste, qui êtes Dieu, ayez pitié de nous.

Dieu le Fils, Rédempteur du monde, ayez pitié de nous.

Esprit Saint qui êtes Dieu, ayez pitié de nous.

Sainte Trinité, qui êtes un seul Dieu, ayez pitié de nous.

Sainte Marie, reine des confesseurs, priez pour nous.

Saint Martin,

Gloire des soldats chrétiens,

Bon entre les méchants,

Pieux entre les impies,

Fidèle adorateur du vrai Dieu,

Qui aviez toujours fui le culte des idoles,

Qui en soldat miséricordieux avez partagé votre manteau avec un indigent,

Qui avez affronté les plus graves dangers,

Qui avez été honoré d'une vision de Jésus-Christ,

Soldat armé du signe salutaire de la croix,

Qui avez pleuré la perte de votre père mort hors de la vraie religion,

Qui avez été rempli d'allégresse par la conversion de votre mère,

Qui avez accru vos mérites par toute sorte de bonnes œuvres,

Fils adoptif de saint Hilaire,

Instituteur apostolique de la vie parfaite du cloître,

Père d'une immense famille de Saints,

Très humble dans votre autorité,

Très admirable dans votre sainteté,

Tout-resplendissant de l'éclat divin des miracles,

Qui avez accompli d'immenses travaux,

Zélateur ardent du salut des âmes,

Qui avez ressuscité trois morts et triomphé des démons,

Qui fûtes flagellé par les Ariens en haine de la foi catholique,

Agneau de Dieu, qui effacez les péchés du monde, pardonnez-nous, Seigneur.

Agneau de Dieu, qui effacez les péchés du monde, exaucez-nous, Seigneur.

Agneau de Dieu, qui effacez les péchés du monde, ayez pitié de nous.

℣. Priez pour nous, bienheureux Martin, saint pontife et généreux soldat de Jésus-Christ.

℞. Afin que nous méritions les couronnes destinées à ceux qui combattent jusqu'à la fin.

ORAISON.

Dieu très-saint, qui avez illustré le bienheureux Martin par des vertus et des miracles sans nombre, accordez à vos serviteurs la grâce d'imiter ce modèle de toute perfecfection, afin qu'un jour nous puissions chanter avec lui vos louanges dans le ciel. Par Jésus-Christ Notre-Seigneur.

LITANIES

DE SAINT CHARLES BORROMÉE.

(Sa fête est fixée an 4 novembre.)

Seigneur, ayez pitié de nous.

Jésus-Christ, ayez pitié de nous.

Seigneur, ayez pitié de nous.

Jésus-Christ, écoutez-nous.

Jésus-Christ, exaucez-nous.

Père céleste, qui êtes Dieu, ayez pitié de nous.

Dieu le Fils, Rédempteur du monde, ayez pitié de nous.

Esprit Saint, qui êtes Dieu, ayez pitié de nous.

Sainte Trinité, qui êtes un seul Dieu, ayez pitié de nous.

Sainte Marie, reine des Confesseurs, priez pour nous.

Saint Charles Borromée,

Destiné au Seigneur depuis votre enfance,

Oui dès l'âge le plus tendre avez désiré de servir l'Eglise,

Appelé au sacerdoce par la volonté du ciel,

Saint Charles, Qui avez distribuez tous vos biens aux indigents,

Qui vous êtes fait pauvre dans les richesses,

Qui gémissiez au sein des délices,

Qui faisiez l'édification de votre famille,

Priez pour nous.

Embrasé de l'amour de Dieu,

Brûlant de charité pour le prochain,

Saint Charles, Bon pasteur pour votre peuple,

Qui connaissiez toutes vos brebis,

Qui recherchiez celles qui étaient dispersées,

Qui rameniez au bercail les brebis perdues et égarées,

Priez pour nous.

Qui avez mis en fuite et frappé de terreur les loups dévorants,

Qui par votre douceur rassembliez les agneaux de Jésus-Christ,

Saint Charles, Qui pleuriez les péchés de votre peuple,

Qui souffriez pour les criminels et les impies,

Qui pendant la peste vous êtes fait tout à tous,

Qui dans ce temps de tribulation avez fléchi par vos prières la colère de Dieu,

Priez pour nous.

Brillant ornement du Sacré Collége,

Miroir des Prélats,

Gloire de l'Italie,

Astre éclatant de l'Eglise,

Patron de la ville et du diocèse de Milan,

Agneau de Dieu, qui effacez les péchés du monde, pardonnez-nous, Seigneur.

Agneau de Dieu, qui effacez les péchés du monde, exaucez-nous, Seigneur.

Agneau de Dieu, qui effacez les péchés du monde, ayez pitié de nous.

℣. Le Seigneur l'a tendrement, aimé et il l'a comblé d'honneur.

℟. Il l'a revêtu du manteau de la gloire éternelle.

ORAISON.

Continuez, Seigneur, par les prières de Saint Charles, à protéger et à défendre votre Eglise, et comme sa sollicitude partorale l'a rendu glorieux, faites aussi que son intercession nous rende fervents dans votre amour. Par Jésus-Christ Notre-Seigneur.

LITANIES

DE SAINT FRANÇOIS DE SALES.

(Sa fête est fixée au 29 novembre.)

Seigneur, ayez pitié de nous.

Jésus-Christ, ayez pitié de nous.

Seigneur, ayez pitié de nous.

Jésus-Christ, écoutez-nous.

Jésus-Christ, exaucez-nous,

Père céleste, qui êtes Dieu, ayez pitié de nous.

Dieu le Fils, Rédempteur du monde, ayez pitié de nous.

Esprit Saint, qui êtes Dieu, ayez pitié de nous.

Sainte Trinité, qui êtes un seul Dieu ayez pitié de nous.

Sainte Marie, priez pour nous.

Saint François de Sales,

Astre de l'Église de France,

Apôtre du Chablais,

Docteur de l'amour divin,

Gloire de l'épiscopat,

Père aimable des pauvres

Lis d'angélique pureté,

Extirpateur de l'hérésie,

Restaurateur de la véritable dévotion,

Intrépide défenseur de la vérité,

Modèle de piété et d'innocence,

Victime de l'amour divin,

Modèle de simplicité et de candeur,

Le plus doux des hommes,

Modèle d'humilité et de patience,

Illustre serviteur de Marie,

Le plus aimable des hommes,

Prodige de douceur et de mansuétude,

Glorieux thaumaturge,

Protecteur de la catholique Savoie,

Instituteur de l'ordre de la Visitation,

Agneau de Dieu, qui effacez les péchés du monde, pardonnez-nous, Seigneur.

Agneau de Dieu, qui effacez les péchés du monde, exaucez-nous, Seigneur.

Agneau de Dieu, qui effacez les péchés du monde, ayez pitié de nous.

℣. Priez pour nous, glorieux Saint François de Sales.

℣. Afin que nous devenions dignes des promesses de Jésus-Christ.

ORAISON.

O Dieu, qui avez voulu pour le salut des âmes que Saint François de Sales, votre Confesseur et Pontife, se fit tout à tous, accordez-nous, par un effet de votre miséricorde, qu'étant remplis de la douceur de votre charité, nous puissions par les lumières et l'intercession de ce grand Saint, arriver à la gloire éternelle, par les mérites de Notre-Seigneur Jésus-Christ. Ainsi soit-il.

LITANIES

DE SAINT ALPHONSE MARIE DE LIGUORI.

(Sa fête se célèbre le 2 août.)

Seigneur, ayez pitié de nous.

Jésus-Christ, ayez pitié nous.

Seigneur, ayez pitié de nous.

Jésus-Christ, écoutez-nous.

Jésus-Christ, exaucez-nous.

Père céleste, qui êtes Dieu, ayez pitié de nous.

Dieu le Fils, Rédempteur du monde, ayez pitié de nous.

Esprit Saint qui êtes Dieu, ayez pitié de nous.

Sainte Trinité, qui êtes un seul Dieu, ayez pitié de nous.

Sainte Marie, Vierge immaculée, priez pour nous.

Saint Alphonse Marie de Liguori, priez pour nous.

Modèle de piété dès la plus tendre enfance,

Contempteur des richesses et des vanités du monde,

Toujours soumis à la volonté de la divine providence,

Riche des trésors de la pauvreté chrétienne,

Modèle de patience dans les peines et les afflictions,

Modèle de douceur et de résignation dans les contrariétés,

Brulant d'un saint zèle pour le salut des âmes,

22

Toujours occupé à évangéliser les pauvres,

Tendre consolateur des affligés,

Maître dans l'art divin de convertir les pécheurs,

Guide éclairé dans les voies de la perfection,

Courageux défenseur de la discipline ecclésiastique,

Modèle de soumission et de dévoûment au Saint Siége,

Veillant sans cesse sur le troupeau qui vous était confié,

Plein de sollicitude pour procurer le bien commun de l'Eglise,

La gloire du sacerdoce et de l'épiscopat,

Miroir resplendissant de toutes les vertus,

Plein de l'amour le plus tendre pour Jésus enfant,

Fervent adorateur de Jésus-Christ dans la sainte Eucharistie,

Pénétré d'une vive douleur à la méditation des souffrances de notre divin Sauveur,

Dévoué particulièrement au culte de Marie,

Doué du don de prophétie et de celui des miracles,

Qui édifiez encore les peuples par vos
suaves écrits,

Fondateur de la Congrégation du très-
saint Rédempteur,

Agneau de Dieu, qui effacez les péchés du
monde, pardonnez-nous, Seigneur.

Agneau de Dieu, qui effacez les péchés du
monde, exaucez-nous, Seigneur.

Agneau de Dieu, qui effacez les péchés du
monde, ayez pitié de nous.

℣. Priez pour nous, saint Alphonse Marie,

℟. Afin que nous soyons dignes des promesses
de Jésus-Christ.

ORAISON.

Seigneur, qui avez daigné élever à la sublime dignité du sacerdoce votre fidèle serviteur, Alphonse Marie, faites, nous vous en
supplions, que fortifiés par ses exemples et
encouragés par ses vertus, nous marchions
toujours d'un pas ferme et constant dans la
voie de la piété, afin qu'après vous avoir servi
fidèlement sur la terre, nous jouissions avec
lui des délices éternelles du Paradis. Ainsi
soit-il.

LITANIES
DE TOUS LES SAINTS DU DIOCÈSE D'AVIGNON.

Seigneur, ayez pitié de nous.

Jésus-Christ, ayez pitié de nous.

Seigneur, ayez pitié de nous.

Jésus-Christ, écoutez-nous.

Jésus-Christ, exaucez-nous.

Père céleste, qui êtes Dieu, ayez pitié de nous.

Dieu le Fils, Rédempteur du monde, ayez pitié de nous.

Esprit Saint, qui êtes Dieu, ayez pitié de nous.

Sainte Trinité, qui êtes un seul Dieu, ayez pitié de nous.

Notre-Dame des-Doms, priez pour nous.
Notre-Dame de Grâce,
Notre-Dame de Lumières,
Notre-Dame de Santé,
Notre-Dame de Vie,
Saint Ruf,
Saint Eutrope,
Saint Auspice,
Saint Clair,
Saint Quenin,
Saint Véran,
Saint Agricol,
Saint Magne,
Saint Maxime,
Saint Vérédème,
Saint Marcel,
Saint Pétrone,
Saint Siffrein,

Priez pour nous.

Priez pour nous

Saint Antonin,
Saint Didier,
Saint Césaire,
Saint Étienne,
Saint Castor,
Saint Martin des Ormeaux,
Saint Eutrope,
Saint Florent,
Saint Pie V,
Saint Martian,
Saint Pons,
Saint Bénézet,
Saint Gens,
Saint Elzéar,
Saint Roch,
Bienheureux Pierre de Luxembourg,
Bienheureux Benoît onze,
Sainte Anne,
Sainte Marthe,
Sainte Barbe,
Sainte Ursule,
Sainte Rusticule,
Sainte Cazarie,
Sainte Delphine.

Priez pour nous.

Priez pour nous.

Agneau de Dieu, qui effacez les péchés du monde, pardonnez-nous, Seigneur.

Agneau de Dieu, qui effacez les péchés du monde, exaucez-nous, Seigneur.

Agneau de Dieu, qui effacez les péchés du monde, ayez pitié de nous.

℣. Priez pour nous, Saints Patrons de notre Diocèse.

℟. Afin que nous soyons dignes des promesses de Jésus-Christ.

ORAISON.

Faites, Seigneur, que les exemples de vos Saints nous excitent à une meilleure vie, et qu'en célébrant leur glorieuse mémoire nous imitions leurs vertus. Par Jésus-Christ Notre-Seigneur.

LITANIES

DE SAINT BÉNÉZET.

(Sa fête se célèbre le 13 septembre.)

Seigneur, ayez pitié de nous.

Jésus-Christ, ayez pitié de nous.

Seigneur, ayez pitié de nous.

Jésus-Christ, écoutez-nous.

Jésus-Christ, exaucez-nous.

Père céleste, qui êtes Dieu, ayez pitié de nous.

Dieu le Fils, Rédempteur du monde, ayez pitié de nous.

Esprit Saint, qui êtes Dieu, ayez pitié de nous.

Sainte Trinité, qui êtes un seul Dieu, ayez pitié de nous.

Sainte Marie, reine des vierges, priez pour nous.

Saint Bénézet, priez pour nous.

Fidèle à la voix du Seigneur,

Ennemi du monde,

Serviteur de Marie,

Ennemi des blasphémateurs,

Fondateur des frères du Pont,

OEil des aveugles,

Parole des muets,

Oreille des sourds,

Terreur des démons,

Pur comme les anges,

Doué du courage des martyrs,

Constant comme les confesseurs

Citoyen de la Jérusalem céleste,

Patron des nautonniers,

Secours et appui des naufragés,

Notre refuge contre les inondations du Rhône,

Patron de cette ville d'Avignon,

Saint Bénézet, *Saint Bénézet,* *Priez pour nous. Priez pour nous.*

Agneau de Dieu, qui effacez les péchés du monde, pardonnez-nous, Seigneur.

Agneau de Dieu, qui effacez les péchés du monde, exancez-nous, Seigneur.

Agneau de Dieu, qui effacez les péchés du monde, ayez pitié de nous.

℣. Priez pour nous, Saint Bénézet.

℟. Afin que nous soyons dignes des promesses de Jésus-Christ.

ORAISON.

O Dieu, qui vous servites du Bienheureux Bénézet pour manifester à nos pères la puissance de votre bras, et qui, à la prière de ce saint confesseur rendîtes la vie aux morts, l'ouïe aux sourds, la parole aux muets et la santé aux infirmes; faites que tous ceux qui imploreront avec confiance son intercession, jouissent de la santé véritable de l'âme et du corps et puissent parvenir au port de la bienheureuse éternité.

Ainsi soit-il.

LITANIES
DU BIENHEUREUX PIERRE DE LUXEMBOURG.

(Sa fête est fixée au 5 juillet.)

Seigneur, ayez pitié de nous.
Jésus-Christ, ayez pitié de nous.
Seigneur, ayez pitié de nous
Jésus-Christ, écoutez-nous.
Jésus-Christ, exaucez-nous.
Père céleste, qui êtes Dieu, ayez pitié de nous.
Dieu le Fils, Rédempteur du monde, ayez pitié de nous.
Esprit Saint, qui êtes Dieu, ayez pitié de nous.

Sainte Trinité, qui êtes un seul Dieu, ayez pitié de nous.

Sainte Vierge des Vierges, priez pour nous.

Bienheureux Pierre de Luxembourg,

Zélé Serviteur de Marie,

Flambeau du divin amour,

Gloire de la noblesse,

Miroir de la jeunesse,

Qui avez méprisé le siècle et ses vanités,

Qui aimiez tant les croix et les souffrances,

Qui foulâtes aux pieds les pompes et les honneurs,

Fleur d'innocence,

Lys de pureté,

Héraut de la chasteté,

Soutien des indigens,

Splendeur du Clergé,

Modèle des Prélats,

Ennemis des vices,

Tuteur des Orphelins,

Victime de Charité,

Modèle d'humilité,

Qui avez opéré tant de Miracles,

Guérison des malades,

Qui rétablissez les santés,

Qui ressuscitez les morts,

Qui domptez la fièvre,

Qui faites cesser les épidémies,

B. Pierre de Luxembourg.

R. Pierre de Luxembourg.

Priez pour nous.

Priez pour nous.

Qui êtes l'émule des Anges, l'imitateur des Apôtres et des Martyrs,

Qui êtes le collègue des Confesseurs et le compagnon des Vierges,

Qui êtes au ciel avec tous les Saints,

Patron de la ville d'Avignon,

Protecteur de la jeunesse Avignonaise,

B. Pierre.

Priez p. nous.

Agneau de Dieu, qui effacez les péchés du monde, pardonnez-nous, Seigneur.

Agneau de Dieu, qui effacez les péchés du monde, exaucez-nous, Seigneur.

Agneau de Dieu, qui effacez les péchés du monde, ayez pitié de nous.

℣. Bienheureux Pierre, priez pour nous.

℟. Afin que nous nous rendions dignes des promesses de Jésus-Christ.

ORAISON.

O Dieu, qui faites éclater la gloire du Bienheureux Pierre votre confesseur par une infinité de miracles, accordez-nous par son intercession, nous vous en prions, d'être délivrés de toute sorte d'afflictions et d'imiter son humilité et sa pureté, afin qu'après avoir pratiqué ses vertus pendant la vie, nous ayons, comme lui, le bonheur de mourir dans votre amour et de partager sa gloire dans l'éternité. Par Jésus-Christ Notre-Seigneur.

LITANIES

DES SAINTS FONDATEURS D'ORDRES RELIGIEUX.

Seigneur, ayez pitié de nous.
Jésus-Christ, ayez pitié de nous.
Seigneur, ayez pitié de nous.
Jésus-Christ, ecoutez-nous.
Jésus-Christ, exaucez-nous.
Père céleste, qui êtes Dieu, ayez pitié de nous.
Dieu le Fils, Rédempteur du monde, ayez pitié de nous.
Esprit Saint, qui êtes Dieu, ayez pitié de nous.
Sainte Trinité, qui êtes un seul Dieu, ayez pitié de nous.
Sainte Marie, priez pour nous.
Sainte Mère de Dieu,
Sainte Vierge des Vierges,
Saint Elie et Saint Elisée, gloires du Carmel,
Saint Paul, premier ermite,
Saint Antoine, père des Solitaires de la Thébaïde,
Saint Basile, instituteur de la vie cénobitique en Orient,

Priez pour nous.

Saint Augustin, instituteur des chanoines réguliers,

Saint Benoît, père des moines d'Occident,

Saint Bruno, fondateur de l'Ordre des Chartreux,

Saint Romuald, père des Camaldules,

Saint Bernard, le restaurateur de l'Ordre de Cîteaux,

Saint Norbert, fondateur des Prémontrés,

Saint Jean de Martha et Saint Félix de Valois, pères des des Trinitaires,

Saint Pierre Nolasque, fondateur de la Merci,

Saint François d'Assise, père des trois Ordres Séraphiques,

Saint Dominique, fondateur des frères Prêcheurs,

Saint François de Paule, instituteur des Minimes,

Saint Gaëtan, père des Théatins,

Saint Ignace de Loyola, fondateur de la Compagnie de Jésus,

Saint Philippe de Néri, instituteur de l'Oratoire,

Saint Jean de Dieu, père des frères de la Charité,

Saint Camille de Lellis, fondateur des Clercs ministres des infirmes,

Saint Jérôme Émilien, instituteur des frères Sommasques

Priez pour nous.

Priez pour nous.

Saint Joseph Calasance, fondateur des Eco-
les-Pies,

Saint Vincent de Paul, fondateur des prêtres de la Mission,

Saint François de Sales, père de l'Ordre de
la Visitation,

Saint Alphonse Marie de Liguori, fondateur
des Rédemptoristes,

Saint François Carracciolo, fondateur des
Clercs réguliers mineurs,

Bienheureux Gérard, pemier chevalier de
Malte,

Bienheureux Robert d'Abrisselle, qui avez
peuplé les solitudes de Fontevraut,

Bienheureux Bonifilio, fondateur des Servites,

Bienheureux Paul de la croix, père des
Passionistes,

Sainte Eugénie,

Sainte Claire,

Sainte Brigitte,

Sainte Térèse,

Sainte Angèle de Mérici,

Sainte Jeanne Françoise de Chantal,

Priez pour nous.

Agneau de Dieu, qui effacez les péchés du
monde, pardonnez-nous, Seigneur.

Agneau de Dieu, qui effacez les péchés du
monde, exaucez-nous, Seigneur.

Agneau de Dieu, qui effacez les péchés du
monde, ayez pitié de nous.

℣. Les Saints se réjouiront dans la gloire.

℟. Et leurs ossements tressailleront d'allégresse dans leurs sépulcres.

ORAISON.

Que vos saints nous aident en tout lieu, ô Seigneur ; et faites, nous vous en prions, qu'en honorant ici bas leur mémoire nous éprouvions l'efficacité de leurs prières dans le Ciel. Par Notre-Seigneur Jésus-Christ.

LITANIES

DE SAINT BENOÎT.

(Sa fête est fixée au 21 mars.)

Seigneur, ayez pitié de nous.

Jésus-Christ, ayez pitié de nous.

Seigneur, ayez pitié de nous.

Jésus-Christ, écoutez-nous,

Jésus-Christ, exaucez-nous.

Père céleste, qui êtes Dieu, ayez pitié de nous.

Dieu le Fils, Rédempteur du monde, ayez pitié de nous.

Esprit Saint, qui êtes Dieu, ayez pitié de nous.

Sainte Trinité, qui êtes un seul Dieu, ayez pitié de nous.

Sainte Mère de Dieu, priez pour nous.

Saint Benoît,

Saint Benoît,   Priez pour nou

Qui avez été comblé dès le berceau des grâces du Très-Haut,

Qui avez généreusement abandonné les plaisirs que Rome offrait à votre jeunesse,

Qui vous êtes retiré de bonne heure dans la solitude,

Qui avez été l'objet des plus violentes attaques des esprits infernaux,

Qui vous êtes roulé au milieu des ronces et des épines pour chasser les tentations du serpent impur,

Qui êtes le père des moines d'Occident,

Qui avez vu vos enfants se multiplier comme les sables de la mer et les étoiles du firmament,

Qui avez renversé les idoles et brûlé leurs autels,

Saint Benoît,   Priez pour nous.

Qui avez converti à la foi des peuples plongés encore dans les ténèbres de l'idolâtrie,

Qui avez brisé en faisant le signe de la croix le vase contenant le breuvage empoissonné que vous offraient vos ennemis,

Qui avez vu l'âme de Sainte Scolastique votre sœur s'envoler au ciel sous la forme d'une colombe,

Qui avez sauvé sainte Placide du milieu
des ondes,

Qui avez commandé à Saint Maur de
marcher sur les flots,

Qui avez été doué de l'esprit de prophétie et du don des miracles,

Agneau de Dieu, qui effacez les péchés du
du monde, pardonnez-nous, Seigneur.

Agneau de Dieu, qui effacez les péchés du
monde, exaucez-nous, Seigneur.

Agneau de Dieu, qui effacez les péchés du
monde, ayez pitié de nous.

℣. Le Seigneur a conduit le juste par le
droit chemin.

℟. Et il lui a montré le Royaume de Dieu.

ORAISON.

Que l'intercession du glorieux Saint Benoît
nous recommande, ô mon Dieu, auprès de
votre bonté; afin que sa protection nous
obtienne ce que nos propres mérites sont
impuissants à nous faire accorder. Par Notre-
Seigneur Jésus-Christ.

LITANIES

DE SAINT BERNARD DE CLAIRVAUX.

(Sa fête se fait le 20 août)

Seigneur, ayez pitié de nous.

Jésus-Christ, ayez pitié de nous.

Seigneur, ayez pitié de nous.

Jésus-Christ, écoutez-nous.

Jésus-Christ, exaucez-nous.

Père céleste, qui êtes Dieu, ayez pitié de nous.

Dieu le Fls, Rédempteur du monde, ayez pitié de nous,

Esprit Saint, qui êtes Dieu, ayez pitié de nous.

Sainte Trinité, qui êtes un seul Dieu, ayez pitié de nous.

Sainte Marie, Reine des Vierges, priez pour nous.

Saint Bernard,

Qui dans votre jeune âge êtes sorti triomphant des piéges que le démon tendait à votre innocence,

Qui au printemps de votre vie êtes allé vous ensevelir dans les pénitences et les austérités de Cîteaux,

Qui avez su par votre éloquence persuader à vos frères et à vos amis d'imiter votre exemple,

Qui fûtes un prodige de mansuétude, d'abnégation et de mortification,

Qui avez par humilité refusé plusieurs fois la mître épiscopale,

Que le zèle de la maison de Dieu transporta si souvent au milieu du monde,

23

Qui aviez une soif si ardente du salut des
 âmes,

Qui annonciez hautement aux rois et
 aux princes de la terre les jugements
 de Dieu et ses préceptes,

Qui aviez pour la Très-Sainte Vierge
 un amour si vif et si tendre,

Qui méritâtes de recevoir de cette bonne
 mère les témoignages les plus éclatants de sa charité et de sa bonté pour
 ses serviteurs,

Qui par vos sublimes écrits avez mérité
 d'être placé au rang des docteurs de
 l'Eglise,

Qui êtes l'ornement de Cîteaux, la
 splendeur de Clairvaux et la gloire de
 la France.

Saint Bernard.   *Priez pour nous.*

Agneau de Dieu, qui effacez les péchés du
 monde, pardonnez-nous, Seigneur.

Agneau de Dieu, qui effacez les péchés du
 monde, exaucez-nous, Seigneur.

Agneau de Dieu, qui effacez les péchés du
 monde, ayez pitié de nous.

V̷. Priez pour nous, Saint Bernard.

R̷. Afin que nous nous rendions dignes des
 promesses de Jésus-Christ.

ORAISON.

O Dieu, qui avez donné à votre peuple
Saint Bernard pour ministre du salut éternel,

faites qu'après l'avoir eu pour docteur sur cette terre, nous méritions de l'avoir pour intercesseur dans le ciel. Par Jésus-Christ Notre-Seigneur.

LITANIES

DE SAINT JEAN DE MATHA.

(Sa fête se célèbre le 8 février.)

Seigneur, ayez pitié de nous.

Jésus-Christ, ayez pitié de nous.

Seigneur, ayez pitié de nous.

Jésus-Christ, écoutez-nous.

Jésus-Christ, exaucez-nous.

Père céleste, qui êtes Dieu, ayez pitié de nous.

Fils, rédempteur du monde, qui êtes Dieu, ayez pitié de nous.

Esprit-Saint, qui êtes Dieu, ayez pitié de nous.

Trinité Sainte, qui êtes un seul Dieu, ayez pitié de nous.

Sainte Marie, Dame du bon Remède, priez pour nous.

Saint Jean de Matha, priez pour nous.

Fruit de prières et de larmes,

Qui dès votre enfance avez imité la pénitence de Saint Jean-Baptiste,

Que Dieu a choisi pour fonder l'Ordre
  de la Très-Sainte Trinité,

Rédempteur des captifs,

A qui un ange est apparu revêtu du
  scapulaire de l'Ordre,

Qui vous êtes retiré dans la solitude
  pour vaquer à l'oraison.

Très-sublime contemplatif,

Très-fidèle à exécuter les ordres du
  Ciel,

Qui avez entrepris de grands travaux
  pour la gloire de Dieu,

Qui avez arraché tant d'âmes des portes
  de l'enfer,

Qui avez essuyé plusieurs fois les mauvais traitements des barbares,

Qui avez rendu de grands services à
  l'Eglise,

Prodige de science et de lumière,

Docteur très-humble,

Père d'un grand nombre de saints,

Homme de miracles,

Brûlant de l'amour de Dieu,

Plein de la charité du prochain,

Modèle de douceur et de patience,

Qui avez donné l'exemple de toutes les
  vertus,

Mort dans l'exercice du saint amour,

Lumière éclatante de la Provence votre
  patrie,

Saint Jean de Matha,

Saint Jean de Matha,

Priez pour nous.

Priez pour nous.

Priez pour nous.

Agneau de Dieu, qui effacez les péchés du
    monde, pardonnez-nous, Seigneur.
Agneau de Dieu, qui effacez les péchés du
    monde, exaucez-nous, Seigneur;
Agneau de Dieu, qui effacez les péchés du
    monde, ayez pitié de nous, Seigneur.

℣. Priez pour nous, Bienheureux Saint Jean.
℟. Afin que nous soyons digues des pro-
    messes de Jésus-Christ.

ORAISON.

O Dieu! qui avez daigné, par une vision
céleste, vous servir de Saint Jean de Matha
pour instituer l'Ordre de la Très-Sainte Trinité pour la rédemption des fidèles captifs
sous la puissance des Sarrasins, faites, nous
vous en supplions, qu'en vue de ses mérites
nous soyons délivrés par votre grâce de la
captivité du corps et de l'âme. Par Notre-
Seigneur Jésus-Christ,

LITANIES

DE SAINT FÉLIX DE VALOIS.

(Sa fête est fixée au 20 novembre.)

Seigneur, ayez pitié de nous.
Jésus-Christ, ayez pitié de nous.
Seigneur, ayez pitié de nous

Jésus Christ, écoutez-nous.

Jésus-Christ, exaucez-nous.

Père céleste, qui êtes Dieu, ayez pitié de nous.

Dieu le Fils, Rédempteur du monde, ayez pitié de nous.

Esprit Saint, qui êtes Dieu, ayez pitié de nous.

Sainte Trinité, qui êtes un seul Dieu, ayez pitié de nous.

Sainte Marie, priez pour nous.

Saint Félix de Valois,

Dont la sainteté a été prédite avant votre naissance,

Qui êtes né sous la protection de la Mère de Dieu,

Qui avez été consacré à Dieu dès votre berceau,

Qui avez reçu des marques singulières de la tendresse de Marie,

Notre Modèle,

Qui avez généreusement méprisé les grandeurs du monde pour embrasser la vie solitaire,

Qui avez aimé la vie humble et cachée,

Consommé dans l'obéissance,

Qui avez imité la pauvreté de J.-C.,

Ange de pureté,

Qui avez crucifié votre corps par la mortification,

Qui avez fait vos délices de l'oraison,

Qui avez écouté Dieu dans le silence de la solitude,

A qui Dieu s'est plu à révéler ses secrets,

De qui Dieu s'est servi pour l'établissement de l'Ordre de la Très-Sainte Trinité,

Qui avez procuré par vos prières le rachat d'un grand nombre d'esclaves,

Qui avez eu une tendresse particulière pour les pauvres et les affligés,

Qui avez enseigné à plusieurs le chemin de la perfection,

Dont Dieu a manifesté la sainteté par des miracles,

Gloire de la France votre patrie.

Agneau de Dieu, qui effacez les péchés du monde, pardonnez-nous, Seigneur.

Agneau de Dieu, qui effacez les péchés du monde, exaucez-nous, Seigneur.

Agneau de Dieu, qui effacez les péchés du monde, ayez pitié de nous.

℣. Priez pour nous, Saint Félix de Valois.

℟. Afin que nous devenions dignes des promesses de Jésus-Christ.

ORAISON.

O Dieu ! qui dans votre bonté avez retiré de sa solitude le bienheureux Félix, votre confesseur, pour lui confier le rachat des esclaves, nous vous supplions de faire, par votre grâce, que par son intercession nous soyons délivrés des liens du péché, par Notre-Seigneur Jésus-Christ Ainsi soit-il.

LITANIES

DE TOUS LES SAINTS DE L'ORDRE DE SAINT FRANÇOIS.

(Leur fête est fixée au 29 novembre.)

Seigneur, ayez pitié de nous.

Jésus-Christ, ayez pitié de nous.

Seigneur, ayez pitié de nous.

Jésus-Christ, écoutez-nous.

Jésus-Christ, exaucez-nous.

Père céleste, qui êtes Dieu, ayez pitié de nous.

Dieu le Fils, Rédempteur du monde, ayez pitié de nous.

Esprit Saint qui êtes Dieu, ayez pitié de nous.

Sainte Trinité, qui êtes un seul Dieu, ayez pitié de nous.

Sainte Marie conçue sans péché, priez pour nous.

Sainte Mère de Dieu,

Sainte Vierge des vierges,

Sainte Marie, reine des Anges,

Sainte Marie, mère de l'Ordre Séraphique,
Saint Michel,
Saint Gabriel,
Saint Raphaël,
Tous les saints Anges et Archanges,
Saint Joseph, époux de la Vierge très-pure,
Saint Joachim, père de la très-aimable
    Vierge,
Tous les saints Patriarches,
Saint François, patriarche des Frères
    Mineurs,
Saint François, patriarche des Religieuses,
Saint François, patriarche des Pénitents,
Saint Daniel,
Saint Ange,
Saint Samuel,
Saint Donule,
Saint Léon,
Saint Hugolin,
Saint Nicolas,
Saint Bérard,
Saint Pierre,
Saint Accurse,
Saint Adjutor,
Saint Othon,
Saint Pierre-Baptiste,
Saint Martin,
Saint François Solan,
Saint Philippe,
Saint Gonzalve,

Priez pour nous.

Priez pour nous.

Saint Paul,
Saint Gabriel,
Saint Jean,
Saint Thomas,
Saint Joachim,
Saint Bonaventure,
Saint Léon,
Saint Thomas,
Saint Martin,
Saint Antonin,
Saint Louis,
Saint Paul,
Saint Michel,
Saint Pierre,
Saint Cosme,
Saint Bonaventure,
Saint Louis,
Saint Bienvenu,
Saint Antonin,
Saint Bernardin,
Saint Jacques,
Saint Jean,
Saint Pierre,
Saint Bernardin,
Saint Didace,
Saint Sauveur,
Saint Pascal,
Saint Félix,
Saint Guy,
Saint Louis,

Priez pour nous

Priez pour nous.

Priez pour nous.

Saint Elzéar,
Saint Roch,
Saint Yves,
Saint Conrad,
Saint Lucide,
Sainte Claire d'Assise,
Sainte Catherine,
Sainte Élizabeth,
Sainte Colette,
Sainte Claire,
Sainte Marguerite,
Sainte Elizabeth,
Sainte Rose,
Sainte Louise,
Sainte Viridiane,
Sainte Françoise.
Sainte Humiliane,
Sainte Hélène,
Sainte Isabelle,
Sainte Lucie,
Sainte Delphine,
Sainte Salomée,
Sainte Brigitte,
Sainte Angèle,

Priez pour nous.

Priez pour nous.

Agneau de Dieu, qui effacez les péchés du monde, pardonnez-nous, Seigneur.

Agneau de Dieu, qui effacez les péchés du monde, exaucez-nous, Seigneur.

Agneau de Dieu, qui effacez les péchés du monde, ayez pitié de nous.

℣. Faites, Seigneur, que nous soyons du nombre de vos élus

℟. Dans la gloire éternelle.

ORAISON.

Répandez, Seigneur, sur notre dévotion, toute l'abondance de votre grâce, afin que la commémoraison pieuse que nous faisons de tous les enfants du séraphique père saint François, placés dans le catalogue des Saints ou des bienheureux Martyrs, Docteurs, Pontifes, Missionnaires, Confesseurs, Pénitents, Vierges et Veuves, réjouisse nos âmes et nous obtienne, par leur intercession, la vie éternelle. Ainsi soit-il.

LITANIES

DE SAINT FRANÇOIS D'ASSISE.

(Sa fête se fait le 4 octobre; et celle de l'impression de ses stigmates, le 17 septembre.)

Seigneur, ayez pitié de nous.
Jésus-Christ, ayez pitié de nous.
Seigneur, ayez pitié de nous.
Jésus-Christ, écoutez-nous.
Jésus-Christ, exaucez-nous.
Père céleste, qui êtes Dieu, ayez pitié de nous.

Dieu le Fils, Rédempteur du monde, ayez pitié de nous.

Esprit Saint, qui êtes Dieu, ayez pitié de nous.

Sainte Trinité, qui êtes un seul Dieu, ayez pitié de nous.

Saint François,

Père séraphique,

Parfait imitateur de Jésus pauvre et pénitent,

Séraphin plein d'ardeur,

Fournaise de charité,

Arche de sainteté,

Vase de pureté,

Miroir de chasteté,

Règle des pénitents,

Modèle d'obéissance,

Exemplaire des vertus,

Triomphateur du vice,

Vainqueur des démons,

Crucifié vivant,

Martyr de désir,

Apôtre des des infidèles,

Lumière des aveugles,

Soulagement des malades,

Qui rendiez la vie aux morts,

Abraham de la nouvelle loi,

Père d'une postérité nombreuse,

Saint François, ... *Priez pour nous.*

Saint François, ... *Priez pour nous.*

Agneau de Dieu, qui effacez les péchés du monde, pardonnez-nous, Seigneur.

Agneau de Dieu, qui effacez les péchés du monde, exaucez-nous, Seigneur.

Agneau de Dieu, qui effacez les péchés du monde, ayez pitié de nous.

℣. Priez pour nous, bienheureux père Saint François.

℟. Afin que, par votre intercession, nous puissions obtenir l'effet des promesses de Jésus-Christ.

ORAISON.

Dieu de grandeur, qui donnez un nouvel éclat à l'Eglise en multipliant les enfants de saint François, faites-nous la grâce qu'à son exemple, nous puissions mépriser les grandeurs et les biens de la terre, et obtenir la bienheureuse éternité. Ainsi soit-il.

LITANIES

DE SAINT ANTOINE DE PADOUE

(Sa fête se célèbre le 13 juin.)

Seigneur, ayez pitié de nous.

Jésus-Christ, ayez pitié de nous.

Seigneur, ayez pitié de nous.

Jésus-Christ, écoutez-nous.

Jésus-Christ, exaucez-nous.

Père céleste, qui êtes Dieu, ayez pitié de nous.

Dieu le Fils, Rédempteur du monde, ayez pitié de nous.

Esprit Saint, qui êtes Dieu, ayez pitié de nous.

Sainte Trinité, qui êtes un seul Dieu, ayez pitié de nous.

Sainte Vierge Marie conçue sans péché, priez pour nous.

Saint Antoine de Padoue, priez pour nous.

Saint Antoine

Sanctuaire de la sagesse divine,
Miroir d'obéissance,
Exemplaire de pénitence,
Modèle de perfection,
La gloire des Frères Mineurs,
Protecteur des innocents,
Prédicateur infatigable de la vérité,
Altéré du martyre,
Consolateur des affligés,
La terreur des démons,

Saint Antoine

Le médecin des malades,
Lumière des aveugles,
Le secours des captifs,
Fameux en miracles et en prodiges,
Favorable à tous ceux qui vous invoquent,

Priez pour nous.

Agneau de Dieu, qui effacez les péchés du monde, pardonnez-nous, Seigneur.

Agneau de Dieu, qui effacez les péchés du monde, exaucez-nous, Seigneur.

Agneau de Dieu, qui effacez les péchés du monde, ayez pitié de nous.

℣. Bienheureux saint Antoine, priez pour nous.

℟. Afin que par votre intercession nous puissions obtenir l'effet des promesses de Jésus-Christ.

ORAISON.

Faites, mon Dieu, par l'intercession de saint Antoine, que les enfants de votre Eglise soient favorablement secourus dans tous leurs besoins spirituels, et qu'ils puissent enfin obtenir la félicité éternelle. Ainsi soit-il.

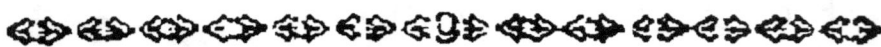

LITANIES

DE SAINT LOUIS, ROI DE FRANCE

(Sa fête se célèbre le 25 août.)

Seigneur, ayez pitié de nous
Jésus-Christ, ayez pitié de nous.
Seigneur, ayez pitié de nous,
Jésus-Christ, écoutez-nous.
Jésus-Christ, exaucez-nous.
Père céleste, qui êtes Dieu, ayez pitié de nous.
Dieu le Fils, Rédempteur du monde, ayez pitié de nous.

Esprit Saint, qui êtes Dieu, ayez pitié de nous.

Sainte Trinité, qui êtes un seul Dieu, ayez pitié de nous.

Saint Louis,

Prince admirable,

Lys de pureté,

Exemple d'humilité,

Image de vertu,

Prodige de pénitence,

Flamme d'amour et d'oraison,

Lampe ardente et brillante,

Vase d'élection,

Vase insigne de religion,

Vase admirable de sainteté,

Miroir de la perfection chrétienne,

Très dévot à votre Père S. François,

Contempteur du monde et de ses honneurs,

Plein de zèle pour la maison de Dieu,

Tendre Père des pauvres,

Remède des malades,

Appui de la veuve et de l'orphelin,

Juge béni des peuples,

Rédempteur des captifs,

Prédicateur des infidèles,

Deux fois victime pour les lieux saints,

Terrible dans les combats,

Puissant dans les fers,

Gardien de la France,

Saint Louis, (marge gauche)

Priez pour nous. (marge droite)

Saint Louis.

Modèle des Rois,

Digne de la couronne des Rois sur la terre,

Plus digne de la couronne des saints dans le ciel,

Protecteur du Tiers-Ordre de la Pénitence,

Agneau de Dieu, qui effacez les péchés d monde, pardonnez-nous, Seigneur.

Agneau de Dieu, qui effacez les péchés d monde, exaucez-nous, Seigneur.

Agneau de Dieu, qui effacez les péchés d monde, ayez pitié de nous.

℣. Priez pour nous, saint Louis,

℟. Afin que nous soyons dignes des promes ses de Jésus-Christ.

ORAISON.

O Dieu, qui avez transféré votre confes seur Saint-Louis d'un royaume terrestre la gloire du Royaume céleste, rendez-nou par ses mérites et par son intercession parti cipants du bonheur du Roi des Rois Jésus Christ. Ainsi soit-il.

LITANIES
DE SAINT ROCH.

(Sa fête se célèbre le 16 août)

Seigneur, ayez pitié de nous.

Jésus-Christ, ayez pitié de nous.

Seigneur, ayez pitié de nous.

Jésus-Christ, écoutez-nous.

Jésus-Christ, exaucez-nous.

Père céleste, qui êtes Dieu, ayez pitié de nous.

Dieu le Fils, Rédempteur du monde, ayez pitié de nous.

Esprit Saint, qui êtes Dieu, ayez pitié de nous.

Sainte Trinité, qui êtes un seul Dieu, ayez pitié de nous.

Sainte Marie, priez pour nous.

Sainte Mère de Dieu, priez pour nous.

Sainte Reine des Anges, priez pour nous.

Saint Roch, très digne confesseur de Jésus-Christ, priez pour nous.

Saint Roch.
Très compatissant envers les pauvres,
Qui avez désiré les opprobres,
Qui avez aimé la croix de Jésus,
Admirable par votre patience,
Amateur de la pauvreté,
Brûlant de charité,
D'une humilité très profonde,
Remarquable par l'austérité de votre vie,
Saint Roch.
Modèle de toutes les vertus,
Enrichi des bénédictions du Seigneur,
Honoré du don des miracles,
Qui avez délivré les peuples du fléau de la peste,

Priez pour nous.

Très puissant dans le Ciel,

Refuge des pestiférés,

Très doux consolateur des malades,

Qui avez été vous-même atteint de la peste,

Abandonné des hommes dans votre maladie,

Guéri d'une manière miraculeuse dans un désert,

Jeté en prison et mort dans les fers comme un malfaiteur,

Couronné d'honneur et de gloire dans le Ciel,

Que nos pères ont invoqué et qui les avez délivrés,

Notre secours et notre refuge dans les calamités,

Saint Roch ... *Saint Roch* ... *Priez pour nous.*

Agneau de Dieu, qui effacez les péchés du monde, pardonnez-nous, Seigneur.

Agneau de Dieu, qui effacez les péchés du monde, exaucez-nous, Seigneur.

Agneau de Dieu, qui effacez les péchés du monde, ayez pitié de nous.

℣. Bienheureux Saint Roch, priez pour nous.

℟. Afin que nous nous rendions dignes des promesses de Jésus-Chris.

ORAISON.

O Dieu tout puissant et tout miséricordieux, qui par les mérites et les prières du bien-

neureux saint Roch, votre glorieux confesseur, avez eu autrefois la bonté de faire
cesser une peste générale, accordez à tous
ceux qui vous supplient très humblement la
faveur d'être préservés, par son intercession,
des fléaux qui pourraient nous atteindre.
Ainsi soit-il.

LITANIES

DE TOUS LES SAINTS DE L'ORDRE DE SAINT DOMINIQUE.

(Leur fête se célèbre le 9 novembre.)

Seigneur, ayez pitié de nous.
Jésus-Christ, ayez pitié de nous.
Seigneur, ayez pitié de nous.
Jésus-Christ, écoutez-nous.
Jésus-Christ, exaucez-nous.
Père céleste, qui êtes Dieu, ayez pitié de
nous.
Dieu le Fils, Rédempteur du monde, ayez
pitié de nous.
Esprit Saint, qui êtes Dieu, ayez pitié de
nous.
Sainte Trinité, qui êtes un seul Dieu, ayez
pitié de nous.
Notre-Dame du Rosaire, priez pour nous.
Saint Dominique,

Saint Raymond de Pennafort,
Saint Thomas d'Aquin,
Saint Vincent Ferrier,
Saint Pierre de Vérone,
Saint Pie V,
Saint Antonin de Florence,
Saint Hyacinthe,
Saint Louis-Bertrand,
Saints martyrs de Gorcom,
Bienheureux Albert le Grand,
Bienheureux Barthélemi de Bragance,
Bienheureux Jean de Salerne,
Bienheureux Augustin de Nocéra,
Bienheureux Antoine de l'Eglise,
Bienheureux Jacques de Varazzé,
Bienheureux Benoît XI,
Bienheureux Sadoc et vos compagnons,
Bienheureux Gilles de Portugal,
Bienheureux Albert de Bergame,
Bienheureux Pierre de Gonzalez,
Bienheureux Antoine Neyrot,
Bienheureux Henri Suzo,
Bienheureux Jourdain de Saxe,
Bienheureux Alvarès de Cordoue
Bienheureux Gonzalve,
Sainte Catherine de Ricci,
Sainte Catherine de Sienne,
Sainte Agnès du Mont Politien,
Sainte Colombe de Riéti,
Sainte Rose de Lima,

Priez pour nous.

Bienheureuse Marguerite de Savoie,

Tous les Saints et Saintes de l'Ordre de Saint Dominique.

Agneau de Dieu, qui effacez les péchés du monde, pardonnez-nous, Seigneur.

Agneau de Dieu, qui effacez les péchés du monde, exaucez-nous, Seigneur.

Agneau de Dieu, qui effacez les péchés du monde, ayez pitié de nous.

℣. Justes, réjouissez-vous et tressaillez dans le Seigneur,

℟. Et glorifiez-vous en lui, vous tous qui avez le cœur droit.

ORAISON.

Seigneur, qui avez daigné enrichir l'ordre des frères Prêcheurs d'une nombreuse génération de Saints, et qui avez merveilleusement couronné en eux la pratique héroïque de toutes les vertus, faites que, suivant leurs traces sur la terre, nous soyons un jour dans les Cieux associés à leur bonheur éternel. Par Notre-Seigneur Jésus-Christ.

LITANIES

DE SAINT DOMINIQUE.

(Sa fête se célèbre le 4 août.)

Seigneur, ayez pitié de nous.

Jésus-Christ, ayez pitié de nous.

Seigneur, ayez pitié de nous.

Jésus-Christ, écoutez-nous.

Jésus-Christ, exaucez-nous.

Père céleste, qui êtes Dieu, ayez pitié de nous.

Dieu le Fils, Rédempteur du monde, ayez pitié de nous.

Esprit Saint, qui êtes Dieu, ayez pitié de nous.

Sainte Trinité, qui êtes un seul Dieu, ayez pitié de nous.

Notre-Dame du saint Rosaire, priez pour nous.

Saint Dominique,

Saint Dominique, *(marge gauche)* — Priez pour nous. *(marge droite)*

    Astre de l'Eglise,

    Lumière du monde,

    Flambeau du siècle,

    Prédicateur de la grâce,

    Rose de patience,

    Vous qui aviez soif du salut des âmes,

    Vous qui étiez jaloux du martyre,

    Grand directeur des âmes,

    Homme évangélique,

    Docteur de vérité,

    Ivoire de chasteté,

    Homme au cœur vraiment apostolique,

    Pauvre des biens de la fortune,

    Riche de la pureté de votre vie,

    Vous qu'un zèle ardent consumait pour le salut des pécheurs,

Trompette de l'Evangile,

Héraut du ciel,

Modèle d'abstinence,

Sel de la terre,

Soleil étincelant dans le temple de Dieu,

Vous qui étiez étayé par la grâce divine,

Vous qui êtes revêtu d'un manteau royal,

Fleur éclatante dans les jardins de l'Eglise,

Vous qui arrosiez la terre de votre sang,

Vous qui resplendissez parmi les Vierges,

Vous qui êtes le chef et le Père de l'ordre des frères Prêcheurs.

Agneau de Dieu, qui effacez les péchés du monde, pardonnez-nous,

Agneau de Dieu, qui effacez les péchés du monde, exaucez-nous, Seigneur.

Agneau de Dieu, qui effacez les péchés du monde, ayez pitié de nous.

℣. Saint Dominique, écoutez la prière que nous vous adressons.

℟. Et faites descendre sur nous la miséricorde du Ciel.

ORAISON,

O Dieu, qui avez daigné éclairé votre Eglise par les mérites et par la doctrine de saint Dominique, votre bienheureux confesseur, permettez que, par son intercession, elle ne manque jamais de secours temporels., et qu'elle fasse toujours des progrès par des accroissements spirituels. Par Notre-Seigneur Jésus-Christ.

LITANIES

DE SAINT THOMAS D'AQUIN.

(Sa fête se fait le 7 mars.)

Seigneur. ayez pitié de nous,
Jésus-Christ, ayez pitié de nous.
Seigneur, ayez pitié de nous.
Jésus-Christ, écoutez-nous.
Jésus-Christ, exaucez-nous.
Père céleste, qui êtes Dieu, ayez pitié de nous.
Dieu le Fils, Rédempteur du monde, ayez pitié de nous.
Esprit Saint, qui êtes Dieu, ayez pitié de nous.
Sainte Trinité, qui êtes un seul Dieu, ayez pitié de nous.
Notre-Dame du Rosaire, priez pour nous.
Saint Dominique,
Saint Thomas d'Aquin,
Qui de bonne heure vous êtes consacré au Seigneur sans réserve et sans partage,

Priez pour nous.

Qui, pour être fidèle à votre vocation, avez héroïquement résisté aux sollicitations de votre famille et du monde,

Qui avez déjoué courageusement les piéges que le démon et l'iniquité tendaient à votre innocence,

Qui avez mérité alors par votre victoire sur l'esprit impur de voir ceindre vos reins par la main des Anges,

Qui avez inspiré à vos sœurs l'horreur du monde et l'amour de la vie religieuse,

Qui brûliez d'un amour si vif et si ardent pour la divine Eucharistie,

Qui par votre profonde science avez étonné vos maîtres eux-mêmes,

Qui avez été bien justement appelé le Docteur Angélique,

Qui avez su si bien allier la prière à l'étude,

Que Jésus-Christ daigna féliciter de vos écrits admirables sur sa divinité,

A qui Jésus-Christ demanda quelle récompense vous désiriez,

Qui avez voulu Jésus-Christ lui même pour votre seule et unique récompense,

Dont l'humilité refusa la mître épiscopale et la pourpre Cardinalice,

Qui êtes la lumière de l'Église et le

flambeau de la science théologique,

S. Thomas.

Priez pour nous.

Qui êtes un modèle achevé des plus pures vertus,

Qui êtes la joie et l'espoir des fidèles par la multitude de vos miracles,

Qui faites l'ornement et la gloire de l'Ordre des frères Prêcheurs.

Agneau de Dieu, qui effacez les péchés du monde, pardonnez-nous, Seigneur.

Agneau de Dieu, qui effacez les péchés du monde, exaucez-nous, Seigneur.

Agneau de Dieu, qui effacez les péchés du monde, ayez pitié de nous.

℣. Priez pour nous, Saint Thomas d'Aquin.

℟. Afin que nous soyons dignes des promesses de Jésus-Christ.

ORAISON.

O Dieu, qui avez illustré votre Église par la merveilleuse science de Saint Thomas votre confesseur, faites par son intercession, que nous comprenions ses admirables enseignements et que nous imitions ses glorieux exemples. Par Notre Seigneur Jésus-Christ.

❖❖❖❖❖❖❖❖❖❖❖❖❖❖❖❖❖❖❖❖❖❖❖

LITANIES
DE SAINT VINCENT FERRIER.

(Sa fête se célèbre le 5 avril.)

Seigneur, ayez pitié de nous.

Jésus-Christ, ayez pitié de nous.

Seigneur, ayez pitié de nous.

Jésus-Christ, écoutez-nous.

Jésus-Christ, exaucez-nous.

Père céleste, qui êtes Dieu, ayez pitié de nous.

Dieu le Fils, Rédempteur du monde, ayez pitié de nous.

Esprit Saint, qui êtes Dieu, ayez pitié de nous.

Sainte Trinité, qui êtes un seul Dieu, ayez pitié de nous.

Notre-Dame du saint Rosaire, priez pour nous.

Saint Vincent Ferrier,

Honneur de la ville de Valence,

Lis de pureté,

Miracle de piété,

Pierre précieuse de la virginité,

Ardent flambeau de charité,

Miroir de pénitence,

Trompette du salut éternel,

Prédicateur du jugement dernier,

Héraut du Saint Évangile,

Puissant en parole et en œuvres,

Dévot à la mère de Dieu,

Fervent ministre de la réconciliation des âmes,

Père des pauvres,

Docteur très-sage,

Invincible dans les tentations,

Éclatant par vos miracles.

Homme d'oraison,

Prodige d'humilité,

Modèle d'abnégation et d'obéissance,

Brûlant de zèle pour le salut des âmes,

Santé des languissants,

Maître des pénitents,

Refuge des fiévreux,

Terreur des démons,

OEil des aveugles,

Oreille des sourds,

Langue des muets,

Consolateur des affligés,

Gloire des frères Prêcheurs,

Saint Vincent Ferrier,

Priez pour nous.

Agneau de Dieu, qui effacez les péchés du monde, pardonnez-nous, Seigneur.

Agneau de Dieu, qui effacez les péchés du monde, exaucez-nous, Seigneur.

Agneau de Dieu, qui effacez les péchés du monde, ayez pitié de nous.

℣. Priez pour nous, bienheureux saint Vincent Ferrier.

℟. Afin que nous soyons dignes des promesses de Jésus-Christ.

ORAISON.

Seigneur, qui avez orné saint Vincen Ferrier votre confesseur de mérites sans nombre, et qui avez accordé à ses prières la guérison des malades et des infirmes, faites, nous vous en supplions, qu'à son exemple, méprisant les choses de la terre et ne désirant que les biens célestes, nous sortions du tombeau de nos iniquités, et que par son intercession nous méritions d'être délivrés des maladies de l'âme et du corps; nous vous le demandons par Notre-Seigneur Jésus-Christ, afin que par ses mérites nous soyons participants de l'éternelle félicité.

LITANIES

DE SAINT HYACINTHE.

(Sa fête se célèbre le 16 ou le 18 août.)

Seigneur, ayez pitié de nous.

Jésus-Christ, ayez pitié de nous.

Seigneur, ayez pitié de nous

Jésus-Christ, écoutez-nous.

Jésus-Christ, exaucez-nous.

Père céleste, qui êtes Dieu, ayez pitié de nous.

Dieu le Fils, Rédempteur du monde, ayez pitié de nous.

Esprit Saint, qui êtes Dieu, ayez pitié de nous.

Sainte Trinité, qui êtes un seul Dieu, ayez pitié de nous.

Notre-Dame du Saint Rosaire, priez pour nous.

Saint Hyacinthe,

Qui avez traversé les eaux profondes du Borysthène en portant les saintes espèces Eucharistiques,

Qui avez marché sur les eaux débordées de la Vistule,

Qui avez affronté les plus grands périls pour travailler à la gloire de Dieu,

Qui étiez un zélé serviteur de Marie,

Qui par Marie avez obtenu toutes sortes de grâces,

Dompteur des démons,

Extirpateur des hérésies,

Modérateur des tempêtes,

Consolateur des affligés,

Ressource assurée dans les périls,

Médecin admirable des pestiférés,

Espérance des agonisants,

Grand par la sainteté de vos œuvres,

Remarquable par les glorieux miracles que vous avez opérés,

Célèbre par la pureté de votre vie,

Trompette de l'Evangile,

Doué d'un cœur d'apôtre,

Ange dans votre corps,

Brûlant de charité,

Avide du salut des âmes,

Illustré du don de prophétie,

Enrichi des dons de la grâce,

Puissant en œuvres et en paroles,

Pieux amateur des souffrances qui arrosiez la terre de votre sang,

Emule intrépide du glorieux saint Dominique,

Ouvrier infatigable de la vigne du Seigneur,

Ornement de l'Ordre des frères Précheurs.

Priez pour nous.

gneau de Dieu, qui effacez les péchés du monde, pardonnez-nous, Seigneur.

gneau de Dieu, qui effacez les péchés du monde, exaucez-nous, Seigneur.

gneau de Dieu qui effacez les péchés du du monde, ayez pitié de nous.

. Priez pour nous, Saint Hyacinthe.

. Afin que nous nous rendions dignes des promesses de Jésus-Christ.

ORAISON.

Aidez-nous, ô mon Dieu, de votre grâce, faites que l'intercession de Saint Hyacinthe tre confesseur sollicite de votre bonté ce ie nous ne pouvons obtenir par nous-mêmes ar Jésus-Christ Notre-Seigneur.

—

LITANIES

DE SAINT JEAN-DE-LA-CROIX.

(Sa fête se célèbre le 24 novembre.)

Seigneur, ayez pitié de nous.
Jésus-Christ, ayez pitié de nous.
Seigneur, ayez pitié de nous.
Jésus-Christ, écoutez-nous.
Jésus-Christ, exaucez-nous.
Père céleste, qui êtes Dieu, ayez pitié de nous.
Dieu le Fils, Rédempteur du monde, ayez pitié de nous.
Esprit Saint, qui êtes Dieu, ayez pitié de nous.
Sainte Trinité, qui êtes un seul Dieu, ayez pitié de nous.
Sainte Marie, Mère de Dieu reine et gloire du Carmel, priez pour nous.
Saint Jean-de-la-Croix,
Fils bien aimé de Marie, la Reine du Carmel,
Fleur qui embaumez le Carmel de vos parfums,
Admirable héritier de l'esprit d'Elie,
Pierre fondamentale de la réforme du Carmel,

Fils et Père bien-aimé de Sainte Térèse,

Admirable observateur de la réforme du Carmel,

Tés-vigilant dans la pratique de toutes les vertus,

Trésor de charité,

D'une humilité très profonde,

D'une très-parfaite obéissance,

D'une patience invincible,

Amant fidèle de la pauvreté,

Doué d'une simplicité et d'une douceur de colombe,

Héros de pénitence,

Amateur insatiable de la mortification,

Prodige de Sainteté,

Flambeau qui brûlez et qui brillez,

Docteur mystique qui enseignez une doctrine céleste,

Maitre de la vie intérieure, si sublime en oraison,

Fervent prédicateur de la parole de Dieu,

Qui portez la joie et la paix dans les âmes,

Qui avez opéré tant de miracles,

Terreur des puissances de l'enfer,

Rempli de l'esprit prophétique,

Embrasé du désir du martyre,

Gardien fidèle du champ du Seigneur,

L'ornement et la gloire du Carmel,

Agneau de Dieu, qui effacez les péchés du monde, pardonnez-nous, Seigneur.

Agneau de Dieu, qui effacez les péchés du monde, exaucez-nous, Seigneur.

Agneau de Dieu, qui effacez les péchés du monde, ayez pitié de nous.

℣. Saint Jean-de-la-Croix, priez pour nous,

℟. Afin que nous soyons rendus dignes des promesses de Jésus-Christ.

ORAISON.

O Dieu, qui avez rendu Saint Jean-de-la-Croix, votre confesseur, si admirable par son amour pour la Croix, et l'abnégation de soi-même, faites nous la grâce de parvenir, par la constante imitation de sa vie crucifiée, à la gloire de la vie éternelle. Par Jésus-Christ Notre-Seigneur. Ainsisoit-il.

LITANIES

DE SAINT IGNACE DE LOYOLA.

(Sa fête se célèbre le 31 juillet.)

Seigneur, ayez pitié de nous.
Jésus-Christ, ayez pitié de nous.
Seigneur, ayez pitié de nous.
Jésus-Christ, écoutez-nous.
Jésus-Christ, exaucez nous.

Père céleste, qui êtes Dieu, ayez pitié de nous.

Dieu le Fils, Rédempteur du monde, ayez pitié de nous.

Esprit Saint, qui êtes Dieu, ayez pitié de nous.

Sainte Trinité, qui êtes un seul Dieu, ayez pitié de nous.

Sainte Marie, conçue sans péché, priez pour nous.

Saint Ignace de Loyola,

Fondateur de la Compagnie de Jésus,
Ennemi juré de l'hérésie,
Renfort de l'Eglise militante,
Restaurateur de la pratique des sacrements,
Force de vos compagnons,
Secours de la jeunesse,
Vase d'élection pour porter le nom de Jésus,
Défenseur de la religion catholique,
Destructeur des vices,
Propagateur de la vérité Evangélique,
Héraut zélé de la plus grande gloire de Dieu,
Temple de la paix et de la vérité,
Imitateur des travaux de Jésus-Christ,
Lumière splendide de l'univers,
Très prudent directeur des âmes,
Maître de la vie spirituelle,

Saint Ignace, ... *Priez pour nous.*

Auteur des exercices spirituels,

Qui saviez pardonner les injures,

Censeur très vigilant des actes et des pensées,

Miroir de la piété,

Prodige d'humilité,

Qui avez rendu la santé aux malades,

Qui avez opéré des miracles,

Refuge des infortunés,

Consolateur de ceux qui pleurent,

Brasier de l'amour divin,

Porte-étendard de l'obéissance,

Admirable par votre chasteté,

Très aimant de la pauvreté,

Ardent zélateur du salut des âmes,

Fléau des démons,

Modèle de toutes les vertus,

Brillant des clartés divines,

Saint scrutateur du mystère redoutable de la très-sainte Trinité,

Qui avez honoré les anges d'un culte particulier,

Apôtre par votre sollicitude pour les âmes,

Prophète par la grâce et l'esprit,

Martyr par l'austérité de votre vie,

Saint Ignace, — *Priez pour nous.*

Agneau de Dieu, qui effacez les péchés du monde, pardonnez-nous, Seigneur.

Agneau de Dieu, qui effacez les péchés du monde, exaucez nous, Seigneur.

Agneau de Dieu, qui effacez les péchés du monde, ayez pitié de nous.

℣. Priez pour nous, saint Ignace de Loyola.

℟. Afin que nous nous rendions dignes des promesses de Jésus-Christ.

ORAISON.

O Dieu souverain et éternel, qui, pour étendre de plus en plus la gloire de votre saint nom, avez corroboré l'Eglise militante, comme d'un nouveau renfort, en suscitant le bienheureux Ignace de Loyola, accordez-nous d'imiter ses exemples, de ressentir l'efficacité de sa protection dans les combats que votre Providence nous donnera à soutenir ici sur la terre, et que nous méritions enfin d'être couronnés avec lui dans le ciel ; nous vous en supplions par les mérites de Notre-Seigneur Jésus-Christ. Ainsi soit-il.

PRIÈRE

De saint Ignace de Loyola pour s'offrir et se donner entièrement à Jésus-Christ,

Seigneur, recevez ma liberté tout entière, daignez accepter ma mémoire, mon intelligence et ma volonté. Tout ce que j'ai, tout ce que je possède, c'est vous qui me l'avez

donné; je vous le rends en entier, et je le
remets tout sans réserve à votre volonté, afin
que vous en disposiez comme il vous plaira.
Donnez-moi seulement votre amour avec
votre grace, et je suis assez riche, et je ne
demande rien de plus.

AUTRE PRIÈRE

De saint Ignace de Loyola à Notre-Seigneur Jésus-Christ.

Ame de Jésus-Christ, sanctifiez-moi.
Corps de Jésus-Christ, sauvez-moi.
Sang de Jésus-Christ, enivrez-moi.
Eau qui sortîtes du côté de Jésus-Christ,
    lavez-moi.
Sueur dont fut couvert le visage de Jésus-
    Christ, guérissez-moi.
Passion de Jésus-Christ, fortifiez-moi.
O Bon Jésus, gardez-moi;
Cachez-moi dans vos plaies;
Ne souffrez pas que je me sépare de vous;
Défendez-moi contre le méchant ennemi,
Et appelez-moi à l'heure de ma mort.
    Ainsi soit-il.

LITANIES

DE SAINT FRANÇOIS - XAVIER.

(Sa fête se célèbre le 3 décembre.)

Seigneur, ayez pitié de nous.

Jésus-Christ, ayez pitié de nous.

Seigneur, ayez pitié de nous.

Jésus-Christ, écoutez-nous.

Jésus-Christ, exaucez-nous.

Père céleste, qui êtes Dieu, ayez pitié de nous.

Dieu le Fils, Rédempteur du monde, ayez pitié de nous.

Esprit Saint, qui êtes Dieu, ayez pitié de nous.

Sainte Trinité, qui êtes un seul Dieu, ayez pitié de nous.

Sainte Marie, priez pour nous.

Saint Ignace, fondateur de la Compagnie de Jésus, priez pour nous.

Saint François-Xavier,

Très digne fils de Saint Ignace

Apôtre des Indes,

Qui avez annoncé la paix,

Qui avez annoncé le bonheur,

Vaisseau d'élection, destiné à porter le

nom de Jésus-Christ aux nations infidèles,

Vase rempli de l'amour divin,

Saint François-Xavier, Base et soutien de l'Eglise d'Orient,

Défenseur de la foi,

Ennemi de l'infidélité,

Prédicateur des vérités Evangéliques,

Destructeur de l'idolâtrie,

Instrument dont le Père Éternel s'est servi pour étendre sa gloire,

Fidèle imitateur de Jésus-Christ fils de Dieu,

Organe, par lequel le Saint-Esprit a fait entendre sa voix aux barbares,

Colombe du temple de Dieu,

Lumière des payens,

Saint François-Xavier, Maître des fidèles,

Miroir de la véritable piété,

Modèle de la Sainteté et du zèle apostolique,

Guide assuré dans le chemin de la vertu et de la perfection chrétienne,

Qui pendant votre vie étiez l'œil des aveugles et le pied des boiteux,

Qui étiez la santé des malades et la vie des morts,

Qui avez été un port assuré pour ceux qui faisaient naufrage,

La terreur des démons,

Priez pour nous.

Priez pour nous.

Priez pour nous.

Protecteur des peuples dans les temps de peste, de famine et de guerre,

Vous à la puissance de qui Dieu a voulu que la mer et les tempêtes obéissent,

Vous dont Dieu a voulu que les ordres fussent respectés par les éléments,

Thaumaturge de ces derniers temps,

Refuge des misérables,

Joie des affligés,

Lumière de l'Orient,

Tabernacle incorruptible,

Fournaise embrasée de l'amour divin,

Gloire immortelle de la Compagnie de Jésus,

Ardent imitateur de la pauvreté Evangélique,

Toujours très vigilant à garder une inviolable chasteté,

Entièrement soumis à l'obéissance,

Distingué par une profonde humilité,

Qui aviez un désir insatiable de travailler et de souffrir pour Jésus-Christ,

Très grand zélateur du culte du vrai Dieu et du salut des âmes,

Ange par l'innocence de votre vie,

Patriarche, par l'affection que vous portiez au troupeau de Jésus-Christ,

Prophète par les dons que vous avez reçus de l'esprit de Dieu,

Apôtre par la dignité de votre emploi,

Saint François-Xavier. — **Priez pour nous.**

Docteur des nations, puissant en œuvre et en parole,

Martyr par le désir de mourir pour Jésus-Christ,

Confesseur par la sainteté de votre vie,

Vierge par la pureté de votre corps et de votre âme,

En qui, par un trait de la bonté de Dieu, nous honorons les vertus de tous les Saints,

Saint François-Xavier, (left margin) — *Priez pour nous.* (right margin)

Agneau de Dieu, qui effacez les péchés du monde, pardonnez-nous, Seigneur.

Agneau de Dieu, qui effacez les péchés du monde, exaucez-nous, Seigneur.

Agneau de Dieu, qui effacez les péchés du monde, ayez pitié de nous.

℣. Seigneur, exaucez ma prière.

℟. Et que mes cris montent jusqu'à vous.

ORAISON.

O Dieu, qui par la prédication et les miracles de Saint François-Xavier, avez voulu attirer à la vraie foi les peuples des Indes, et les mettre au nombre des enfants de votre Église, soyez nous propice, et accordez-nous la grâce d'imiter parfaitement les vertus de celui dont nous honorons les glorieux mérites. Par Jésus-Christ Notre-Seigneur. Ainsi soit-il.

PRIÈRE

Que saint François-Xavier composa et qu'il récitait tous les jours pour la conversion des infidèles.

O Dieu éternel, créateur de toutes choses, souvenez-vous que les âmes des infidèles sont l'ouvrage de vos mains, et que c'est à votre image et ressemblance que vous les avez créées. Et voilà pourtant, Seigneur, qu'à la honte de votre nom, l'enfer se remplit de ces pauvres créatures. Souvenez-vous que Jésus-Christ votre fils a souffert pour leur salut une mort très cruelle. Ne permettez donc plus, je vous en prie, mon Dieu, que votre fils soit plus longtemps méprisé par les infidèles, Mais, laissant fléchir votre rigueur par les prières des Saints et par celles de la Sainte Église, l'épouse de votre fils, rappelez la mémoire de vos anciennes miséricordes ; et, mettant en oubli leur idolâtrie et leur infidélité, faites leur enfin la grace, qu'ils connaissent eux aussi Notre-Seigneur Jésus-Christ que vous avez envoyé, au monde pour être notre salut, notre vie, notre résurrection, par lequel en effet nous avons été rachetés et délivrés de la mort éternelle; qu'il soit glorifié par toutes les créatures dans les siècles des siècles. Ainsi soit-il.

LITANIES

DE SAINT FRANÇOIS DE BORGIA

(Sa fête est fixée au 10 octobre.)

Seigneur, ayez pitié de nous.
Jésus-Christ, ayez pitié de nous.
Seigneur, ayez pitié de nous.
Jésus-Christ, écoutez-nous.
Jésus-Christ, exaucez-nous.
Père céleste, qui êtes Dieu, ayez pitié de nous.
Dieu le Fils, Rédempteur du monde, ayez pitié de nous.
Esprit Saint, qui êtes Dieu, ayez pitié de nous.
Sainte Trinité, qui êtes un seul Dieu, ayez pitié de nous.
Sainte Marie, conçue sans péché, priez pour nous.
Saint Ignace de Loyola, fondateur de la Compagnie de Jésus.
Saint François de Borgia,
    Très dévot à la bienheureuse Vierge Marie,

Dont la jeunesse fut admirable par l'innocence des mœurs, la ferveur de la piété et l'amour de l'étude,

Qui n'eûtes que du mépris pour vous même et pour toutes les choses de la terre,

Qui fûtes si humble au milieu des applaudissements les plus mérités,

Qui fûtes si modeste dans la prospérité et si patient dans les revers,

Qui fûtes si justement appelé l'honneur et la merveille des princes,

Qui étes un parfait modèle de vertus pour les personnes vivant dans le monde,

Dont le cœur était entièrement soumis à la volonté de Dieu,

Qui fûtes l'observateur fidèle et le zélé défenseur des règles de la Compagnie de Jésus,

Qui au milieu des sollicitudes de ce bas monde n'avez pas cessé d'être uni à Dieu,

Dont les discours et les exemples engagèrent des princes et des grands à renoncer généreusement aux honneurs et aux dignités du siècle,

Qui fléchissiez le genoux cent fois le jour pour adorer le Très Haut,

Dont le visage brillait d'un éclat céleste

pendant la célébration des saints mystères,

Qui méritâtes à bien juste titre le beau nom de ministre saint et fidèle,

Qui étendîtes la foi catholique par les nombreux ouvriers évangéliques que vous envoyâtes dans toutes les parties du monde,

Qui fûtes cher par votre sagesse et votre prudence au chef de l'Eglise et au sacré Collége,

Qui ne soupiriez qu'après les humiliations et les souffrances,

Qui êtes le modèle achevé des Supérieurs,

Qui avez donné le plus parfait exemple des vertus religieuses,

Qui êtes l'ornement et le protecteur de la Compagnie de Jésus,

Agneau de Dieu, qui effacez les péchés du monde, pardonnez-nous, Seigneur.

Agneau de Dieu, qui effacez les péchés du monde, exaucez-nous, Seigneur.

Agneau de Dieu, qui effacez les péchés du monde, ayez pitié de nous.

ỳ. Saint François de Borgia, priez pour nous.

℞. Afin que nous nous rendions dignes des promesses de Jésus-Christ.

ORAISON.

Seigneur Jésus, le modèle et le prix de

l'humilité véritable, nous vous supplions que, comme vous avez rendu Saint François de Borgia illustre par le mépris qu'il a eu des honneurs de la terre, vous nous accordiez la grâce d'imiter ses exemples et de partager un jour sa gloire. Ainsi soit-il.

LITANIES

DE SAINT JEAN - FRANÇOIS RÉGIS.

(Sa fête se fait le 16 juin.)

Seigneur, ayez pitié de nous.

Jésus-Christ, ayez pitié de nous.

Seigneur, ayez pitié de nous.

Jésus-Christ, écoutez-nous.

Jésus-Christ, exaucez-nous.

Père céleste, qui êtes Dieu, ayez pitié de nous.

Dieu le Fils, Rédempteur du monde, ayez pitié de nous.

Esprit Saint, qui êtes Dieu, ayez pitié de nous.

Sainte Trinité, qui êtes un seul Dieu, ayez pitié de nous.

Sainte Marie, Reine des apôtres, priez pour nous.

Saint Jean François-Régis,
   Très digne fils de Saint Ignace,

Fidèle imitateur de Saint François-
    Xavier,

Clarté brillante de la Société de Jé-
    sus,

Brûlant des saintes ardeurs de l'amour
    divin,

Propagateur incessant de la gloire de
    Dieu,

Plein de ferveur dans le culte de la
    Sainte Vierge,

Diligent observateur de la pauvreté,

Modèle de l'obéissance religieuse,

Très chaste de corps et d'esprit,

Doux et humble de cœur,

Amant de la croix de Jésus,

Admirable par l'austérité de votre vie,

Conciliateur des ennemis,

Vrai père des pauvres,

Consolateur des prisonniers,

Modèle de toutes les vertus,

Enflammé du zèle des âmes,

Puissant en œuvres et en paroles,

Désireux d'annoncer l'Evangile aux
    barbares,

Consumé du désir du martyre,

Apôtre du Velay et du Vivarais,

Qui vous êtes dévoué spécialement à
    instruire le peuple dans la foi,

Qui avez eu une grâce particulière pour
    convertir les herétiques

Marge gauche : Saint Jean-François-Régis, — Saint Jean-François-Régis,

Marge droite : priez pour nous. — priez pour nous.

Qui avez fléchi vers la pénitence les cœurs des pécheurs endurcis,

Qui avez rétabli la vraie et solide piété parmi les catholiques,

Guide assuré dans les voies de la per-fection,

Dompteur infatigable des vices,

Jugé digne de supporter l'opprobre pour Jésus-Christ,

Qui fûtes d'une patience invincible en souffrant persécution,

Généreux contempteur de la mort,

Intrépide défenseur de la pureté des Vierges,

Qui avez recherché avec soin les brebis errantes,

Qui avez préparé un refuge aux pé-cheurs revenus à Dieu,

Infatigable à soutenir les rudes travaux des missions,

Echappé miraculeusement à de grands périls,

Honoré du don des miracles,

Qui par trois fois avez nourri d'un blé venu du ciel les pauvres affamés,

Qui avez rendu la santé à des mala-des désespérés,

Qui avez guéri des avengles,

Qui avez prophétisé et annoncé des événements futurs.

Saint Jean-François-Régis,

Priez pour nous.

Saint Jean-François-Régis,

Priez pour nous.

Qui avez pénétré dans le fond des cœurs,

Qui avez fait cesser les épidémies qui affligeaient les hommes,

Qui avez été appelé au ciel du milieu des pauvres et des campagnards,

Qui êtes mort assisté de Jésus et de Marie,

Inscrit glorieusement au nombre des Saints,

Très-puissant protecteur de ceux qui vous invoquent,

Agneau de Dieu, qui effacez les péchés du monde, pardonnez-nous, Seigneur.

Agneau de Dieu, qui effacez les péchés du monde, exaucez-nous, Seigneur.

Agneau de Dieu, qui effacez les péchés du monde, ayez pitié de nous.

℣. Priez pour nous, Saint Jean-François-Régis,

℟. Afin que nous revenions à Dieu avec sincérité.

ORAISON.

O mon Dieu, qui avez donné à Saint Jean François Régis un zèle admirable et une patience invincible dans les labeurs qu'il soutenait pour le salut des âmes, soyez-nous propice et faites qu'instruits par ses exemples et avec le secours de son intercession nous puissions mériter les joies de la vie éternelle; nous vous le demandons par les mérites de Notre-Seigneur Jésus-Christ. Ainsi soit-il.

LITANIES

DE SAINT FRANÇOIS DE HIERONYMO.

(Sa fête se célèbre le 11 mai.)

Seigneur, ayez pitié de nous.

Jésus-Christ, ayez pitié de nous.

Seigneur, ayez pitié de nous.

Jésus-Christ, écoutez-nous.

Jésus-Christ, exaucez-nous.

Père céleste, qui êtes Dieu, ayez pitié de nous.

Dieu le Fils, Rédempteur du monde, ayez pitié de nous.

Esprit Saint, qui êtes Dieu, ayez pitié de nous,

Sainte Trinité, qui êtes un seul Dieu, ayez pitié de nous.

Sainte Marie, conçue sans péché, priez pour nous.

Saint Ignace de Loyola,

Saint François de Hiéronymo,

Homme vraiment apostolique,

Ardent zélateur de la gloire de Dieu,

Vase d'élection,

Altéré du salut des âmes,

Ami des pauvres,

Père des prisonniers,

Consolateur des affligés,

Refuge des malheureux,

Terreur des démons,

Qui avez ramené à Dieu tant de pécheurs endurcis,

Qui avez maintenu dans le chemin de la vertu tant de chrétiens faibles et chancelants,

Qui avez converti tant d'impies et de libertins,

Qui avez arraché tant d'âmes au monde et à l'enfer,

Qui avez fait revivre dans la ville et le royaume de Naples les bonnes mœurs et la fréquentation des sacrements,

Guide assuré dans les voies du salut et de la perfection,

Observateur de la pauvreté la plus étroite,

Victime de l'obéissance religieuse,

Vierge d'esprit et de corps,

Client dévoué de la Mère de Dieu,

Doué de l'esprit de prophétie,

Illustre par vos miracles,

Astre brillant de la Compagnie de Jésus,

Agneau de Dieu, qui effacez les péchés du monde, pardonnez-nous, Seigneur.

Agneau de Dieu, qui effacez les péchés du monde, exaucez-nous, Seigneur.

Agneau de Dieu, qui effacez les péchés du monde, ayez pitié de nous.

℣. Priez pour nous, Saint François de Hiéronymo.

℟. Afin que nous nous rendions dignes des promesses de Jésus-Christ.

ORAISON.

Seigneur, qui pour le salut des ames avez fait de Saint François de Hiéronymo un prédicateur admirable de votre sainte parole; faites, par son intercession, que nous méditions dans nos cœurs et que nous observions dans nos actes les préceptes de votre loi sainte. Par Jésus-Christ Notre-Seigneur.

LITANIES

DE SAINT LOUIS DE GONZAGUE.

(Sa fête se célèbre le 2 juin.)

Seigneur, ayez pitié de nous.
Jésus-Christ, ayez pitié de nous.
Seigneur, ayez pitié de nous.
Jésus-Christ, écoutez-nous.
Jesus-Christ, exaucez-nous.
Père céleste, qui êtes Dieu, ayez pitié de nous.
Dieu le Fils, Rédempteur du monde, ayez pitié de nous.

Esprit Saint, qui êtes Dieu, ayez pitié de nous.

Sainte Trinité qui êtes un seul Dieu, ayez pitié de nous.

Sainte Marie, patronne de saint Louis, priez pour nous.

Saint Louis de Gonzague, priez pour nous,

Comblé des bénédictions de Dieu,

Rempli du Saint-Esprit,

Très digne confesseur de Jésus-Christ,

Très dévot adorateur de la Sainte Eucharistie,

Serviteur fidèle de la bienheureuse Vierge Marie,

Méprisant généreusement les délices du monde,

Exemple d'humilité,

Amateur de la pauvreté,

Consommé dans l'obéissance,

Admirable dans la patience,

Très puissant dans le ciel,

Qui avez mis les démons en fuite,

L'honneur et la gloire de la jeunesse,

Patron des écoliers,

Imitateur de la vie angélique,

Miroir des Vierges,

Très doux consolateur de affligés,

Le salut très assuré des infirmes,

La gloire et l'ornement de la Société de Jésus.

Saint Louis de Gonzague,

Priez pour nous.

Priez pour nous.

Lumière brillante de l'Eglise,

Insigne par plusieurs miracles,

Agneau de Dieu, qui effacez les péchés du monde, pardonnez-nous, Seigneur.

Agneau de Dieu, qui effacez les péchés du monde, exaucez-nous, Seigneur.

Agneau de Dieu, qui effacez les péchés du monde, ayez pitié de nous.

℣. Priez pour nous, saint Louis de Gonzague.

℟. Afin que nous soyons dignes des promesses de Jésus-Christ.

ORAISON

O Dieu, le distributeur des dons célestes, qui avez accordé au bienheureux Louis de Gonzague la grâce de joindre l'innocence admirable de la vie à toutes les rigueurs de la pénitence, faites par ses mérites et ses prières, que nous, qui avons eu le malheur de ne pas imiter son innocence, nous imitions au moins sa pénitence. Nous vous en supplions par Jésus-Christ. Ainsi soit-il.

PRIÈRE

A SAINT LOUIS DE GONZAGUE.

O Saint Louis, vrai miroir des vertus angéliques, quoique votre indigne serviteur, je vous recommande d'une manière particulière la chasteté de mon âme et de mon corps. Je vous conjure, par votre pureté angélique, de me recommander à Jésus-Christ l'Agneau sans tache et à sa très-sainte Mère la Vierge des Vierges. Préservez-moi de tout péché ; ne permettez pas que je tombe jamais dans aucune faute d'impureté ; mais, quand vous me verrez en tentation, ou en danger de péché, éloignez de mon cœur toutes les pensées, toutes les affections impures, et réveillant en moi le souvenir de l'éternité et de Jésus crucifié, imprimez profondément dans mon cœur le sentiment de la sainte crainte de Dieu, enflammez-moi du divin amour, afin qu'en vous imitant sur la terre, je mérite de jouir de Dieu avec vous dans le ciel. Amen. — *Pater*, *Ave*, *Gloria*. (100 jours d'indulg. par jour. PIE. VII)

AUTRE PRIÈRE

A SAINT LOUIS DE GONZAGUE,

Pour le jour de sa fête.

O toi, dont les vertus ont couronné l'enfance,
Dont la main dédaigna les roses du plaisir.
Reçois en ce beau jour les vœux de l'innocence
Et les larmes du repentir.

LITANIES
DE SAINT STANISLAS KOSTKA
(Sa fête est fixée au 13 novembre.)

Seigneur, ayez pitié de nous.

Jésus-Christ, ayez pitié de nous.

Seigneur, ayez pitié de nous

Jésus-Christ, écoutez-nous.

Jésus-Christ, exaucez-nous.

Père céleste, qui êtes Dieu, ayez pitié de nous.

Dieu le Fils, Rédempteur du monde, ayez pitié de nous.

Esprit Saint, qui êtes Dieu, ayez pitié de nous.

Sainte Trinité, qui êtes un seul Dieu, ayez pitié de nous.

Sainte Marie, priez pour nous.

Sainte Mère de Dieu, priez pour nous.

Sainte Marie, conçue sans péché, priez pour nous.

Saint Stanislas Kostka,
Sincère imitateur de Jésus-Christ,
Enfant bien-aimé de Marie,
Appelé par elle à la Compagnie de Jésus,
Fidèle à la vocation et à la grâce de Dieu,
Très digne fils de saint Ignace,
L'un des plus beaux ornements de la Compagnie de Jésus, *Priez pour nous.*

Modéle et patron des Novices,

Ennemi du monde et de ses richesses,

Triomphateur de la gloire humaine,

Châtiant très sévérement votre chair innocente,

Admirable par votre insigne pureté,

Vainqueur de tout penchant dépravé,

Observateur exact de la discipline religieuse,

Très dévot au saint Sacrement de l'autel,

Trésor des graces célestes,

Miroir d'obéissance, d'humilité et de patience,

Modèle de candeur, de modestie et de piété,

Zélateur de la pauvreté angélique,

Prudent au dessus de votre âge,

Amateur de la charité fraternelle,

Pénétré de mépris pour vous-même,

Victime de l'amour divin,

Exemple de la jeunesse chrétienne,

Honoré de la présence sensible de Jésus Enfant,

Ange par votre vie et par vos mœurs,

Nourri du pain céleste par les Anges,

Apôtre par votre zèle et vos mérites,

Martyr par votre foi et vos désirs,

Confesseur par votre piété constante,

Entrant au ciel au milieu des chœurs des Vierges,

(marge gauche :) Saint Stanislas Koska, — Saint Stanislas Koslka,

(marge droite :) Priez pour nous. — Priez pour nous.

Consommé dans toutes les vertus, malgré votre courte vie,

L'ornement et la gloire de vos aïeux,

L'appui et le soutien des trônes,

Le refuge et le salut de ceux qui vous invoquent,

Le secours et le modèle de ceux qui souffrent,

Illustre par les miracles que vous avez opérés, avant et après votre mort.

Très-heureux citoyen de la Jérusalem céleste,

Saint Stanislas Kostka, — *Priez pour nous.*

Agneau de Dieu, qui effacez les péchés du monde, pardonnez-nous, Seigneur.

Agneau de Dieu, qui effacez les péchés du monde, exaucez-nous, Seigneur.

Agneau de Dieu, qui effacez les péchés du monde, ayez pitié de nous.

℣. Saint Stanislas, priez pour nous.

℟. Afin que nous soyons dignes des promesses de Jésus-Christ.

ORAISON.

O Dieu, qui entre les miracles de votre sagesse, avez accordé à l'âge le plus tendre la grâce d'une sainteté accomplie, faites, nous vous en supplions, qu'à l'exemple de saint Stanislas, nous nous empressions, en rachetant le temps par de continuelles bonnes œuvres, d'arriver au repos éternel. Par Notre-Seigneur Jésus-Christ. Ainsi soit-il.

LITANIES

DU BIENHEUREUX ALPHONSE RODRIGUEZ.

(Sa fête est fixée au 50 octobre.)

Seigneur, ayez pitié de nous.
Jésus-Christ, ayez pitié de nous.
Seigneur, ayez pitié de nous.
Jésus-Christ, écoutez-nous.
Jésus-Christ, exaucez-nous.
Père céleste, qui êtes Dieu, ayez pitié de nous.
Dieu le Fils, Rédempteur du monde, ayez pitié de nous.
Esprit Saint, qui êtes Dieu, ayez pitié de nous.
Sainte Trinité, qui êtes un seul Dieu, ayez pitié de nous.
Sainte Marie, conçue sans péché, priez pour nous.
Saint Ignace de Loyola,
Bienheureux Alphonse Rodriguez,
    Homme simple et craignant Dieu,
    Imitateur fidèle du divin maître,
    Brûlant d'amour pour la Sainte Eucharistie.

Priez pour nous

Enfant chéri de Marie Immaculée,

Plein d'horreur et de mépris pour les choses du monde,

Très versé dans la science de la Croix,

Généreux amant de la pauvreté,

Prodige de chasteté,

Modèle d'obéissance,

Exemple admirable d'humilité,

Homme d'oraison,

Très élevé dans la contemplation,

Dévoré du zèle du salut des âmes,

Martyr de pénitences et d'austérités,

Apôtre de prières,

Miroir fidèle de la vie religieuse,

Illustre par vos miracles,

Doué du don de prophétie,

Honneur et gloire de la Compagnie de Jésus,

Agneau de Dieu, qui effacez les péchés du monde, pardonnez-nous, Seigneur.

Agneau de Dieu, qui effacez les péchés du monde, exaucez-nous, Seigneur.

Agneau de Dieu, qui effacez les péchés du monde, ayez pitié de nous.

℣. C'est avec les humbles de cœur ;

℟. Que je me plais à converser, dit le Seigneur.

ORAISON.

O Dieu, force des faibles et gloire des hum-

bles de cœur, qui avez glorifié la mortification et l'humilité de votre serviteur Alphonse ;
faites que, mortifiés à son exemple, nous
suivions en toute humilité la croix de votre
Fils et qu'un jour nous contemplions au Ciel
votre gloire éternelle. Par le même Notre-Sei-
neur Jésus-Christ.

LITANIES

DU BIENHEUREUX PIERRE CLAVER.

(Sa fête est fixée au 9 septembre.)

Seigneur, ayez pitié de nous.
Jésus-Christ, ayez pitié de nous
Seigneur, ayez pitié de nous.
Jésus-Christ, ayez pitié de nous.
Jésus-Christ, exaucez-nous.
Père céleste, qui êtes Dieu, ayez pitié de
    nous.
Dieu le Fils, Rédempteur du monde, ayez
    pitié de nous.
Esprit Saint qui êtes Dieu, ayez pitié de
    nous.
Sainte Trinité, qui êtes un seul Dieu, ayez
    pitié de nous.
Sainte Marie, Reine conçue sans péché, priez
    pour nous

Bienheureux P. Claver,

Qui aimiez tant la croix de Jésus-Christ,

Client très dévoué de la sainte Vierge, Marie,

Spécialement dévot aux SS. Anges gardiens et à l'apôtre S. Pierre,

Très-digne Fils de votre Père St-Ignace,

Image très-fidèle de saint François Xavier,

Appelé de Dieu aux missions par l'intermédiaire du B. Alphonse,

Instrument dont Dieu se servit pour propager sa gloire,

Prédicateur infatigable des vérités évangéliques.

Vous qui étiez embrasé du zèle du salut des âmes,

Vous, qui rameniez les brebis égarées,

Vous, qui faisiez votre principale occupation d'enseigner la foi aux Nègres,

Terreur des hérétiques et des mauvais chrétiens,

Vous, qui exterminiez le vice et la débauche,

Refuge des malheureux,

Vous, qui pendant près de quarante années êtes resté attaché au service des esclaves,

Père des pauvres,

Bienheureux Pierre Claver, (left margin)

Bienheureux Pierre Claver, (left margin)

Priez pour nous. (right margin)

Priez pour nous. (right margin)

27

Vous, qui vous êtes fait tout à tous,

Vous, qui étiez appelé le chapelain des petits et des pauvres,

Vous, qui portiez sur votre corps la mortification de la Croix,

Vous qui étiez si avide d'outrages et de souffrances pour le nom de Jésus-Christ,

Prodige d'abnégation et de patience,

Ange par la pureté de votre âme et de votre corps,

Martyr par l'austérité de votre vie,

Illustré par le don de prophétie,

Thaumaturge de l'Eglise d'Amérique,

Nouvel ornement de la Compagnie de Jésus,

Astre brillant de l'Espagne,

Puissant secours dans les Cieux pour ceux qui vous implorent,

(marge gauche : Bienheureux Pierre Claver,)

(marge droite : Priez pour nous. Priez pour nous.)

Agneau de Dieu, qui effacez les péchés du monde, pardonnez-nous, Seigneur.

Agneau de Dieu, qui effacez les péchés du monde, exaucez-nous, Seigneur.

Agneau de Dieu, qui effacez les péchés du monde, ayez pitié de nous.

℣. Priez pour nous, Bienheureux Pierre Claver.

℟. Afin que nous devenions dignes des promesses de Jésus-Christ.

ORAISON.

O Dieu, qui pour faire arriver à la connaissance de votre nom de pauvres esclaves, avez fortifié le cœur du bienheureux Pierre, votre confesseur, le remplissant, au milieu des soins qu'il leur donnait, d'une admirable abnégation et de la plus parfaite charité, faites par son intercession, que ne cherchant pas, nos intérêts, mais ceux de Jésus-Christ, nous sachions aimer notre prochain d'un amour véritable et efficace. Par le même Notre Seigneur Jésus Christ.

LITANIES

DE SAINT BRUNO.

(Sa fête se célèbre le 6 octobre.)

Seigneur, ayez pitié de nous.
Jésus-Christ, ayez pitié de nous.
Seigneur, ayez pitié de nous.
Jésus-Christ, écoutez-nous.
Jésus-Christ, exaucez-nous.
Père céleste, qui êtes Dieu, ayez pitié de nous.
Dieu le Fils, Rédempteur du monde, ayez pitié de nous.
Esprit Saint, qui êtes Dieu, ayez pitié de nous.

Sainte Trinité, qui êtes un seul Dieu, ayez pitié de nous.

Sainte Marie, reine des confesseurs,

Saint Bruno.

Fondateur de l'ordre des Chartreux.

Gloire de l'église de Reims,

Vous, qui dès le berceau avez donné des marques éclatantes de votre future Sainteté,

Qui dans votre jeune âge avez fait présager que vous seriez un jour un des pères de la vie monastique,

Qui avez étonné l'église de France par votre profonde science,

Qui avez généreusement renoncé aux dignités de l'Eglise,

Qui avez fui des cités pour chercher le calme de la solitude,

Qui vous êtes retiré au haut des montagnes pour que votre âme prît plus librement son essor vers le ciel,

Qui avez retracé la vie de de Jean-Baptiste dans le désert,

Qui avez été le miracle du monde, imitant sur la terre la vie des anges et vivant dans la chair comme n'en ayant pas,

Qui avez magnaniment refusé les honneurs que vous destinait le successeur de saint Pierre,

Saint Bruno. — *Priez pour nous.*

Qui fûtes le bienfaiteur et le conseil des princes et des rois,

Qui brillez sur le beau ciel de France comme l'étoile scintillante aux premiers feux du jour,

Dont l'esprit se perpétue encore après huit siècles sans altération parmi vos enfants et vos disciples,

Saint Bruno.

Priez pour nous.

Agneau de Dieu, qui effacez les péchés du monde, pardonnez-nous, Seigneur.

Agneau de Dieu, qui effacez les péchés du monde, exaucez-nous, Seigneur.

Agneau de Dieu, qui effacez les péchés du monde, ayez pitié de nous.

ỳ. Priez pour nous, Saint Bruno.

℞. Afin que nous soyons dignes des promesses de Jésus Christ.

ORAISON

Seigneur, faites que l'intercession de Saint Bruno nous vienne en aide, afin qu'elle nous obtienne votre miséricorde dont nous nous sommes rendus indignes par la gravité de nos offenses. Par Jésus-Christ-Notre-Seigneur.

LITANIES

DE SAINT FRANÇOIS DE PAULE.

(Sa fête se célèbre le 2 avril.)

Seigneur, ayez pitié de nous.
Jésus-Christ, ayez pitié de nous.
Seigneur, ayez pitié de nous.
Jésus-Christ, écoutez-nous.
Jésus-Christ, exaucez-nous.
Père céleste, qui êtes Dieu, ayez pitié de nous.
Dieu le Fils, Rédempteur du monde, ayez pitié de nous.
Esprit Saint, qui êtes Dieu, ayez pitié de nous.
Sainte Trinité, qui êtes un seul Dieu, ayez pitié de nous.
Sainte Marie, Mère de Dieu et reine des Vierges, priez pour nous.

Saint François de Paule,
Fondateur de l'Ordre des Minimes,
Père d'une postérité nombreuse,
Fruit de grâce,
Fleur de Virginité,
Germe d'innocence,
Fournaise de charité,
Modèle de mansuétude et d'humilité,

Miracle de résignation et de patience,

Prodige de mortification et d'austérité,

Abimé dans la contemplation des choses célestes,

Illustre par des miracles éclatants et sans nombre,

Qui mettiez en fuite les démons,

Qui commandiez aux éléments,

Qui ressuscitiez les morts et guéris-iez les malades,

Qui rendiez la vue aux aveugles,

Qui veniez aux secours des rois et des princes de la terre,

Qui consoliez les affligés et étendiez votre protection sur l'enfance,

Qui étiez le refuge de tous les malheureux,

Qui dans le ciel jouissez de la gloire, que vous ont méritée quatre-vingt-onze ans de travaux apostoliques et d'exercice de toutes les vertus,

Saint François de Paule.

Priez pour nous.

Agneau de Dieu, qui effacez les péchés du monde, pardonnez-nous, Seigneur.

Agneau de Dieu qui effacez les péchés du monde, exaucez-nous, Seigneur.

Agneau de Dieu, qui effacez les péchés du monde, ayez pitié de nous.

℣. Le juste fleurira comme le palmier du désert.

℟. Il se multipliera comme le cèdre du Liban.

ORAISON.

O Dieu, la grandeur et la glorification des humbles de cœur, qui avez fait rayonner de la gloire de vos saints le Bienheureux François de Paule votre serviteur, faites, nous vous en prions, que par son intercession nous méritions d'obtenir un jour les récompenses que vous réservez à l'humilité. Par Notre-Seigneur Jésus-Christ.

LITANIES

DE SAINT PHILIPPE DE NÉRI.

(Sa fête se célèbre le 26 mai.)

Seigneur, ayez pitié de nous.
Jésus-Christ, ayez pitié de nous.
Seigneur, ayez pitié de nous.
Jésus-Christ, écoutez-nous.
Jésus-Christ, exaucez-nous.
Père céleste, qui êtes Dieu, ayez pitié de nous.
Dieu le Fils, Rédempteur du monde, ayez pitié de nous.
Esprit Saint, qui êtes Dieu, ayez pitié de nous.
Sainte Trinité, qui êtes un seul Dieu, ayez pitié de nous.

Sainte Marie, mère de Dieu, priez pour nous.

St Philippe de Néri,

Saint Philippe de Néri.

Fondateur de l'oratoire de Jésus,

Paré des grâces de la vertu angélique,

Consacré par l'onction sacerdotale,

Enfant donné de Dieu à vos parents,

Destiné à l'Eglise,

Digne de toutes louanges,

Aimé de tous ceux qui vous voyaient,

Sage au dessus de votre âge,

Qui avez toujours répandu une odeur de sainteté,

Qui évitiez la compagnie des pécheurs,

Qui dès votre jeune âge avez gardé une abstinence incroyable,

Qui la nuit visitiez les Eglises,

Qui toute la nuit vaquiez à l'oraison,

Sublime contemplateur de la passion de Jésus-Christ,

Saint Philippe de Néri.

Qui faisiez vos délices de méditer dans les cimetières de Rome sur les souffrances des saints martyrs,

Embrasé de la divine charité,

Rempli du Saint-Esprit,

Animé du zèle de Dieu,

Tout entier aux choses du ciel,

Plein de ferveur dans la célébration du redoutable mystère des saints autels,

Qui étiez très assidu au tribunal de la pénitence,

Priez pour nous.

Priez pour nous.

Très zélé pour l'administration des sacrements,

Habile directeur des âmes,

Qui veilliez constamment à la sanctification des fidèles,

Qui travailliez sans relache à l'avancement du règne de Dieu,

Qui avez procuré l'honneur de l'Eglise,

Qui avez propagé la piété et le saint exercice de l'oraison,

Dont la vie a été une oraison incessante,

Dont la vieillesse a été le perfectionnement de votre sainteté,

Pour lequel la mort a été le commencement de la glorieuse rémunération ;

(en marge gauche : Saint Philippe de Néri — en marge droite : Priez pour nous.)

Agneau de Dieu ; qui effacez les péchés du monde, pardonnez-nous, Seigneur.

Agneau de Dieu, qui effacez les péchés du monde, exaucez-nous, Seigneur,

Agneau de Dieu, qui effacez les péchés du monde, ayez pitié de nous, Seigneur.

℣. Priez pour nous, saint Philippe de Néri.

℟. Afin que nous nous rendions dignes des promesses de Jésus-Christ.

ORAISON.

O Dieu, qui, par le bienheureux Philippe de Néri, avez renouvelé la piété chrétienne presque éteinte parmi les fidèles, daignez nous accorder par ses mérites et ses exemples de servir votre majesté divine en esprit de vérité, avec amour et une parfaite dévotion; nous vous le demandons par les mérites de Notre-Seigneur-Jésus-Christ, votre fils. Ainsi soit-il.

LITANIES

DE SAINT VINCENT DE PAUL.

(Sa fête se célèbre le 19 juillet.)

Seigneur, ayez pitié de nous.

Jésus-Christ, ayez pitié de nous.

Seigneur, ayez pitié de nous.

Jésus-Christ, écoutez-nous.

Jésus-Christ, exaucez-nous.

Père céleste, qui êtes Dieu, ayez pitié de nous.

Dieu le Fils, Rédempteur du monde, ayez pitié de nous.

Esprit Saint, qui êtes Dieu, ayez pitié de nous.

Sainte Trinité, qui êtes un seul Dieu, ayez pitié de nous.

Sainte Marie, priez pour nous.

Saint Vincent de Paul,

Qui dès l'âge le plus tendre, avez fait paraitre la sagesse de l'âge mur,

Qui dès l'enfance avez été plein de compassion et de miséricorde,

Qui dans votre captivité avez conservé une parfaite liberté,

Le juste par excellence vivant de la foi,

Toujours appuyé sur l'ancre ferme de l'espérance chrétienne,

Toujours embrasé du feu de la charité,

L'homme véritablement simple, droit et craignant Dieu,

Le vrai disciple de Jésus-Chrit, doux et humble du cœur,

Parfaitement mortifié de corps et d'esprit,

Toujours vivant et animé de l'esprit de Jésus-Christ,

Le généreux zélateur de la gloire de Dieu,

Toujours brûlant au dedans, et toujours transporté au dehors du zèle du salut des âmes,

L'ennemi déclaré et le censeur perpétuel du monde et de ses maximes,

Qui dans la pauvreté chrétienne avez trouvé la perle précieuse et le riche trésor de l'Evangile,

Comparable aux Anges en pureté,

Toujours fidèle à l'obéissance,

Saint Vincent de Paul.

Priez pour nous.

Dès vos premières années constamment
appliqué aux travaux de la charité,

Qui avez fui avec une exacte circons-
pection jusqu'à la plus légère ap-
parence du mal,

Qui dans toutes vos actions avez aspiré
à la pratique de la plus parfaite vertu,

Qui comme un rocher êtes toujours demeuré inébranlable au milieu de la
mer orageuse du monde,

Qui, comme un soleil constant dans sa
course, avez toujours marché dans
les sentiers de la vraie sagesse,

Toujours invincible à tous les traits de
l'adversité,

Aussi patient à souffrir qu'indulgent à
pardonner,

Enfant toujours docile et obéissant de
l'Église Romaine,

Jusqu'à la mort inviolablement attaché
au Siège apostolique,

Qui avez eu une horreur extrême, et
des nouveautés profanes, et des ex-
pressions artificieuses de l'erreur,

Spécialement destiné par la Providence
pour annoncer l'Evangile aux pauvres,

Le tendre père et le parfait modèle des
Ecclésiastiques,

Saint Vincent de Paul. *Priez pour nous.*

Le sage fondateur de la congrégation de la Mission,

Le prudent instituteur des Filles de la Charité,

Toujours sensible à compâtir et toujours prompt à subvenir à toutes les nécessités des pauvres,

Egalement fervent, et dans l'exercice de la prière, et dans le ministère de la parole,

Le parfait imitateur de la vie et des vertus de Jésus-Christ,

Qui jusqu'à la fin avez persévéré dans la fuite du mal et dans la pratique du bien,

Dont la mort comme la vie a été si précieuse devant Dieu,

Qui, par la connaissance de la première vérité, par l'amour de la Souveraine bonté, jouissez d'un bonheur parfait,

(en marge gauche : Saint Vincent de Paul. — en marge droite : Priez pour nous.)

Agneau de Dieu, qui effacez les péchés du monde, pardonnez-nous, Seigneur.

Agneau de Dieu, qui effacez les péchés du monde, exaucez-nous, Seigneur.

Agneau de Dieu, qui effacez les péchés du monde, ayez pitié de nous.

℣. Le Seigneur a conduit le juste par les voies de la droiture et de l'équité,

℟. Il l'a fait arriver au royaume de Dieu.

ORAISON.

Grand Dieu, qui, par un effet de votre infinie bonté, avez renouvelé de nos jours dans
la charité et dans l'humilité apostolique, de
de votre bienheureux serviteur Vincent de
Paul, l'esprit de votre Fils bien aimé, pour
faire annoncer l'Evangile aux pauvres, pour
consoler les affligés, pour soulager les misérables et procurer à l'Ordre Ecclésiastique
son antique splendeur, faites qu'en vénérant
ses mérites, nous imitions ses vertus et nous
arrivions un jour comme lui au bonheur
éternel. Par J. C. N. S.

LITANIES

DES SAINTS SOLDATS ET DES SAINTS
CAPITAINES.

Seigneur, ayez pitié de nous,
Jésus-Christ, ayez pitié de nous.
Seigneur, ayez pitié de nous.
Jésus-Christ, écoutez-nous.
Jésus-Christ, exaucez-nous.
Père céleste, qui êtes Dieu, ayez pitié de
   nous.
Dieu le Fils, Rédempteur du monde, ayez
   pitié de nous.

Esprit Saint, qui êtes Dieu, ayez pitié de nous.

Sainte Trinité, qui êtes un seul Dieu, ayez pitié de nous.

Sainte Marie, qui êtes terrible comme une armée rangée en bataille, priez pour nous.

Saint Longin dont la lance perça le côté de Jésus crucifié,

Saint Corneille le centurion,

Saint Maurice et vos compagnons de la légion Thébaine,

Saint Victor de Marseille et vos compagnons,

Saint Sébastien, glorieux soldat de J.-C.,

Saints dix mille soldats martyrs,

Saint Théodore et saint Philoxène,

Saint Claude et saint Ferréol,

Saint Antioche et saint Vital,

Saint Marcel et saint Marcelien,

Saint Evadocime et saint Gerlaque,

Saint Florian et saint Gordien,

Saint Marcellin et saint André,

Saint Marcien de Bavière,

Saint Léon et saint Jean,

Saint Valentin et saint Memnon,

Saint Exupère et saint Guérin,

Saint Ménas et saint Nicostrate,

Saint Ambroise de Férence,

Saint Julien de Vienne,

Saint Augustin de Nicomédie,

Saint Louis, grand roi et grand capitaine,

Priez pour nous.

Priez pour nous.

aint Ignace de Loyola,

aint Camille de Lellis,

gneau de Dieu, qui effacez les péchés du monde, pardonnez-nous, Seigneur.

gneau de Dieu, qui effacez les péchés du monde, exaucez-nous; Seigneur.

gneau de Dieu, qui effacez les péchés du monde, ayez pitié de nous.

℣. Priez pour nous, ô vous tous, qui vous êtes sanctifié dans la milice des princes de la terre,

℟. Afin que nous combattions les bons combats du Roi des Cieux.

ORAISON.

Seigneur, qui vous appelez vous-même le ieu des armées, et qui avez appris aux mains u berger David à tenir l'épée; faites que par intercession et à l'exemple des Saints dont ous venons de vénérer la mémoire nous ombattions courageusement vos combats, et u'un jour nous recevions comme eux la alme reservée aux vainqueurs. Ainsi soit-il.

LITANIES

DES PATRONS DES CORPS D'ÉTAT.

eigneur, ayez pitié de nous.

ésus-Christ, ayez pitié de nous.

Seigneur, ayez pitié de noûs.

Jésus-Christ, écoutez-nous.

Jésus-Christ, exaucez-nous.

Père céleste, qui êtes Dieu, ayez pitié d nous.

Dieu le Fils, Rédempteur du monde, aye pitié de nous.

Esprit Saint, qui êtes Dieu, ayez pitié d nous.

Sainte Trinité, qui êtes un seul Dieu, aye pitié de nous.

Sainte Marie, Mère de Dieu, priez pour nous

Saint Joseph, patron des menuisiers, des charpentiers et des ébénistes,

Saint Luc, patron des peintres,

Saint Jean l'Evangéliste martyrisé devant la porte Latine, protecteur des typographes,

Saint Laurent, protecteur des bouchers,

Saint Crépin et saint Crépinien, patrons des cordonniers.

Saint Maurice et vos compagnons, patrons des soldats,

Saint Côme et saint Damien, patrons des médecins,

Saint Emile, patron des pharmaciens,

Saint Cassien, patron des maîtres d'école,

Saint Yves, patron des avocats,

Saint Alexandre, patron des charbonniers,

Saint Nicolas, patron des nautonniers et des pilotes,

Saint Alexis, patron des mendiants,

Saint Isidore et saint Fiacre, patrons des laboureurs,

Saint Phocas, patron des jardiniers,

Saint Bénézet, patron des bergers,

Saint Homobon, patron des drapiers,

Saint Eloi, patron des orfèvres,

Saint Baldomère, patron des serruriers et des forgerons,

Saint Honoré, patron des boulangers,

Saint Guy, patron des marchands,

Saint Richard, patron des corroyeurs,

Saint Louis roi, protecteur des perruquiers,

Sainte Cécile, protectrice des musiciens,

Sainte Zite, patronne des domestiques,

Tous les saints patrons de corps d'état et de corporations séculières

Priez pour nous.

Agneau de Dieu, qui effacez les péchés du monde, pardonnez-nous, Seigneur.

Agneau de Dieu, qui effacez les péchés du monde, exaucez-nous, Seigneur.

Agneau de Dieu, qui effacez les péchés du monde, ayez pitié de nous.

℣. Priez pour nous, ô vous qui êtes les amis de Dieu;

℟. Afin que nous nous rendions dignes des promesses de Jésus-Christ.

ORAISON.

Faites, nous vous en supplions, ô Dieu tout-puissant, qu'après avoir admiré le courage de nos saints Patrons dans la confession de votre saint nom, nous éprouvions l'efficacité de leurs prières auprès de vous. Par Jésus-Christ Notre-Seigneur.

LITANIES

DE SAINTE ANNE.

(Sa fête se célèbre le 26 juillet; celle de l'Invention de ses Reliques le lundi de Quasimodo, et celle de la Translation le 4 mai.)

Seigneur, ayez pitié de nous.
Jésus-Christ, ayez pitié de nous.
Seigneur, ayez pitié de nous.
Jésus-Christ, écoutez-nous.
Jésus-Christ, exaucez-nous.
Père céleste, qui êtes Dieu, ayez pitié de nous.
Dieu le Fils, Rédempteur du monde, ayez pitié de nous.
Esprit Saint, qui êtes Dieu, ayez pitié de nous.
Trinité Sainte, qui êtes un seul Dieu, ayez pitié de nous.

Sainte Anne, priez pour nous.
Mère de la Vierge Marie,
Epouse de Saint Joachim

Arche de Noë,
Racine de Jessé,
Vigne sanctifiante,
Joie des anges,
Rejeton des prophètes,
Urne pleine de grace,
Miroir d'obéissance,
Modèle de patience,
Exemple de dévotion,
Leçon vivante de miséricorde,
Protectrice de l'Eglise,
Refuge des pécheurs,
Secours des chrétiens,
Libératrice des captifs,
Appui des fidèles engagés dans les liens du mariage,
Mère des veuves,
Maîtresse des vierges,
Port de salut des navigateurs,
Guérison des infirmes,
Consolatrice des affligés,
Auxiliatrice de ceux qui vous invoquent,

Sainte Anne, priez pour nous.

Agneau de Dieu, qui effacez les pecnes du monde, pardonnez-nous, Seigneur.
Agneau de Dieu, qui effacez les péchés du monde, exaucez-nous, Seigneur.

Agneau de Dieu, qui effacez les péchés du monde, ayez pitié de nous.

℣. Priez pour nous, bienheureuse sainte Anne.

℟. Afin que nous méritions les récompenses de Jésus-Christ.

ORAISON.

O Dieu, qui avec conféré tant de gloire à la bienheureuse Sainte Anne, afin qu'elle fut digne de devenir la mère de la Vierge qui a enfanté votre fils unique, daignez recevoir favorablement nos prières et nous accorder, en vue de la dévotion et des louanges que nous consacrons à sa mémoire, la faveur de ressentir auprès de vous les effets de sa protection. Nous vous le demandons par Jésus-Christ, notre Seigneur, votre fils. Ainsi soit-il.

LITANIES

DE SAINTE MARIE-MADELEINE.

(Sa fête se célèbre le 22 juillet.)

Seigneur, ayez pitié de nous.
Jésus-Christ, ayez pitié de nous.
Seigneur, ayez pitié de nous.

Jésus-Christ, écoutez-nous.

Jésus-Christ, exaucez-nous.

Père céleste, qui êtes Dieu, ayez pitié de
nous.

Dieu le Fils, Rédempteur du monde, ayez
pitié de nous,

Esprit Saint, qui êtes Dieu, ayez pitié de
nous.

Sainte Trinité, qui êtes un seul Dieu, ayez
pitié de nous.

Sainte Marie, mère de Dieu, priez pour
nous.

Sainte Vierge des vierges, priez pour nous.

Sainte Marie-Madeleine, priez pour nous.

Etoile de la mer orageuse du monde,

Espoir des pécheurs,

Rose de bonne odeur entre les péni-
tentes,

Notre consolatrice,

Diamant précieux,

Astre brillant,

Source de vie,

Miroir de patience,

Vase admirable,

Fleur des solitudes,

Ornement du désert,

Qui avez arrosé de larmes les pieds de
Jésus,

Qui étiez aux pieds de la croix à côté
de la Très Sainte Vierge,

Ouvrage admirable du Très-Haut,
Lumière du monde,
Qui avez tant aimé l'humilité,
Qui jouissez de la gloire,
Espérance de salut,
Fournaise d'amour,
Bienheureuse contenplatrice,
Miroir de l'univers,
Image de vertu,
Vase d'élection,
Soutien de ceux qui ont succombé,
Vie des parfaits,
Reine des vertus,
Port des naufragés,
Guide des égarés,
Protectrice de ceux qui se confient en
    vous,
Avocate des opprimés,
Mère des pécheurs,
Tutrice des infortunés,
Astre mystique,
Gloire des cénobites,
Apôtre et Patronne de la Provence,

(en marge gauche : Sainte Marie-Madeleine)

(en marge droite : Priez pour nous.)

Agneau de Dieu, qui effacez les péchés du
    monde, pardonnez-nous, Seigneur.
Agneau de Dieu, qui effacez les péchés du
    monde, exaucez-nous, Seigneur.
Agneau de Dieu, qui effacez les péchés du
    monde, ayez pitié de nous.
℣. Sainte Marie-Madeleine, nous vous sup-

-plions instamment d'intercéder pour nous auprès du Seigneur.

℟. Afin qu'il nous pardonne nos péchés et nous accorder les joies éternelles.

ORAISON.

Seigneur, qui avez donné à la bienheureuse Marie-Madeleine, la grâce de faire une pénitence si sincère et si efficace qu'elle lui a mérité le pardon de ses égarements et le bonheur d'éprouver les plus intimes manifestations de votre amour, accordez-nous de pleurer dignement les fautes dont nous sommes coupables, et avec notre pardon l'entier accomplissement des humbles prières que nous adressons à votre infinie miséricorde, par Jésus-Christ notre Sauveur. Ainsi soit-il.

LITANIES

DE SAINTE MARTHE.

(Sa fête se célèbre le 29 juillet.)

Seigneur, ayez pitié de nous.
Jésus-Christ, ayez pitié de nous.
Seigneur, ayez pitié de nous,
Jésus-Christ, écoutez-nous.
Jésus-Christ, exaucez-nous.

Père céleste, qui êtes Dieu, ayez pitié de
nous.

Dieu le Fils, Rédempteur du monde, ayez
pitié de nous.

Esprit Saint, qui êtes Dieu, ayez pitié de
nous.

Sainte Trinité, qui êtes un seul Dieu, ayez
pitié de nous.

Sainte Marie, priez pour nous.

Sainte Marthe,

Digne sœur de Lazare et de Marie,

Heureuse hôtesse de Jésus-Christ,

Zélée servante du Fils de Dieu,

Glorieuse Vierge qui avez reçu dans
votre maison celui que les Cieux et
la Terre ne peuvent contenir,

Glorieuse Vierge, qui avez préparé à
manger à celui qui est le froment des
élus,

Glorieuse Vierge, qui avez donné à boire
à celui qui, dans le ciel, enivre les
saints d'un torrent de délices,

Vous que Jésus aimait,

Glorieuse Vierge, qui avez confessé Jésus-Christ pour le Fils du Dieu vivant,

Glorieuse Vierge, qui par votre ardente confiance et votre vive foi, avez
obtenu la résurrection de votre frère
Lazare

Glorieuse Vierge, qui avez été témoin des miracles de Jésus-Christ,

Glorieuse Vierge, qui ne l'avez point abandonné dans ses souffrances,

Glorieuse Vierge, qui l'avez accompagné au Calvaire,

Glorieuse Vierge, qui l'avez vu ressuscité,

Glorieuse Vierge, qui l'avez adoré montant au ciel,

Glorieuse Vierge, qui avez reçu le Saint-Esprit avec les Apôtres dans le Cénacle,

Glorieuse Vierge, qui avez été bannie de votre patrie en haine de la foi,

Glorieuse Vierge, qui avez été exposée à la merci des flots sur un vaisseau sans voiles et sans gouvernail,

Glorieuse Vierge, qui par les soins de la providence, avez heureusement abordé aux rivages de la Provence,

Glorieuse Vierge, qui avez prêché l'Evangile à nos pères encore assis dans les ténèbres de la mort,

Glorieuse Vierge, qui avez abattu à vos pieds un monstre, qui portait en tout lieu la terreur et la mort,

Glorieuse Vierge, qui avez exterminé le monstre plus affreux encore de l'idolatrie,

Sainte Marthe,

Priez pour nous.

Glorieuse Vierge, qui d'une nation infidèle avez fait un peuple de saints;

Glorieuse Vierge, qui avez parcouru la Provence en y laissant partout des traces de vos bienfaits,

Glorieuse Vierge, qui avez ouvert le chemin de la vie religieuse à toutes les vierges chrétiennes,

Glorieuse Vierge, qui, après une vie pleine de prodiges et de vertus êtes allée vous réunir à votre divin époux.

Glorieuse Vierge, qui avez laissé à la Provence vos reliques comme un gage de votre amour,

Glorieuse Vierge, du tombeau de laquelle comme d'une source vive coulent incessamment les dons du ciel,

Glorieuse Vierge, qui jouissez d'un grand crédit dans le ciel,

Glorieuse Vierge, qui êtes propice à ceux qui vous invoquent sur la terre,

Glorieuse Vierge, notre refuge dans les dangers,

Notre secours dans les maladies,

Notre consolation dans les peines,

Sauve-garde des navigateurs,

Salut de tous ceux qui espèrent en vous,

Dispensatrice des graces divines,

Sainte Marthe,   *Priez pour nous.*

Sainte Marthe,   *Priez pour nous.*

Modèle des vierges,

Sainte Marthe, Puissante avocate de la France, Auguste patronne de Tarascon, L'ornement de cette antique Eglise, L'honneur et la joie de notre peuple, Ecoutez-nous, grande sainte, nous qui sommes sous votre protection spéciale, nous vous prions de nous obtenir de Jésus le pardon de tous nos péchés. **Priez pour nous.**

Nous vous prions de mettre sous votre digne protection et sauve-garde tous les habitants de cette ville, nos familles, et tous ceux qui se confient en votre sainte protection.

Nous vous prions enfin de nous obtenir une foi vive et constante, et la grâce de faire une sainte mort.

Sainte hôtesse de Jésus, exaucez-nous, s'il vous plait.

Agneau de Dieu, qui effacez les péchés du monde, pardonnez-nous, Seigneur.

Agneau de Dieu, qui effacez les péchés du monde, exaucez-nous, Seigneur.

Agneau de Dieu, qui effacez les péchés du monde, ayez pitié de nous.

℣. Sainte Marthe, priez pour nous.

℟. Afin que nous nous rendions dignes de recevoir les effets des promesses de Jésus-Christ

ORAISON.

Dieu Tout-Puissant et Eternel, qui avez voulu que Sainte Marthe eût l'honneur de recevoir dans sa maison votre Fils unique, lorsqu'il conversait sur la terre pour le salut des hommes, accordez-nous, s'il vous plaît, que, par les mérites et l'intercession de cette glorieuse Sainte, nous puissions être reçus par votre miséricorde dans le palais des cieux, par le même Jésus-Christ Notre-Seigneur, votre Fils, qui étant Dieu, vit et règne avec vous dans l'unité du Saint-Esprit, dans tous les siècles des siècles. Ainsi soit-il.

LITANIES

DES SAINTES MARIE JACOBÉ ET MARIE SALOMÉ.

(Leur fête se célèbre le 25 mai.)

Seigneur, ayez pitié de nous.
Jésus-Christ, ayez pitié de nous.
Seigneur, ayez pitié de nous.
Jésus-Christ, écoutez-nous.
Jésus-Christ, exaucez-nous.
Père céleste, qui êtes Dieu, ayez pitié de nous.
Dieu le Fils, Rédempteur du monde, ayez pitié de nous.

Esprit Saint, qui êtes Dieu, ayez pitié de nous.

Sainte Trinité, qui êtes un seul Dieu, ayez pitié de nous.

Sainte Marie, Mère de Dieu, priez pour nous.

Sainte Marie Jacobé, sœur de la mère de Jésus,

Sainte Marie Salomé, mère de Jacques et Jean, apôtres de Jésus,

Qui avez assisté sur la terre le Sauveur Jésus,

Qui êtes allées au sépulcre pour embaumer le corps de Jésus,

Qui avez appris de la bouche d'un ange la résurrection de Jésus,

Qui avez, les premières, annoncé la résurrection de Jésus,

Qui avez secouru et consolé dans sa douleur la mère de Jésus,

Qui avez souffert la persécution pour la foi de Jésus,

Qui avez été exposées aux dangers de la mer pour votre fidélité à Jésus,

Qui par vos exemples et vos leçons, avez converti nos pères à Jésus,

Qui êtes mortes dans la foi et la grâce de Jésus,

Bienheureuses Apôtres de la Provence saintes Marie Jacobé et Marie Salomé.

Soyez-nous propice, pardonnez-nous Seigneur,

Soyez-nous propices, exaucez-nous, Seigneur,

Par l'intercession des Saintes Marie,

De tout péché,

Du naufrage et de l'innondation,

Du mal de la rage,

De la peste et de la famine,

De tout mal épidémique,

De la mort éternelle,

Fils de Dieu,

Agneau de Dieu, qui effacez les péchés du monde, pardonnez-nous, Seigneur.

Agneau de Dieu, qui effacez les péchés du monde, exaucez-nous, Seigneur.

Agneau de Dieu, qui effacez les péchés du monde, ayez pitié de nous.

℣. Priez pour nous, Marie Jacobé et Marie Salomé.

℟. Afin que nous soyons dignes des promesses de Jésus-Christ.

(marge : Délivrez-nous, Seigneur.)

ORAISON.

Faites, ô Seigneur Jésus-Christ, que nous éprouvions les effets de la protection des Saintes Marie Jacobé et Salomé qui ont eu le bonheur de vous servir pendant votre vie et de vous rendre leurs pieux devoirs après votre mort. Nous vous demandons cette grâce, à vous qui régnez dans tous les siècles des siècles. Ainsi soit-il.

LITANIES

DE SAINTE CÉCILE.

(Sa fête se célèbre le 22 novembre.)

Seigneur, ayez pitié de nous.

Jésus-Christ, ayez pitié de nous.

Seigneur, ayez pitié de nous.

Jésus-Christ, écoutez-nous.

Jésus-Christ, exaucez-nous.

Père céleste, qui êtes Dieu, ayez pitié de nous.

Dieu le Fils, Rédempteur du monde, ayez pitié de nous.

Esprit Saint, qui êtes Dieu, ayez pitié de nous.

Sainte Trinité, qui êtes un seul Dieu, ayez pitié de nous.

Sainte Marie, reine des Vierges, priez pour nous.

Sainte Cécile,

Epouse de Jésus-Christ,

Fille chérie du saint Pontife Urbain,

Fleur de pureté,

Trésor de la grâce céleste,

Modèle de grandeur d'âme,

Miroir de modestie et de piété,

Priez pour nous.

29

Remplie de confiance en Dieu,

Couronnée par un Ange de roses et de lis,

Qui aviez un Ange du ciel pour gardien, et défenseur de votre virginité,

Qui avez généreusement méprisé le monde,

Qui avez par vos prières enfanté deux martyrs à Jésus-Christ,

Qui par vos chants et sur les instruments de musique chantiez les miséricordes divines,

Qui aimiéz à louer le Seigneur par le chant des Cantiques sacrés,

Dont les chants furent souvent accompagnés par les chants mélodieux des Anges,

Qui étiez enflammée du zèle du salut des âmes,

Qui avez amené à la vraie foi quatre cents témoins de votre bienheureux martyre,

Qui avez généreusement confessé Jésus-Christ au tribunal des tyrans,

Qui avez été épargnée par les vapeurs du bain et les flammes de l'hypocauste,

Qui après avoir reçu trois coups de hache, avez pu, pendant trois jours encore, édifier les fidèles de Rome par vos enseignements et vos conseils,

Sainte Cécile, *Priez pour nous.*

Sainte Cécile, *Priez pour nous.*

Qui avez été conduite au ciel par les Anges,

Qui êtes souvent apparue en compagnie de la reine des Vierges,

Vierge illustre et glorieuse martyre,

Reine de l'harmonie et patronne des musiciens,

Sainte Cécile.

Priez pour nous.

Agneau de Dieu, qui effacez les péchés du du monde, pardonnez-nous, Seigneur.

Agneau de Dieu, qui effacez les péchés du monde, exaucez-nous, Seigneur.

Agneau de Dieu, qui effacez les péchés du monde, ayez pitié de nous.

♦. Pendant que les instruments de musique résonnaient dans sa demeure,

♦. Cécile chantait un hymne au Seigneur.

ORAISON.

O Dieu, qui avez couronné votre bienheureuse servante Cécile des lis de la virginité et des palmes du martyre, faites qu'à son exemple, nous conservions notre cœur à l'abri de toute souillure afin d'entendre un jour comme elle les concerts des Anges dans la céleste Jérusalem. Ainsi soit-il.

LITANIES

DE SAINTE CATHERINE D'ALEXANDRIE.

(Sa fête se célèbre le 25 novembre.)

Seigneur, ayez pitié de nous.

Jésus-Christ, ayez pitié de nous.

Seigneur, ayez pitié de nous.

Jésus-Christ, écoutez-nous.

Jésus-Christ, exaucez-nous.

Père céleste, qui êtes Dieu, ayez pitié de nous.

Dieu le Fils, Rédempteur du monde, ayez pitié de nous.

Esprit Saint qui êtes Dieu, ayez pitié de nous.

Sainte Trinité, qui êtes un seul Dieu, ayez pitié de nous.

Sainte Marie, Reine des martyrs, priez pour nous.

Sainte Catherine, plus illustre par vos vertus que par votre naissance,

Qui avez méprisé les richesses et les plaisirs du siècle,

Belle par votre chasteté,

Illustre par votre martyre,

Vierge sage,

Vierge prudente,

Servante très-dévouée de Jésus-Christ,

Epouse très-fidèle de Jésus-Christ,

Embrasée d'amour pour Jésus-Christ,

Très constante dans la foi,

Plus illustre par la science de Dieu que par votre érudition

Faisant servir la science à la gloire de Dieu,

Toute adonnée à la science des Saints,

Très-habile dans l'enseignement de la foi,

Très éloquente dans la défense de la foi,

Qui avez amené les philosophes à la lumière de la foi,

Qui avez convié les philosophes au martyre,

Qui avez donné tant d'enfants à Jésus-Christ,

Qui avez préféré la chasteté et la foi à tous les biens du monde,

Qui avez résisté glorieusement aux tyrans,

Qui avez été meurtrie, pour la foi, de verges et de fouets garnis de plomb,

Qui dans la prison avez souffert la faim et la soif pour la foi,

Qui avez eu la tête tranchée pour la foi,

Qui avez remporté les palmes de la virginité et celles du martyre,

Sainte Catherine, — *Priez pour nous.*

Sainte Catherine, — *Priez pour nous.*

Qui êtes placée autour du trône de l'Agneau sans tache,

Gloire de l'église d Alexandrie,

Agneau de Dieu, qui effacez les péchés du monde, pardonnez-nous, Seigneur.

Agneau de Dieu, qui effacez les péchés du monde, exaucez nous, Seigneur.

Agneau de Dieu, qui effacez les péchés du monde, ayez pitié de nous.

ỳ. Priez pour nous, ô bienheureuse Catherine.

℟. Afin que nous devenions dignes des promesses de Jésus-Christ.

ORAISON.

O Dieu, qui avez donné à Moïse la loi sur le sommet du mont Sinaï et qui par vos saints Anges avez placé merveilleusement dans le même lieu, le corps de la bienheureuse Catherine votre vierge et votre martyre, daignez nous accorder par son intercession et ses mérites, la grâce d'arriver à la montagne qui est Jésus-Christ, qui vit et règne avec vous dans l'unité du Saint-Esprit, dans tous les siècles des siècles. Ainsi soit-il.

LITANIES

DE SAINTE PHILOMÈNE,

(Sa fête se célèbre le 11 août)

Seigneur, ayez pitié de nous.

Jésus-Christ, ayez pitié de nous.

Seigneur, ayez pitié de nous.

Jésus-Christ, écoutez-nous,

Jésus-Christ, exaucez-nous.

Père céleste, qui êtes Dieu, ayez pitié de nous.

Fils, rédempteur du monde, qui êtes Dieu, ayez pitié de nous.

Esprit-Saint, qui êtes Dieu, ayez pitié de nous.

Trinité Sainte, qui êtes un seul Dieu, ayez pitié de nous.

Sainte Vierge Mère, Reine des martyrs, priez pour nous.

Sainte Philomène, enfant de bénédiction, priez pour nous.

Sainte Philomène,

Qui dès votre enfance avez choisi Jésus-Christ pour époux,

Qui avez méprisé avec un courage héroïque, les plus grands honneurs pour rester fidèle à Jésus,

Dont la constance ne pût être ébranlée ni par les prières d'un père, ni par la tendresse d'une mère,

Priez pour nous.

Qui à cause de votre amour pour les souffrances avez mérité d'être consolé par Jésus et Marie,

Dont l'ardeur, pour endurer de nouveaux tourments augmentait chaque jour,

Qui avez été comme Jésus liée à une colonne et frappée de verges,

Qui avez été précipitée dans les flots pour le nom de Jésus,

Qui avez enduré plusieurs sortes de martyres,

Qui avez souffert avez joie pour Jésus,

Que l'église honore et révère comme une illustre Vierge et Martyre,

Qui par votre exemple avez attiré plusieurs âmes à la foi,

Que Dieu confia à la garde de ses anges,

Dont le corps a été miraculeusement découvert,

Parfait modèle des Vierges chrétiennes,

Puissante protectrice de ceux qui vous invoquent,

Thaumaturge de notre siècle,

Qui jouissiez au ciel d'une gloire immortelle,

Agneau de Dieu, qui effacez les péchés du monde, pardonnez-nous, Seigneur.

Agneau de Dieu, qui effacez les péchés du monde, exaucez-nous, Seigneur.

Agneau de Dieu, qui effacez les péchés du monde, ayez pitié de nous.

℣. Priez pour nous, sainte Philomène,

℞. Afin que nous consacrions comme vous notre vie à l'amour de Jésus.

ORAISON.

O glorieuse Vierge et Martyre, dont Dieu se plaît à faire connaître la gloire par d'éclatants miracles, nous nous adressons à vous avec une entière confiance, obtenez nous qu'à votre exemple, nous combattions généreusement tout ce qui s'oppose au règne de Jésus dans nos cœurs; qu'ils soient ornés de vos vertus et embrasés d'amour pour Jésus, afin que nous marchions constamment dans la voie qu'il nous a lui-même tracée, et que nous méritions de partager un jour avec vous la félicité éternelle. Ainsi soit-il.

LITANIES

DE SAINTE URSULE ET DE SES COMPAGNES

(Leur fête se célèbre le 21 octobre.)

Seigneur, ayez pitié de nous.

Jésus-Christ, ayez pitié de nous.

Seigneur, ayez pitié de nous.

Jésus-Christ, écoutez-nous.

Jésus-Christ, exaucez-nous.

Père céleste, qui êtes Dieu, ayez pitié de nous.

Fils, rédempteur du monde, qui êtes Dieu, ayez pitié de nous.

Esprit-Saint, qui êtes Dieu, ayez pitié de nous.

Sainte Trinité, qui êtes un seul Dieu, ayez pitié de nous.

Sainte Marie, reine des Vierges, priez pour nous.

Sainte Ursule, priez pour nous.

Mère des Vierges,

Mère des Martyrs,

Mère des Filles de Dieu,

Mère des épouses de Jésus-Christ

Vierge sage,

Vierge forte,

Vierge féconde,

Sunamite toujours chaste,

Fille de prince,

Débora chrétienne,

Judith de la nouvelle alliance,

Lumière céleste,

Laurier mysttique,

Olivier plein de fruits,

Palme destinée pour le triomphe,

Aigle qui excite ses petits,

Dépôt de la providence,

Miracle de la constance,

Sainte Ursule.

Priez pour nous,

Sanctuaire de la pudeur,
Miroir de la piété,
Maîtresse de la science divine,
Victorieuse dans la mort,
Saintes compagnes de sainte Ursule,
Troupeau innocent,
Troupeau brillant de pureté,
Troupeau immolé pour son Dieu,
Saintes, compagnes de l'Agneau,
Brebis conservée au milieu des loups,
Postérité chaste et lumineuse,
Colonie du Paradis,
Légion invincible,
Armée terrible à l'enfer,
Vierges fortes dans la foi,
Plus prudentes que le serpent,
Plus simples que la colombe,
Astres de douce influence,
Etoiles fixes qui ne s'égarent point,
Lampes qui ne s'éteignent jamais,
Lys célestes,
Roses nées parmi les épines,
Victimes de chasteté,
Martyres de la virginité,
Vierges arrivées au port par le naufrage,
Portées dans votre patrie par l'exil,
Récompensées de la mort par l'immor-
    talité,
Agneau de Dieu, qui effacez les péchés du
monde, pardonnez-nous, Seigneur.

Sainte Ursule,

Saintes compagnes de sainte Ursule,

Priez pour nous.

Priez pour nous.

Agneau de Dieu, qui effacez les péchés du monde, exaucez-nous, Seigneur.

Agneau de Dieu, qui effacez les péchés du monde, ayez pitié de nous.

ỳ. Priez pour nous, Sainte Ursule et vos compagnes.

℟. Afin que nous soyons dignes des promesses de Jésus-Christ.

ORAISON.

Dieu très-miséricordieux, qui, par un des plus grands miracles de votre puissance, avez accordé la victoire du martyre à un sexe fragile ; accordez nous encore, nous vous en supplions, qu'en honorant la mort sainte et glorieuse de la bienheureuse Ursule et de ses compagnes, nous soyons animés par leurs exemples et par l'imitation de leurs vertus, à combattre avec courage, et pendant tout le temps de notre vie, l'ennemi dangereux de notre salut, afin que, triomphant de lui à l'heure de notre mort, nous puissions remporter la couronne de gloire qu'elles ont méritée dans votre Royaume : vous qui vivez et régnez avec Dieu le Père dans l'unité du Saint-Esprit, dans tous les siècles des siècles. Ainsi soit-il.

LITANIES

DE SAINTE MARIE EGYPTIENNE.

(Sa fête se célèbre le 9 avril.)

Seigneur, ayez pitié de nous.

Jésus-Christ, ayez pitié de nous.

Seigneur, ayez pitié de nous.

Jésus-Christ, écoutez-nous.

Jésus-Christ, exaucez-nous.

Père céleste, qui êtes Dieu, ayez pitié de nous.

Dieu le Fils, Rédempteur du monde, ayez pitié de nous.

Esprit Saint, qui êtes Dieu, ayez pitié de nous.

Sainte Trinité, qui êtes un seul Dieu, ayez pitié de nous.

Sainte Reine qui êtes l'objet de la confiance et des louanges pour les solitaires,

Sainte Marie d'Egypte, qui de pécheresse pleine d'orgueil êtes devenue une humble pénitente,

Qui ne perdiez jamais le souvenir de la fragilité humaine,

Qui avez merveilleusement éprouvé quelles sont les entrailles de la divine miséricorde,

Sainte Marie, *Priez pour nous.*

Delivrée de la puissance des ténèbres,

Brebis si longtemps égarée et qu'un bon pasteur a ramenée au troupeau,

Qui vous étiez perdue, et vous étiez donné la mort, mais que le Sauveur a trouvée et ressuscitée,

Qui vous étiez plongée dans un abîme de boue, et qui en avez été tirée et rendue brillante comme la lumière,

Dragme autrefois égarée, et maintenant recouvrée et enfermée dans les trésors éternels,

Retirée du profond abîme du péché,

Arrachée par la miséricorde divine à la gueule infernale et à la rage du démon,

Singulièrement dévote à la très-sainte Vierge Mère de Dieu,

Qui avez été conduite par l'esprit de Dieu dans la solitude,

Qui avez eu le courage de pénétrer jusqu'au plus profond des déserts, fortifiée du corps de Jésus-Christ,

Exemple et modèle des vrais pénitents,

Dont la conversion est la gloire et le triomphe du Sauveur,

Tout enflammée d'une ardente conponction,

Dont le cœur s'est comme fondu tout en en pleurs et en larmes,

Sainte Marie d'Égypte,   *Priez pour nous.*

Sainte Marie d'Égypte,   *Priez pour nous.*

Sainte Marie d'Egypte,

Qui avez réjoui les Anges et la cour
céleste par votre conversion,

Qui réfléchissiez sur votre vie passée
dans l'amertume de votre âme,

Qui vous teniez cachée aux yeux des
hommes

Qui étiez puissamment cruelle envers
vous-même,

Qui vous êtes nourrie d'un pain de douleur et d'angoisse,

Qui avez lavé les souillures de votre jeunesse dans le baptême laborieux de la
pénitence,

Qui avez effacé avec l'eau de vos larmes
toutes les tâches de vos péchés,

Qui, frappée de la crainte des jugements
de Dieu, vous teniez seule et cachée
dans le désert,

Qui étiez vraiment la colombe gémissant
dans la solitude,

Qui aimiez mieux vivre avec les ani-
maux sauvages et les bêtes féro-
ces, que de demeurer dans le
monde,

Qui avez éprouvé toute la fureur du démon, et qui en avez toujours été
victorieuse,

Qui, par vos larmes continuelles, étei-
gniez les traits enflammés de l'ennemi du salut,

Priez pour nous.

Sainte Marie d'Egypte,

Priez pour nous.

Qui vous occupiez sans cesse de votre dernière fin,

Que Dieu instruisait lui-même,

A qui le Saint-Esprit avait appris le sens des Ecritures Sacrées,

Qui par la pénitence êtes devenue l'épouse de Jésus-Christ,

Continuellement appliquée à la prière, aux jeûnes et aux pleurs,

Qui appaisiez la colère de votre Juge par une pénitence dure et persévérante,

Qui n'étiez connue que de Dieu et de ses Anges,

Avec qui les esprits célestes conversaient familièrement,

Qui par le ministère des saints Anges vous transportiez en un moment d'un lieu à un autre,

Qui avez voulu être nourrie du corps et du sang de Jésus-Christ, avant votre mort, pour pouvoir arriver plus sûrement à Dieu,

Qui avez heureusement échangé la demeure étroite du désert avec les espaces immenses du Paradis,

Sainte Marie d'Egypte, — *Priez pour nous.*

Sainte Marie d'Egypte, — *Priez pour nous.*

Agneau de Dieu, qui effacez les péchés du monde, pardonnez-nous, Seigneur.

Agneau de Dieu, qui effacez les péchés du monde, exaucez-nous, Seigneur.

Agneau de Dieu, qui effacez les péchés du monde, ayez pitié de nous.

℣. Beaucoup de péchés lui ont été pardonnés,

℟. Parce qu'elle a beaucoup aimé.

ORAISON.

Nous vous supplions, Père très-miséricordieux, que, de même que la bienheureuse Marie d'Egypte a obtenu de vous le pardon de ses péchés en aimant pardessus tout notre Seigneur Jésus-Christ, elle nous obtienne aussi de votre miséricorde l'éternelle félicité du Ciel, par le même Jésus-Christ notre Seigneur. Ainsi soit-il.

LITANIES

DE SAINTE PÉLAGIE.

(Sa fête se célèbre le 9 juin.)

Seigneur, ayez pitié de nous.
Jésus-Christ, ayez pitié de nous.
Seigneur, ayez pitié de nous.
Jésus-Christ, écoutez-nous.
Jésus-Christ, exaucez-nous.
Père céleste, qui êtes Dieu, ayez pitié de nous.
Fils rédempteur du monde, qui êtes Dieu, ayez pitié de nous.

Esprit-Saint, qui êtes Dieu, ayez pitié de nous.

Trinité sainte, qui êtes un seul Dieu, ayez pitié de nous.

Sainte Marie, Mère de miséricorde, et refuge des pécheurs, priez pour nous.

Sainte Pélagie,

Tirée de l'abîme profond du péché,

Que Dieu a regardé d'un œil de compassion, pour exercer sur vous sa miséricorde,

Qui avez été autrefois un filet de Satan pour perdre les âmes, et qui êtes devenue ensuite un filet en la main de Jésus-Christ pour les attirer à Dieu,

Qui êtes un miracle de la grâce,

Autrefois parée de toutes les pompes de Satan, et depuis ornée des vertus de Jésus-Christ,

Enrichie des dons du Saint-Esprit,

Gagnée à Dieu par la parole de Dieu,

Lavée de l'eau salutaire du Baptême,

Ointe de l'huile de l'Esprit Saint dans la confirmation,

Nourrie de la chair de Jésus-Christ dans l'Eucharistie,

Qui par la vertu du sang de J. C. êtes parvenue jusqu'à la montagne de Dieu,

Dont la vie pénitente a été dirigée par

l'esprit de prudence et de sagesse,

Revêtue de la justice chrétienne,

Colombe autrefois souillée de toutes les tâches du péché, mais parfaitement purifiée dans la piscine sacrée du baptême,

Qui êtes devenue une nouvelle créature dans les eaux de notre rédemption,

Qui devintes sourde à la voix de Satan et attentive à la voix de Dieu,

Qui avez surmonté le démon par le signe de la Croix,

Qui par le souffle de votre bouche avez donné la mort à un impie,

Sur qui Jésus-Christ a étendu le vêtement de sa compassion et de sa miséricorde,

Ornée de l'or et de l'argent très pur de la charité,

Revêtue de vertus d'une diversité merveilleuse,

Qui êtes le grain de froment multiplié par de dignes fruits de pénitence, et le grain de sénevé, qui vous êtes élevée bien haut, en devenant grande en Jésus-Christ,

Qui vous nourrissez du pur froment, du miel et de l'huile du Saint-Esprit,

Qui avez mis votre force dans l'espérance et dans le silence,

Sainte Pélagie, ... *Priez pour nous.*

Sainte Pélagie, ... *Priez pour nous.*

Qui dans le silence et dans le repos de votre solitude, vous éleviez au dessus de vous-même,

Sainte Pélagie,

Qui vous teniez ensevelie avec Jésus-Christ,

Crucifiée au monde par l'éloignement que vous aviez de lui et celui qu'il avait de vous,

Devenue épouse de Jésus-Christ par la pénitence,

Que Dieu avait rendue accomplie dans la beauté de l'âme qu'il vous avait donnée,

Vraiment humble dans cette admirable beauté,

Sainte Pélagie,

Qui vous établissant sur la montagne d'où Jésus-Christ est monté au ciel, y éleviez tous les jours vers lui les mouvements de votre cœur,

Qui jouissez maintenant de Jésus-Christ dans le Ciel, après l'avoir aimé sur la terre de toute l'ardeur dont vous étiez capable,

Priez pour nous.

Priez pour nous.

Agneau de Dieu, qui effacez les péchés du monde, pardonnez-nous, Seigneur.

Agneau de Dieu, qui effacez les péchés du monde, exaucez-nous, Seigneur.

Agneau de Dieu qui effacez les péchés du du monde, ayez pitié de nous.

℣. Vous avez, Seigneur, retiré mon âme de

ses dangers, afin qu'elle ne périsse point.
℟. Vous avez bien voulu oublier tous mes péchés.

ORAISON.

O Dieu, qui par votre glorieuse Ascension vous êtes consacré la montagne des Oliviers, et qui avez daignez appeler du même lieu au Ciel la bienheureuse pénitente Pélagie, accordez-nous, s'il vous plaît, par son intercession, que, remplis des fruits et de l'onction de l'Esprit-Saint, nous nous rendions dignes d'être élevés à votre éternelle félicité : vous qui vivez et régnez avec Dieu votre Père dans l'unité du Saint-Esprit, dans tous les siècles des siècles. Ainsi soit-il.

LITANIES

DE SAINTE MONIQUE.

(Sa fête se célèbre le 11 mai.)

Seigneur, ayez pitié de nous.
Jésus-Christ, ayez pitié de nous
Seigneur, ayez pitié de nous.
Jésus-Christ, écoutez-nous.
Jésus-Christ, exaucez-nous.
Père céleste, qui êtes Dieu, ayez pitié de nous.

Dieu le Fils, Rédempteur du monde, ayez pitié de nous.

Esprit Saint, qui êtes Dieu, ayez pitié de nous.

Sainte Trinité, qui êtes un seul Dieu, ayez pitié de nous.

Sainte Marie, Mère de conversion, priez pour nous.

Saint Augustin,

Sainte Monique,

Qui avez mis à profit les salutaires rigueurs d'une éducation chrétienne,

Modèle des épouses, qui avez procuré, par l'exemple de vos vertus, la conversion de votre mari infidèle,

Modèle des mères et des veuves,

Mère de saint Augustin,

Qui l'avez pleuré dans ses égarements,

Qui avez persévéré dans vos brûlantes prières,

Aussi discrète que zélée dans la poursuite du salut de votre fils,

Qui étiez la sauvegarde de votre fils absent,

Qui avez obtenu pour votre fils la guérison d'une maladie mortelle,

Dont l'espérance a été soutenue par les paroles prophétiques d'un saint évêque,

Dont les larmes ont acheté la conversion de votre fils,

Sainte Monique, Priez pour nous.

Qui avez joui de la consolation de le voir fidèle,

Qui vous êtes saintement entretenue avec lui des choses du salut,

Qui vous êtes paisiblement endormie dans le Seigneur,

Sur qui rejaillit la gloire de votre fils,

Qui ne pouvez refuser votre suffrage aux mères qui prient et pleurent comme vous,

Qui en avez écouté plusieurs dans leurs angoisses,

Sainte Monique, *Priez pour nous.*

Agneau de Dieu, qui effacez les péchés du monde, pardonnez-nous, Seigneur.

Agneau de Dieu, qui effacez les péchés du monde, exaucez-nous, Seigneur.

Agneau de Dieu, qui effacez les péchés du monde, ayez pitié de nous.

℣. Priez pour nous, sainte Monique.

℟. Afin que nous soyons dignes des promesses de Jésus-Christ.

ORAISON.

O Dieu, qui avez écouté les larmes et les prières de sainte Monique, et qui avez accordé à ses supplications, non seulement la conversion, mais encore l'éclatante sainteté de son fils, daignez nous donner la grâce de vous implorer avec tant de ferveur et d'humilité que, comme elle, nous obtenions et le salut

de nos enfants, et notre propre sanctification.
Par Notre-Seigneur Jésus-Christ. Ainsi soit-il.

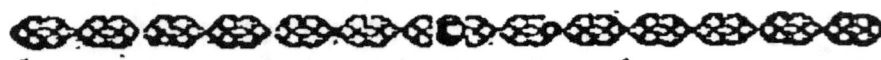

LITANIES
DE SAINTE GENEVIÈVE.

(Sa fête se célèbre le 3 janvier.)

Seigneur, ayez pitié de nous.
Jésus-Christ, ayez pitié de nous.
Seigneur, ayez pitié de nous.
Jésus-Christ, écoutez-nous.
Jésus-Christ, exaucez-nous.
Père céleste, qui êtes Dieu, ayez pitié de
　nous.
Dieu le Fils, Rédempteur du monde, ayez
　pitié de nous.
Esprit Saint, qui êtes Dieu, ayez pitié de
　nous.
Sainte Trinité, qui êtes un seul Dieu, ayez
　pitié de nous.
Sainte Marie, Reine des Vierges, priez pour
　nous.
Sainte Geneviève,
Admirable par vos œuvres,
Très élevée dans le ciel,
Prévenue des grâces de Dieu,
Guidée par le Saint-Esprit,
Sainte dès votre enfance,
Qui avez fait la joie des anges,

Ste Geneviève,

Priez pour nous.

Consacrée à Dieu par de saints Evê-
  ques,
Qui avez persévéré dans la virginité,
Vierge simple qui gardiez les brebis,
Vierge sage qui rejetiez les vanités du
  siècle,
Vierge angélique qui habitiez au milieu
  des champs,
Vierge modeste en toutes vos œuvres,
Qui méditiez les choses de Dieu,
Vierge embrasée de l'amour divin,
Vierge et servante dévouée de Jésus-
  Christ,
Très fidèle au Seigneur,
Très obéissante à ses ordres,
Qui avez servi Dieu dans les travaux et
  dans le silence,
Qui avez persévéré dans les jeûnes et
  l'oraison,
Que les méchants ont méprisée,
Que les démons ont molestée et tour-
  mentée,
Digne épouse de Jésus-Christ,
Qui avez éprouvé les souffrances de vo-
  tre divin époux,
Qui avez supporté les opprobres, pour
  l'amour de Jésus-Christ,
Affligée de la lépre,
Laissée dans l'abandon comme pesti-
  férée,

Sainte Geneviève. — *Priez pour nous.*

Qui fûtes dévorée des ardeurs de la fièvre,

Affaiblie par les douleurs et les maladies,

Couronnée d'une auréole de souffrance,

Puissante libératrice,

Qui délivrez de la colère de Dieu,

Qui mettez en fuite les puissances, de
l'enfer,

Qui avez protégé nos pères contre les
fureurs des barbares,

Qui êtes un refuge assuré contre la peste
et la famine,

Qui préservez de toute calamité ceux
qui vous invoquent,

Sainte Geneviève, — *Priez pour nous.*

Agneau de Dieu, qui effacez les péchés du
monde, pardonnez-nous, Seigneur.

Agneau de Dieu, qui effacez les péchés du
monde, exaucez-nous, Seigneur.

Agneau de Dieu, qui effacez les péchés du
monde, ayez pitié de nous.

℣. Priez pour nous, Sainte Geneviève.

℟. Afin que nous nous rendions dignes des
récompenses éternelles.

ORAISON.

O Dieu, admirable glorificateur des humbles
et des pauvres, qui avez rendu la bienheureuse Geneviève, votre servante, illustre par
ses vertus et les prodiges qu'elle a opérés, accordez-nous de célébrer dignement les méri-

tes et d'imiter les sublimes exemples de cette glorieuse vierge que nous invoquons comme notre bonne patronne ; nous vous le demandons par Notre Seigneur Jésus-Christ votre fils. Ainsi soit-il.

LITANIES

DE SAINTE CLAIRE.

(Sa fête se célèbre le 12 août.)

Seigneur, ayez pitié de nous.
Jésus-Christ, ayez pitié de nous.
Seigneur, ayez pitié de nous.
Jésus-Christ, écoutez-nous.
Jésus-Christ, exaucez-nous.
Père céleste, qui êtes Dieu, ayez pitié de nous.
Dieu le Fils, Rédempteur du monde, ayez pitié de nous.
Esprit Saint, qui êtes Dieu, ayez pitié de nous,
Sainte Trinité, qui êtes un seul Dieu, ayez pitié de nous.
Sainte Marie, mère de Dieu, priez pour nous.
Sainte Claire,
    Qui êtes allé au devant de l'époux avec une lampe allumée,

Imitatrice du fils de Dieu,

Epouse de Jésus-Christ,

Vraie servante de la sainte Vierge Marie,

Qui avez engendré tant de Vierges à Jésus-Christ,

Conductrice des vierges,

Temple du Saint-Esprit,

Amante chérie de la croix,

Qui avez aimé Jésus-Christ crucifié,

Brillante des dons de la divinité,

Lumière de la dévotion,

Lumière de contemplation,

Qui êtes l'éclat de votre patrie,

Perle précieuse,

Rose toujours nouvelle de charité,

Lis de chasteté,

Violette odoriférante d'humilité,

Parfum de la solitude du cloître,

Qui avez eu pour le monde un mépris parfait,

Modèle de toutes les vertus,

La gloire et l'ornement de l'ordre Séraphique,

Sainte Claire, — *Priez pour nous.*

Agneau de Dieu, qui effacez les péchés du monde, pardonnez-nous, Seigneur.

Agneau de Dieu, qui effacez les péchés du monde, exaucez-nous, Seigneur.

Agneau de Dieu, qui effacez les péchés du monde, ayez pitié de nous.

℣. Par l'intercession et par les mérites de

sainte Claire, pardonnez-nous, Seigneur.
℟. Fils de Dieu, nous vous prions, écoutez-nous.

ORAISON

Nous vous supplions Seigneur d'exciter en nous les mêmes sentiments dont la bienheureuse Claire a été remplie, afin qu'animés du même esprit, nous nous étudions à aimer ce qu'elle aima, et à mettre en pratique ce qu'elle nous a enseigné par son exemple. Nous vous suplions aussi, Seigneur, de nous accorder, par ses prières la grâce de participer à la gloire éternelle, par les mérites de Notre-Seigneur Jésus-Christ qui vit et règne avec vous dans tous les siècles des siècles. Ainsi soit-il.

LITANIES

DE SAINTE ROSE DE LIMA.

(Sa fête se célèbre le 30 août.)

Seigneur, ayez pitié de nous.
Jésus-Christ, ayez pitié de nous.
Seigneur, ayez pitié de nous.
Jésus Christ, écoutez-nous.
Jésus-Christ, exaucez-nous.
Père céleste, qui êtes Dieu, ayez pitié de nous.

Dieu le Fils, Rédempteur du monde, ayez pitié de nous.

Esprit Saint, qui êtes Dieu, ayez pitié de nous.

Sainte Trinité, qui êtes un seul Dieu, ayez pitié de nous.

Sainte Marie, priez pour nous.

Sainte Rose de Lima,

Appelée du nom que le ciel vous a donné,

Prévenue d'une rosée de graces

Consacrée à Dieu dès votre enfance par le vœu de virginité,

Que le Saint-Esprit conduisit dans la solitude dès votre jeunesse,

Qui parée du lys mystique avez sous les auspices de Marie, contracté avec Jésus une mystérieuse alliance,

Ornée de l'anneau d'or de Jésus, votre divin époux,

Qui avez conversé familièrement avec Jésus,

Que Jésus a honorée de ses fréquentes visites,

Ranimée dans vos défaillances par une suave nourriture, sortie du côté de Jésus,

Très chère à Jésus votre divin époux,

Que Jésus a déclaré la rose de son cœur,

Sainte Rose, ... *Priez pour nous.*

Remplie de dévotion et de vénération pour la croix de Jésus,

Embrasée d'amour pour Jésus au sacrement de l'autel,

Qui vous prépariez à défendre au péril de votre vie les saintes espèces Eucharistiques contre les profanations de ses ennemis,

Qui approchiez de la Sainte Eucharistie avec un cœur si brûlant d'amour, que ce feu intérieur rejaillissait sur votre figure,

Très fidèle servante de la Vierge des Vierges,

Fille très-dévouée de la mère du bel amour,

Qui avez reçu le surnom de Marie de la bouche même de la mère de Dieu,

Que la mystique étoile du matin a très-souvent suscitée du sommeil pour l'oraison,

Confirmée dans votre vœu et votre vocation par la Reine et la Vierge des Vierges,

Zélatrice dévoué du Saint Rosaire,

Qui par l'exercice du Saint Rosaire avez obtenu les faveurs les plus signalées,

Qui conversiez dans d'admirables entretiens avec votre bon Ange,

Associé par un heureux lien au lis mystique de Saint Dominique,

Fidèle imitatrice de l'illustre Catherine de Sienne,

Qui durant votre vie avez été regardée comme sa parfaite image,

Prémices des fleurs et des fruits de sainteté du Nouveau Monde,

Fleur de patience entourée d'épines,

Eprouvée par de continuelles infirmités, par la calomnie, et par les angoisses intérieures de l'âme,

Qui trois fois chaque nuit mortifiez votre chair par une douloureuse flagellation,

Qui ceigniez fortement vos reins d'un triple tour de chaînes de fer à pointes aigües,

Qui à l'imitation et par amour de-Jésus souffrant portiez une couronne d'épines,

Très-désireuse du martyre,

Enaflmmée de la plus grande charité envers Dieu et le prochain,

Remplie de douleur pour les offenses faites à Dieu,

Dévoué pendant votre vie à toutes les œuvres de miséricorde,

Très-versée dans la contemplation des choses divines,

Sainte Rose, *Priez pour nous.*

Sainte Rose,
A qui furent révélés les secrets des Cieux,
Fleur très-odorante qui avez répandu au loin les suaves parfums de toutes les vertus,
Très-puissante avocate auprès de Jésus et de Marie, priez pour nous. **Priez pour nous.**

Agneau de Dieu, qui effacez les péchés du monde, pardonnez-nous, Seigneur.

Agneau de Dieu, qui effacez les péchés du monde, exaucez-nous, Seigneur.

Agneau de Dieu, qui effacez les péchés du monde, ayez pitié de nous.

℣. Priez pour nous, bienheureuse Rose.

℟. Afin que nous soyons la bonne odeur de Jésus-Christ.

ORAISON.

Dieu puissant et souverain dispensateur de tous les biens, qui avez comblé la bienheureuse Rose de toutes sortes de grâce et l'avez glorifiée dans le nouveau monde comme une fleur de virginité et de patience, accordez-nous de courir dans les voies parfumées des vertus qu'elle a pratiquées, afin que nous méritions aussi de devenir la bonne odeur de Jésus-Christ, votre Seigneur, votre fils. Ainsi soit il.

—

51

LITANIES

DE SAINTE ELISABETH DE HONGRIE.

(Sa fête se célèbre le 19 novembre.)

Seigneur, ayez pitié de nous.

Jésus-Christ, ayez pitié de nous.

Seigneur, ayez pitié de nous.

Jésus-Christ, écoutez-nous.

Jésus-Christ, exaucez-nous.

Père céleste, qui êtes Dieu, ayez pitié de nous.

Dieu le Fils, Rédempteur du monde, ayez pitié de nous.

Esprit Saint, qui êtes Dieu, ayez pitié de nous.

Sainte Trinité, qui êtes un seul Dieu, ayez pitié de nous.

Sainte Marie, Mère de Dieu,

Sainte Elisabeth,

    Qui avez servi Dieu dès votre enfance,

    Fidèle épouse de Jésus-Christ,

    Très-dévote à la sainte Vierge,

    Imitatrice et digne fille de Saint-François,

    Ornée de tous les dons célestes,

    Sanctuaire de toutes les vertus,

    Animée de l'esprit de force et de constance,

    Nourricière des pauvres et des orphelins,

Sainte Elisabeth,   *Priez pour nous.*

Consolatrice des affligés,

Servante des pauvres et des malades,

Cruellement persécutée par vos parents et par vos sujets,

Toujours constante dans les adversités,

Illustre par vos vertus et par vos miracles,

Favorable à tous ceux qui implorent votre secours,

Mère et modèle du Tiers-Ordre de la Pénitence,

Sainte Elisabeth, — *Priez pour nous.*

Agneau de Dieu, qui effacez les péchés du monde, pardonnez-nous, Seigneur.

Agneau de Dieu, qui effacez les péchés du monde, exaucez-nous, Seigneur.

Agneau de Dieu, qui effacez les péchés du monde, ayez pitié de nous.

ỳ. Sainte Elisabeth, priez pour nous.

℟. Afin que nous soyons rendus dignes des promesses de J.-C.

ORAISON.

Dieu de miséricorde, nous vous prions très-humblement de nous faire la grâce qu'à l'exemple de sainte Elisabeth de Hongrie, et favorisés de son intercession, nous puissions, comme elle, mépriser les biens périssables de la terre, et obtenir ceux de la bienheureuse éternité. Ainsi soit-il.

LITANIES

DE SAINTE TÉRÈSE.

(Sa fête est fixée au 15 octobre.)

Seigneur, ayez pitié de nous.

Jésus-Christ, ayez pitié de nous.

Seigneur, ayez pitié de nous.

Jésus-Christ, ayez pitié de nous.

Jésus-Christ, exaucez-nous.

Père céleste, qui êtes Dieu, ayez pitié de nous.

Dieu le Fils, Rédempteur du monde, ayez pitié de nous.

Esprit Saint, qui êtes Dieu, ayez pitié de nous.

Sainte Trinité, qui êtes un seul Dieu, ayez pitié de nous.

Sainte Marie, Mère de Dieu, reine et gloire du Carmel,

Sainte Térèse,

Vous que le Père adopta pour sa fille, du haut du ciel,

Épouse du Verbe Incarné, qui vous a donné pour douaire un clou de sa sainte Passion,

Demeure sacrée du Saint-Esprit,

Vous en qui l'adorable Trinité fit ses délices,

Tabernacle très-pur de la très-Sainte Eucharistie,

Vierge si dévouée à Marie et à Joseph,

Vierge morte à vous même et au monde, et crucifié avec Jésus-Christ,

Admirable rejeton du saint prophète Elie, et héritière de son double esprit,

Glorieuse réformatrice de l'Ordre du Carmel,

Vierge instruite par Dieu lui-même, et enrichie des trésors de l'éternelle sagesse,

Vierge séraphique, ardente fournaise de charité,

Colonne inébranlable de la foi Chrétienne,

Vierge brûlante de zèle pour le salut des âmes,

Qui vous obligeâtes par vœu de tendre à Dieu avec la plus grande perfection,

Vierge comblée de la surabondance des dons célestes,

Vierge, la gloire du Carmel,

O vous, dont le cœur s'éleva vers Dieu comme l'encens, par l'oraison,

Vierge admirable dans la contemplation, qui comme un aigle, avez regardé en face le soleil de Justice,

Vigne d'or par vos œuvres, et lys incom-

(marginal text left:) Sainte Térèse,   Sainte Térèse,

(marginal text right:) Priez pour nous.   Priez pour nous.

parable par votre angélique pureté,

Abeille mystique, toujours travaillant pour Dieu,

Victime perpétuelle de l'obéissance,

Splendeur de la pauvreté évangélique,

Eclat de la discipline monastique,

Martyre par votre désir de souffrir ou de mourir,

Jardin fermé de la solitude,

Abîme d'abnégation et d'humilité,

Miracle de pénitence et de patience,

Vraie colombe par la douceur et la simplicité,

Modèle de toutes les vertus et prodige des opérations divines,

Vierge dont le cœur fut transpercé par le dard du Séraphin,

Glorieuse triomphatrice des puissances de l'enfer,

Consommée dans l'amour de Dieu,

Règle vivante de la perfection du Carmel,

Sainte Térèse, (left margin) — *Priez pour nous.* (right margin)

Agneau de Dieu, qui effacez les péchés du monde, pardonnez-nous, Seigneur.

Agneau de Dieu, qui effacez les péchés du monde, exaucez-nous, Seigneur.

Agneau de Dieu, qui effacez les péchés du monde, ayez pitié de nous.

℣. Sainte Térèse, priez pour nous.

℟. Afin que nous soyons trouvés dignes des promesses de Jésus-Christ.

ORAISON.

Exaucez-nous, Seigneur, qui êtes notre salut, faites que, comme le souvenir de votre Bienheureuse Vierge Térèse, notre mère, nous remplit de joie, de même sa céleste doctrine soit notre nourriture, et son affectueuse piété notre douce instruction, par Jésus-Christ Notre-Seigneur. Ainsi soit-il.

LITANIES

DE SAINTE JEANNE-FRANÇOISE DE CHANTAL.

(Sa fête se célèbre le 21 août.)

Seigneur, ayez pitié de nous.

Jésus-Christ, ayez pitié de nous.

Seigneur, ayez pitié de nous.

Jésus-Christ, écoutez-nous.

Jésus-Christ, exaucez-nous.

Père céleste, qui êtes Dieu, ayez pitié de nous.

Dieu le Fils, Rédempteur du monde, ayez pitié de nous.

Esprit Saint, qui êtes Dieu, ayez pitié de nous.

Sainte Trinité, qui êtes un seul Dieu, ayez pitié de nous.

Sainte Marie, mère de Dieu, priez pour nous.

Sainte Vierge des Vierges, conçue sans la tâche du péché originel,

Sainte Jeanne-Françoise de Chantal,

Très-digne Mère des Visitandines,

Chaste et fidèle épouse de Jésus-Christ,

Fille chérie de la mère de Dieu,

Colonne inébranlable de l'Ordre de la Visitation,

Femme vraiment forte,

Pierre fondamentale de la maison de Dieu,

Palais de délices du céleste Époux,

Chaste et humble servante des malades,

Véritable mère des pauvres,

Consolatrice des affligés,

Colombe pacifique,

Victime de l'amour divin,

Holocauste de la plus suave odeur,

Modèle de perfection,

Guide très-prudent des Épouses de Jésus-Christ,

Miroir admirable de la vie spirituelle,

Embrasée du zèle le plus ardent pour le culte divin,

Passionnée pour la vie intérieure,

Remplie de la science des Saints,

Célèbre par votre foi, votre espérance et votre charité,

Le joie et la couronne de Saint François de Sales,

Digne parente du grand Saint Bernard,
Gloire de la France,
Splendeur de la Bourgogne,
Notre avocate auprès de Dieu,

Agneau de Dieu, qui effacez les péchés du monde, pardonnez-nous, Seigneur.

Agneau de Dieu, qui effacez les péchés du monde, exaucez-nous, Seigneur.

Agneau de Dieu, qui effacez les péchés du monde, ayez pitié de nous.

℣. Sainte Jeanne-Françoise de Chantal, priez pour nous,

℞. Afin que nous nous rendions dignes des promesses de Jésus-Christ.

℣. La grace a coulé de ses lèvres;

℞. C'est pourquoi Dieu l'a bénie éternellement.

ORAISON.

Dieu tout-puissant et miséricordieux, qui donnâtes au monde la bienheureuse Jeanne-Françoise, remplie de la force de votre ardent amour, et qui par elle avez voulu illustrer votre Eglise d'une nouvelle famille par ses soins formée; accordez-nous, par ses mérites et ses prières, que mettant notre confiance dans son intercession, nous pratiquions les vertus dont elle nous a donné l'exemple, et qui l'ont conduite où nous désirons et vous demandons d'arriver; par Jésus-Christ notre Seigneur. Ainsi soit-il.

LITANIES

DE SAINTE ANGÈLE DE MÉRICI.

(Sa fête se célèbre le 28 janvier.)

Seigneur, ayez pitié de nous.

Jésus-Christ, ayez pitié de nous.

Seigneur, ayez pitié de nous.

Jésus-Christ, écoutez-nous.

Jésus-Christ, exaucez-nous.

Père céleste, qui êtes Dieu, ayez pitié de nous.

Dieu le Fils, Rédempteur du monde, ayez pitié de nous.

Esprit Saint, qui êtes Dieu, ayez pitié de nous.

Sainte Trinité, qui êtes un seul Dieu, ayez pitié de nous.

Sainte Marie, mère de Dieu, priez pour nous.

Sainte Angèle,

Sainte Angèle,

Prévenue des grâces de Dieu des le berceau,

Adonnée à la pratique de toutes les vertus dès vos plus tendres années,

Qui avez toujours conservé une pureté sans tache,

Qui par votre amour pour la pureté avez mérité votre nom,

Priez pour nous.

Sainte Angèle,

Qui dès la première jeunesse avez fait vos délices de la solitude,

Qui dans la maison de vos parents avez mené une vie angélique,

Qui chaque jour avez porté sur votre corps la mortification de Jésus-Christ,

Qui avez eu le talent de concilier les cœurs les plus divisés,

Qui avez été douée du don de l'oraison et de la contemplation,

Qui avez plusieurs fois visité les lieux saints, en vous rappelant les traces pénibles de Jésus-Christ,

Qui avez glorieusement triomphé des illusions des démons,

Qui ne vous êtes point affligée de ce que vous étiez devenue aveugle en visitant les lieux saints,

Qui avez miraculeusement recouvré la vue dans l'île de Candie,

Que l'amour de Dieu a blessée, et que ce même amour a guérie,

Modèle de vraie humilité et d'abnégation parfaite,

Qui avez vu une échelle mystérieuse semblable à celle de Jacob,

Choisie de Dieu pour être la mère de tant de saintes Vierges,

Fondatrice d'un ordre très-illustre sous le nom de sainte Ursule,

Priez pour nous.

Qui, remplie de joie, avez rendu votre
  âme dans la paix du Seigneur,
Dont le corps après la mort est demeuré
  incorruptible,
Agneau de Dieu, qui effacez les péchés du
  monde, pardonnez-nous, Seigneur.
Agneau de Dieu, qui effacez les péchés du
  monde, exaucez-nous, Seigneur.
Agneau de Dieu, qui effacez les péchés du
  monde, ayez pitié de nous.
℣. Priez pour nous, bienheureuse Angèle.
℟. Afin que nous ressentions les effets de
  votre puissante protection auprès de Dieu.

ORAISON.

O Dieu, qui par la bienheureuse Angèle
avez enrichi votre Eglise d'un nouvel ordre
de Vierges consacrées à votre service, faites
que, par son intercession et à son exemple,
nous menions une vie angélique afin qu'après
avoir foulé aux pieds les joies de la terre nous
puissions goûter en paix des délices des
Cieux. Par Jésus-Christ Notre-Seigneur.

LITANIES
DE LA BIENHEUREUSE MARIE DE
L'INCARNATION.

(Sa fête se célèbre le 18 avril.)

Seigneur, ayez pitié de nous.

Jésus-Christ, ayez pitié de nous.

Seigneur, ayez pitié de nous.

Jésus-Christ, écoutez-nous.

Jésus-Christ, exaucez-nous.

Père céleste, qui êtes Dieu, ayez pitié de nous.

Dieu le Fils, Rédempteur du monde, ayez pitié de nous.

Esprit Saint, qui êtes Dieu, ayez pitié de nous.

Sainte Trinité, qui êtes un seul Dieu, ayez pitié de nous.

Sainte Marie, reine du Mont-Carmel, priez pour nous.

Bienheureuse Marie de l'Incarnation,

Gloire de la France, votre patrie,

Ornement du Carmel,

Digne fille de sainte Térèse,

Pieuse confidente des secrets de saint François de Sales,

Femme véritablement forte,

Modèle des épouses et des mères chrétiennes,

Ferme dans votre foi au milieu de la défection générale,

Dévorée du zèle de la maison de Dieu,

Puissante en œuvres et en paroles,

Bienfaitrice insigne des temples du Seigneur,

Fondatrice des couvents et monastères,

Providence des apôtres et des évêques,
Soutien des indigents et des pauvres,
Consolation des infirmes et des affligés,
Brûlante d'amour envers Jésus-Christ,
Servante dévouée de la Mère de Dieu
Modeste dans la prospérité,
Résignée dans les revers,
Patiente dans les maladies,
Admirable dans le monde,
Plus admirable encore dans le cloître,
Glorieuse dans les Cieux,

(Bienheureuse Marie. — Priez pour nous.)

Agneau de Dieu, qui effacez les péchés du monde, pardonnez-nous, Seigneur.

Agneau de Dieu, qui effacez les péchés du monde, exaucez-nous, Seigneur.

Agneau de Dieu, qui effacez les péchés du monde, ayez pitié de nous.

℣. Priez pour nous, bienheureuse Marie de l'Incarnation,

℟. Afin que nous soyons dignes des promesses de Jésus-Christ,

ORAISON.

Seigneur, qui avez donné à la France, notre patrie, un modèle achevé de toutes les vertus et une puissante protectrice dans la bienheureuse Marie de l'Incarnation, votre fidèle servante; faites qu'à son exemple, nous méprisions les choses de la terre, et nous n'ayons du goût que pour celles du Ciel. Par Notre-Seigneur Jésus-Christ.

LITANIES

DE LA BIENHEUREUSE MARIANNE DE PARÉDÈS.

(Sa fête se célèbre le 2 juin.)

Seigneur, ayez pitié de nous.
Jésus-Christ, ayez pitié de nous.
Seigneur, ayez pitié de nous.
Jésus-Christ, écoutez-nous,
Jésus-Christ, exaucez-nous.
Père céleste, qui êtes Dieu, ayez pitié de nous.
Dieu le Fils, Rédempteur du monde, ayez pitié de nous.
Esprit Saint, qui êtes Dieu, ayez pitié de nous.
Sainte Trinité, qui êtes un seul Dieu, ayez pitié de nous.
Sainte Marie, reine des Vierges, priez pour nous.
Bienheureuse Marianne,
    Qui dans la plus tendre enfance étiez déjà parvenue à une haute sainteté,
    Qui étiez un prodige de candeur et d'innocence,

Qui brûliez pour Dieu de la charité la
plus vive et la plus ardente,

Qui faisiez vos plus chères délices de la
prière et de la méditation des vérités
éternelles,

Qui étiez toute spécialement dévouée au
culte et au service de la Mère de Dieu,

Qui mettiez le plus grand zèle à défendre le privilége auguste de son Immaculée Conception,

Qui vous consacrâtes à Dieu sans réserve
et sans partage,

Qui, ne pouvant, suivant les désirs de
de votre cœur, vous abriter à l'ombre
du cloître, voulûtes cependant, au milieu même du monde, faire les trois
vœux de pauvreté, de chasteté et
d'obéissance perpétuelle,

Qui brûliez du désir d'annoncer l'Evangile aux Infidèles et de verser votre
sang pour la foi,

Qui, au sein du tumulte du siècle et au
milieu des distractions du monde,
sûtes imiter la vie solitaire des Pères
du désert,

Qui étiez un prodige de pénitence, de
mortification et d'austérité,

Qui fîtes à Dieu le sacrifice de votre vie
pour le salut de votre patrie désolée
par la peste,

Bienheureuse Marianne,

Priez pour nous.

Qui reçûtes du ciel le don de prophétie,

Qui guérissiez les malades et convertissiez les pécheurs impénitents,

Qui rappelâtes à la vie une femme morte
depuis deux jours,

Qui rendîtes à Dieu votre belle âme
aussi pure qu'au jour de votre baptême,

Dont le sang fut la semence miraculeuse d'un lis de la plus éclatante
blancheur,

Lis de Quito,

Gloire de l'Amérique,

Modèle des Vierges chrétiennes vivant
dans le monde,

Bienheureuse Marianne,

Priez pour nous.

Agneau de Dieu, qui effacez les péchés du
monde, pardonnez-nous, Seigneur.

Agneau de Dieu, qui effacez les péchés du
monde, exaucez-nous, Seigneur.

Agneau de Dieu, qui effacez les péchés du
monde, ayez pitié de nous.

℣. Priez pour nous, bienheureuse Marianne,

℟. Afin que nous nous rendions dignes des
promesses de Jésus-Christ,

ORAISON.

O Dieu, qui, au milieu même des en-
chantements du siècle, avez voulu faire
fleurir, par sa chasteté virginale et sa péni-
ence étonnante, la bienheureuse Marianne

comme le lis au milieu des épines; faites que, par ses mérites et son intercession, nous nous éloignons des sentiers du vice pour suivre les voies de la perfection. Par Notre-Seigneur Jésus-Christ,

LITANIES

Pour demander à Dieu le soulagement des Ames du Purgatoire.

Seigneur, ayez pitié de nous.

Jésus-Christ, ayez pitié de nous.

Seigneur, ayez pitié de nous.

Jésus-Christ, écoutez-nous.

Jésus-Christ, exaucez-nous.

Père céleste, qui êtes Dieu, ayez pitié de nous.

Dieu le Fils, Rédempteur du monde, ayez pitié de nous.

Esprit Saint, qui êtes Dieu, ayez pitié de nous.

Sainte Trinité, qui êtes un seul Dieu, ayez pitié de nous.

Sainte Marie, priez pour les fidèles trépassés,

Sainte Mère de Dieu,

Sainte Vierge des vierges,

Saint Michel,

Saints Anges et saints Archanges,

Saint Jean Baptiste,
Saint Pierre et Saint Paul,
Saint Jean,
Saints Apôtres et saints Evangélistes,
Saint Etienne,
Saint Laurent,
Saints Martyrs,
Saint Grégoire,
Saint Ambroise,
Saints Pontifes et saints Confesseurs,
Sainte Marie-Madeleine,
Sainte Catherine,
Saintes Vierges et saintes Veuves,
Saints et Saintes de Dieu, intercédez pour
   les fidèles trépassés,
Soyez-leur propice, pardonnez-leur, Sei-
   gneur,
Soyez-leur propice, exaucez-les, Seigneur,
De tout mal délivrez-les, Seigneur,
De votre colère,
De la puissance des démons,
Des flammes vengeresses,
Des sombres régions de la mort,
Par votre Sainte Incarnation,
Par votre Naissance,
Par votre très-doux nom,
Par l'infinité de vos miséricordes,
Par votre douloureuse passion,
Par vos saintes plaies,
Par votre sang précieux,

Priez pour les fidèles trépassés.

Délivrez-les, Seigneur.

Par votre agonie et votre mort qui nous a donné la vie,

Pauvres pécheurs, nous vous prions, Seigneur, exaucez-nous,

O vous qui avez pardonné à Madeleine et exaucé le bon Larron,

O vous qui sauvez par une miséricorde toute gratuite,

Daignez délivrer nos parents, nos proches et nos bienfaiteurs des peines de l'enfer,

Daignez préserver tous les fidèles trépassés de la condamnation éternelle,

Ayez pitié des fidèles trépassés dont on fait spécialement mémoire sur la terre, et de ceux qui sont oubliés,

Daignez leur pardonner et usez d'indulgence à leur égard,

Daignez satisfaire à l'accomplissement de leurs désirs,

Afin qu'ils soient conduits au ciel par les légions des Anges,

Afin que l'assemblée des Patriarches et des Prophètes s'avance à leur rencontre,

Afin qu'ils soient reçus par le glorieux sénat des Apôtres,

Afin que la troupe illustre des Martyrs tromphants les entoure de joie,

Afin que la sainte cohorte des Confesseurs les admette dans son sein.

Nous vous prions, exaucez-nous, Seigneur.

Afin qu'ils soient escortés des chœurs innocents des Vierges,

Afin qu'ils retournent vers leur auteur qui les forma du limon de la terre,

Afin que votre abord, ô doux Jésus, leur soit plein de bonté et de clémence,

Afin que vous les receviez à votre droite en la communauté de vos élus,

Dieu le fils, source de grâces et d'amour,

O Roi, dont la majesté est si redoutable et la miséricorde infinie,

Exaucez-nous, Seigneur.

Agneau de Dieu, qui effacez les péchés du monde, pardonnez-nous, Seigneur

Agneau de Dieu, qui effacez les péchés du monde, exaucez-nous, Seigneur.

Agneau de Dieu, qui effacez les péchés du monde, ayez pitié de nous.

℣. Daignez accorder, Seigneur, le repos éternel, à tous les fidèles défunts,

℟. Et que nos prières s'élèvent jusqu'à vous.

ORAISON.

O Dieu, qui avez créé et racheté tous les fidèles, accordez aux âmes de vos serviteurs et de vos servantes la rémission de tous leurs péchés, et faites que nos humbles prières leur obtiennent le pardon qu'elles ont toujours souhaité de votre immense miséricorde, ô vous qui vivez et régnez dans tous les siècles des siècles. Ainsi soit-il.

LITANIES

Pour demander une bonne mort.

Seigneur, ayez pitié de nous.

Jésus-Christ, ayez pitié de nous.

Seigneur, ayez pitié de nous.

Jésus-Christ, écoutez-nous.

Jésus-Christ, exaucez-nous.

Dieu le Père, Créateur des esprits célestes, ayez pitié de nous.

Dieu le Fils, Rédempteur du monde, ayez pitié de nous.

Dieu le Saint-Esprit, ayez pitié de nous.

Trinité sainte, qui êtes un seul Dieu, ayez pitié de nous.

Sainte Marie, mère de Dieu, priez pour nous, et obtenez-nous une bonne mort.

Sainte Marie, refuge des pécheurs, secours des chrétiens, porte du Ciel, priez, etc.

Sainte Marie, qui avez assisté à la mort de votre Fils Jésus, et qui l'avez vu expirer sur la croix,

Sainte Marie, qui obtenez à vos fidèles serviteurs la grâce de la persévérance finale,

Saint Joseph, Père nourricier de Jésus-Christ, et époux de la Sainte Vierge, qui avez rendu l'esprit entre leurs bras,

Priez pour nous, etc.

Saint Michel, saint Gabriel, saint Raphaël, nos saints Anges gardiens, tous les Anges du Paradis,

Saint Jean-Baptiste, tous les Patriarches et les Prophètes,

Saint Pierre et saint Paul, saint Jean l'Evangéliste, tous les saints Apôtres, Evangélistes et Disciples du Seigneur,

Saint Etienne saint Laurent, tous les saints martyrs de Jésus-Christ,

Saint Sylvestre saint Grégoire, tous les saints Pontifes et Confesseurs,

Saint Antoine, saint Benoît, saint François, tous les saints Prêtres et Lévites, Moines et Ermites,

Sainte Marie-Madeleine, toutes les saintes Femmes qui avez assisté à la mort de Jésus,

Sainte Agathe, sainte Agnès, sainte Barbe, toutes les saintes Vierges et Veuves,

Tous les Saints et toutes les Saintes de Dieu,

Priez pour nous, et obtenez-nous une bonne mort.

Agneau de Dieu, qui effacez les péchés du monde, pardonnez-nous, Seigneur.

Agneau de Dieu, qui effacez les péchés du monde, exaucez-nous, Seigneur.

Agneau de Dieu, qui effacez les péchés du monde, ayez pitié de nous, Seigneur.

ORAISON.

O Jésus, mon Dieu, mon juge et mon Sauveur, c'est à vous que je m'adresse quelque indigne que je sois d'être exaucé. Purifiez-moi de mes péchés par une véritable et sincère contrition : fortifiez-moi pour accomplir vos saints commandements, et pour suivre en tout votre adorable volonté. Faites enfin que pendant la vie je vous sois uni par une charité ardente afin de l'être encore plus à la mort et pendant toute l'éternité. Je vous le demande par les travaux de votre vie, par les opprobres et les tourments de votre Passion, et par votre mortsi cruelle et si douloureuse. Ainsi soit-il.

A LA SAINTE VIERGE MARIE.

Nous vous supplions, ô très-sainte Mère de Dieu, par le glaive de douleur qui perça votre âme dans la passion et à la mort de votre cher Fils, de nous prendre sous votre protection et de nous défendre des ennemis de notre salut, maintenant et à l'heure de notre mort. Ainsi soit-il.

A SAINT JOSEPH.

Très-saint et très-glorieux Patriarche saint Joseph, qui avez eu la plus belle de toutes les morts, obtenez-nous la grâce de mourir comme vous, entre les bras de Jésus et de Marie, afin que nous jouissions avec vous de leur compagnie dans le Ciel. Ainsi soit-il.

A SAINTE BARBE.

Sainte Barbe, illustre martyre de la Foi, qui obtenez à ceux qui vous invoquent, la grâce de ne point sortir de ce monde sans avoir reçu les derniers sacrements, nous vous supplions très-humblement de nous procurer cette faveur, afin que nous puissions chanter un jour avec vous les louanges de Dieu dans le Paradis, où Jésus-Christ vit et règne avec Dieu son Père et le Saint-Esprit dans les siècles des siècles. Ainsi soit-il.

ᘓᘓᘓᘓᘓᘓᘓᘓᘓᘓᘓᘓᘓᘓᘓᘓᘓᘓᘓᘓᘓᘓᘓᘓᘓᘓᘓ

PRIÈRE

Que récitait le Pape Benoît XIII pour obtenir de Dieu la grâce de ne pas mourir de mort subite.

O très-miséricordieux Seigneur Jésus! Par votre agonie et votre sueur de sang, par votre mort, délivrez-moi, je vous en prie, de la mort subite et imprévue.

O très bon Jésus! par les très-douloureux et très-ignominieux tourments de la flagellation et du couronnement d'épines, par votre croix et votre passion si amère, par votre bonté, je vous prie très-humblement de ne pas permettre que je meure subitement, ni que je passe de cette vie à l'autre sans recevoir les Sacrements de l'Église.

O très-aimable Jésus, mon Seigneur et mon Dieu, par toutes vos douleurs et vos souffrances, par vos plaies sacrées, par ces dernières paroles que vous avez prononcées sur la croix : *Mon Dieu, mon Dieu, pourquoi m'avez-vous abandonné?* et par ce grand cri que vous avez poussé : *Mon père, je remets mon esprit entre vos mains,* je vous prie très-ardemment de ne pas me retirer subitement de ce monde.

Je suis la créature de vos mains, ô mon Rédempteur ; et vous m'avez formé entièrement. Ah ! de grâce ! ne me frappez pas à l'improviste ; donnez-moi, je vous en supplie, du temps pour faire pénitence ; accordez-moi un heureux passage de cette vie au Ciel, afin que je vous aime de tout mon cœur, que je vous loue et vous bénisse dans tous les siècles des siècles. Ainsi soit-il.

PRIÈRE
DE MADAME ÉLISABETH.

Que m'arrivera-t-il, ô mon Dieu ! je n'en sais rien. Tout ce que je sais, c'est qu'il

ne m'arrivera rien que vous n'ayez prévu,
ou ordonné de toute éternité. Cela me suffit
ô mon Dieu ! cela me suffit. J'adore vos
décrets éternels et impénétrables; je m'y
soumets de tout mon cœur pour l'amour de
vous.

Je veux tout, j'accepte tout, je vous fais le
sacrifice de tout, et j'unis ce sacrifice à celui
de Jésus-Christ mon divin Sauveur. Je vous
demande en son nom et par ses mérites
infinis, la patience dans mes peines et la
soumission parfaite qui vous est due pour
tout ce que vous voulez et permettez.

LITANIES

DE LA BONNE MORT

*Composées par une demoiselle protestante
convertie.*

Seigneur Jésus, Dieu de bonté, Père des
miséricordes, je me présente devant vous,
avec un cœur humilié, brisé et confondu ;
je vous recommande ma dernière, heure et
ce qui doit la suivre.
Quand mes pieds immobiles m'avertiront
que ma course en ce monde est prête à
finir, miséricordieux Jésus, ayez pitié de
moi.

Quand mes yeux, obscurcis et troublés par les approches de la mort, porteront leurs regards tristes et mourants vers vous, miséricordieux Jésus, ayez pitié de moi.

Quand mes lèvres froides et tremblantes prononceront pour la dernière fois votre adorable Nom, miséricordieux Jésus, ayez pitié de moi.

Quand mes joues pâles et livides inspireront aux assistants la compassion et la terreur, et que mon front baigné des sueurs de la mort annoncera ma fin prochaine, miséridieux Jésus, ayez pitié de moi.

Quand mes oreilles, prêtes à se fermer pour toujours aux discours des hommes, n'entendront qu'à peine les courtes aspirations que l'on me suggérera pour m'unir à vous, miséricordieux Jésus, ayez pitié de moi.

Quand mon esprit, troublé par la vue de mes iniquités et par la crainte de votre justice, luttera contre l'Ange des ténèbres, qui voudrait me dérober la vue de vos miséricordes et me jeter dans le désespoir, miséricordieux Jésus, ayez pitié de moi.

Quand mon faible cœur, accablé par la douleur de la maladie, sera saisi des terreurs de la mort et épuisé par les efforts qu'il aura faits contre les ennemis de son salut, miséricordieux Jésus, ayez pitié de moi.

Quand je verserai mes dernières larmes, symptômes de ma destruction, recevez-les en sacrifice d'expiation, afin que j'expire comme une victime de la pénitence ; et dans ce terrible moment, miséricordieux Jésus, ayez pitié de moi.

Quand mes parents et mes amis, assemblés autour de moi, s'attendriront sur mon état et vous invoqueront pour moi, miséricordieux Jésus, ayez pitié de moi.

Quand j'aurai perdu l'usage de tous mes sens, que le monde entier aura disparu pour moi, et que je serai dans les oppressions de ma dernière agonie et dans le travail de la mort, miséricordieux Jésus, ayez pitié de moi.

Quand les derniers soupirs de mon cœur presseront mon âme de sortir de mon corps, recevez-les comme venant d'une sainte impatience d'aller à vous ; miséricordieux Jésus, ayez pitié de moi.

Quand mon âme sur le bord de mes lèvres, sortira pour toujours de ce monde, et laissera mon corps, pâle, glacé et sans vie, acceptez la destruction de mon être, comme un hommage que je veux rendre à votre divine Majesté : miséricordieux Jésus, ayez pitié de moi.

Enfin, quand mon âme paraîtra devant vous et que vous la jugerez sur toutes ses œu-

vres, ne la rejetez pas de devant votre face,
mais, ô miséricordieux Jésus, ayez pitié de
moi. Ainsi soit-il.

LITANIES

Pour être délivré des fléaux épidémiques

Seigneur, ayez pitié de nous.
Jésus-Christ, ayez pitié de nous.
Seigneur, ayez pitié de nous.
Jésus-Christ, écoutez-nous.
Jésus-Christ, exaucez-nous,
Père céleste, qui êtes Dieu, ayez pitié de
    nous.
Dieu le Fils, Rédempteur du monde, ayez
    pitié de nous.
Esprit Saint, qui êtes Dieu, ayez pitié de
    nous.
Sainte Trinité, qui êtes un seul Dieu ayez
    pitié de nous.
Cœur sacré de Jésus-Christ Notre Seigneur,
    ayez pitié de nous.
Sainte Marie, Mère de toute consolation, priez
    pour nous.
Saint Joseph,
Saint Roch,
Saint Sébastien,
Saint Christophe,

Priez, etc.

Saint Adrien,
Saint Sylvestre,
Saint Grégoire-le-Grand,
Saint Martin,
Saint Ambroise,
Saint François d'Assise,
Saint Nicolas,
Saint Antoine de Padoue,
Saint Bernard,
Saint Charles Borromée,
Saint François-Xavier,
Saint Louis de Gonzague,
Saint Camille de Lellis,
Sainte Anne,
Sainte Marthe,
Sainte Rosalie,
Sainte Barbe,
Sainte Rose de Viterbe,
Sainte Gertrude,
Sainte Geneviève,

Priez pour nous.

Agneau de Dieu, qui effacez les péchés du monde, pardonnez-nous, Seigneur.

Agneau de Dieu, qui effacez les péchés du monde, exaucez-nous, Seigneur,

Agneau de Dieu, qui effacez les péchés du monde, ayez pitié de nous, Seigneur.

ORAISONS.

Accordez-nous, Seigneur, les grâces que nous vous demandons et détournez de nous les fléaux qui nous menacent; afin que nous reconnaissions qu'ils proviennent de votre indignation que nous nous sommes attirée par nos péchés, et qu'ils peuvent cesser par un effet de votre miséricorde.

O Dieu, qui êtes toujours prêt à vous laisser fléchir et à pardonner, daignez exaucer nos prières, et nous délivrer, ainsi que tous vos serviteurs, de l'esclavage du péché par un don gratuit de votre miséricordieuse bonté.

Exaucez, Seigneur, les très-humbles prières de ceux qui s'adressent à vous; et remettez les péchés de ceux qui les confessent, afin que nous recevions en même temps de votre bonté le pardon de nos offenses et la véritable paix.

O Dieu, que le péché irrite, et que le repentir apaise, daignez écouter favorablement la prière de votre peuple prosterné à vos pieds et détournez les fléaux de votre colère que méritent nos offenses. Nous vous en conjurons par notre Seigneur Jésus-Christ. Ainsi soit-il.

BÉNÉDICTIONS

A Notre-Seigneur Jésus-Christ au Saint-Sacrement de l'Autel,

APRÈS LA COMMUNION

Composées en latin par Mgr D'Authier-de-Sisgau, évéque de Bethléem et fondateur des Missionnaires du Saint-Sacrement.

I.

Louons et bénissons notre Seigneur Jésus-Christ, parce qu'il a aimé les siens jusqu'à mourir pour eux.

Qui pour notre salut et celui de tous s'offre continuellement à son père.

Qui est réellement sacrificateur et victime.

Qui dés l'aurore jusqu'au déclin du jour s'offre en sacrifice.

Qui nous a donné de son amour le gage le plus authentique.

Qui a opéré des prodiges ineffables et bien au dessus de toutes les puissances de notre intelligence.

Qui étant Dieu obéit néammoins aux paroles de l'homme.

Qui a conféré aux prêtres le pouvoir de

changer le pain en sa chair sacrée et le vin en son sang précieux.

Qui par les mains de ses ministres se donne à tous les chrétiens et ne cesse malgré leur crimes de leur prodiguer ses bienfaits.

Qui a donné aux hommes un pouvoir que les anges ne peuvent exercer.

II.

Louons et bénissons notre Seigneur Jésus-Christ, roi des rois, dominateur des dominateurs.

Qui nous entoure des trésors de sa douceur et de ses miséricordes.

Qui comble nos désirs de tous biens.

Qui a établi parmi nous le règne de Dieu.

Qui se voile sous les ombres des espèces sacramentelles.

Dont la majesté remplit nos autels et nos temples.

Qui, caché dans les profondeurs du tabernacle, nous manifeste néanmoins sa présence.

Qui, suprème régulateur de toutes choses, se laisse gouverner.

Qui, pesant dans le creux de sa main la masse de la terre et des cieux, se laisse toucher par les mains du prêtre.

Qui, souverain dominateur de toutes choses, se soumet au vouloir des hommes.

Qui à cause de ses élus supporte patiemment les outrages et les mépris des impies.

Qui se donne en aliment aux bons et aux méchants.

Qui demeurera avec nous jusqu'à la consommation des siècles.

III

Louons et bénissons notre Seigneur Jésus Christ et notre aimable Sauveur.

Qui a payé notre rançon avec abondance et largesse.

Qui a répandu son sang pour la rémission de nos péchés.

Qui dans le sacrement de l'Eucharistie nous donne le même sang qu'il versa sur le Calvaire.

Qui, ayant souffert les tourments de la croix, souffre encore au sacrement de l'autel les outrages et les froideurs des méchants.

Qui voulut être couronné d'épines pour nous procurer la couronne de gloire.

Qui se laissa percer de clous, afin que nous nous attachions à lui seul.

Qui a réuni dans le sacrement de l'autel les intarissables trésors de sa passion.

Louons et bénissons N.-S. J.-C.

Qui nous a fait un don qui les contient tous.

Qui nous a préparé une nourriture fortifiante contre les attaques de nos ennemis.

Qui nous a donné sa chair et son sang pour gage de l'alliance éternelle qu'il a faite avec nous.

IV.

Louons et bénissons Notre-Seigneur Jésus-Christ, bon pasteur, qui a livré son âme pour nous.

Dont l'amour nous parle sans cesse et bien haut dans le sacrement de l'autel, abrégé de ses merveilles et de ses miséricordes.

Dont la force et la puissance nous conduiront au bonheur de l'éternité, si nous lui restons fidèles.

Qui nous défend contre la rage des loups infernaux, en se donnant en nourriture à ceux qui le chérissent.

Qui nourrit et sanctifie nos âmes en embrasant nos cœurs d'un feu céleste.

Qui laisse les quatre vingt-dix neuf brebis fidèles pour courir après celle qui s'égare.

Qui l'ayant trouvée, cette brebis égarée, la réchauffe et la fortifie dans son Sacrement.

Louons et bénissons N.-S.-J.-C.,

Qui assis dans le ciel à la droite du Père Eternel, gouverne sur la terre les brebis de l'Eglise.

Qui a donné le baiser de paix à tant d'enfants prodigues, ne dédaignant pas de les combler de tous les dons du ciel.

Qui fortifie nos âmes défaillantes et donne l'immortalité à nos corps.

Qui par les liens de son immense charité nous unit tous dans son cœur.

V.

Louons et bénissons notre Seigneur Jésus-Christ, pain de vie, qui descendit du Ciel : aimons-le, louons-le, exalton s-le, durant les siècles des siècles.

L'Agneau qui a été immolé pour nous et qui nous a purifiés dans son sang.

Hostie très-aimable et infiniment adorable.

Qui par le sacrement de son amour change le corps de notre fragile humanité, en un corps resplendissant de célestes clartés.

Fils unique du Père, que Dieu donna au monde dans l'excès de son amour pour les hommes.

Seconde personne de la divine Trinité, pour l'immense profusion qu'il fait de

Louons et bénissons N.-S.-J.-C.

sa chair sacrée et de son sang précieux.

Souverainement saint, tout puissant par excellence, qui seul a opéré tant de merveilles.

Roi immortel, invisible et seul Dieu des siècles, à qui sont dus tout honneur et toute gloire.

VI.

Prosternons-nous devant l'immense majesté de Dieu, notre Créateur et Sauveur, aimons-le, louons-le, et exaltons-le durant les siècles des siècles.

Célébrons ses louanges, consacrons des hymnes d'amour à notre Sauveur caché sous les espèces eucharistiques, parce qu'il nous a aimé jusqu'à mourir pour nous.

Jésus, ô mon amour! gloire à vous, qui pour la durée des siècles et pour notre amour résidez sous les saintes espèces au sacrement de l'autel.

Aimable sacrement de l'Eucharistie, qui contenez mon Jésus, mon Sauveur, mon Dieu, à vous dans tous les âges du monde, gloire, respect et louanges.

A mon Jésus, caché sous les apparences du pain et du vin, bénédictions, louanges, honneurs, sagesse, force, vertus, éternelles actions de grâce.

Que devant la majesté de cet auguste sacrement tout genou fléchisse au ciel, sur la terre, aux enfers.

Et que toute langue transportée d'amour et de vénération, confesse que notre Seigneur Jésus-Christ est véritablement, réellement et substantiellement présent au très adorable sacrement de l'autel. Ainsi soit-il.

PRIÈRE

SELON LES INTENTIONS DU SOUVERAIN PONTIFE

Pour gagner une Indulgence Plénière.

—

A la visite d'une église, lorsqu'on veut s'appliquer à soi-même l'Indulgence, on peut réciter la prière qui suit :

Mon Seigneur Jésus-Christ, je reconnais et je crois que vous avez laissé à la sainte Église le riche trésor des saintes Indulgences pour le profit spirituel des fidèles. Je reconnais qu'elle ouvre et dispense en cette occasion ses richesses spirituelles en faveur de ceux qui avec les dispositions requises visitent cette église et y prient selon les pieuses intentions des Souverains Pontifes, c'est-à-dire, pour la conversion des infidèles, pour l'exaltation de notre mère la Sainte Eglise, pour le retour des hérétiques, pour la paix et la concorde entre les princes chrétiens et pour les autres fins proposées. C'est dans cette intention que je veux prier pendant cette visite, afin de gagner cette sainte indulgence que j'espère obtenir, et que j'applique au profit de mon âme et pour la rémission des peines temporelles que j'ai méritées par mes péchés sans nombre.

Si l'on veut appliquer l'Indulgence pour un ou plusieurs défunts, l'on ajoute la prière suivante que l'on met au singulier ou au pluriel:

O mon Jésus, si vous daignez m'accorder cette sainte Indulgence, je vous l'offre pour les âmes décédées, envers lesquelles j'ai des obligations particulières de justice ou de charité. Je l'applique pour la satisfaction des peines qu'elles ont méritées, afin de hâter leur sortie du Purgatoire et leur entrée dans le Paradis.

Ensuite on récite les prières suivantes pour les besoins de l'Eglise et selon les intentions de N. S. Père le Pape;

Seigneur, je prie pour la Sainte Eglise

votre épouse et ma mère. Souvenez-vous que vous avez répandu votre sang divin, afin qu'elle fut sans rides et sans tâches. Daignez donc purifier et sanctifier tous ses membres, en éloignant d'elle tout scandale et tout péché. Ne permettez pas qu'elle soit méprisée ou avilie. Dirigez-la vous même, conservez-la, exaltez-la parmi toutes les nations, étendez son empire dans tout le monde. *Ut Ecclesiam tuam sanctam regere et conservare digneris, te rogamus audi nos.*

Pater noster, Ave Maria, Gloria Patri.

Seigneur, ayez pitié de la malheureuse chrétienté. Elle est le champ où vous et vos Apôtres avez semé la doctrine évangélique. Mais voyez quelle ivraie d'erreurs l'ennemi est venu semer par-dessus. Combien de peuples, combien d'états sont infectés par l'hérésie! Et qui peut arracher cette ivraie maudite, qui monte toujours dans son orgueil pour étouffer le bon grain de la vérité catholique? Ah! quel autre peut le faire, si ce n'est vous, qui êtes tout puissant? Humiliez tant d'hérétiques qui troublent votre église, et faites que, l'erreur dissipée, tous les hommes croient d'une foi vive en vous et à vous, et qu'ils ne s'éloignent jamais plus de tout ce que l'Eglise nous enseigne pour éclairer notre foi et diriger nos mœurs. *Ut inimicos sanctæ Ecclesiæ humiliare digneris, te rogamus audi nos.*

Pater noster, Ave Maria, Gloria Patri.

Seigneur, en venant au monde, vous avez apporté la paix sur la terre et l'avez fait annoncer au monde par la bouche des Anges. Vous qui êtes le Prince de la paix, répandez parmi les princes chrétiens l'esprit d'union et de concorde, et faites qu'ils gouvernent leurs sujets dans la sainteté et la justice. Réconciliez encore et unissez les cœurs de tous les fidèles dans les saints nœuds de la charité et de l'amour, afin que, réunissant leurs efforts, ils défendent la Religion Catholique contre tous ses ennemis. *Ut regibus et principibus christianis pacem et veram concordiam donare digneris, te rogamus audi nos.*

Pater, Ave, Gloria Patri.

Suprême et éternel pasteur des âmes, Jésus, protégez votre Vicaire sur la terre et notre Pontife Souverain. Dirigez-le, illuminez-le, fortifiez-le, défendez-le, assistez-le, afin qu'il puisse gouverner sagement la Sainte Eglise.

Oremus pro Pontifice nostro N.

Dominus conservet eum, et vivificet eum, et beatum faciat eum in terra, et non tradat eum in animam inimicorum ejus.

Pater, Ave, Gloria Patri.

QUINZAINE DE PRIÈRES

COMPOSÉES PAR SAINT PIE V

EN L'HONNEUR DE LA

PASSION DE NOTRE - SEIGNEUR JÉSUS - CHRIST

POUR

Demander des Grâces particulières.

Le pieux exercice dont nous allons parler, a été pratiqué par le pape saint Pie V. On doit le commencer un vendredi, le continuer pendant quinze jours, et, le quinzième jour, qui est encore le vendredi, dire ou faire dire une messe de la Passion.

Voici les prières que saint Pic V avait coutume de réciter :

Jésus-Christ, mon Seigneur Crucifié, fils de la Bienheureuse Vierge Marie, ouvrez vos oreilles et écoutez-moi, ainsi que vous écoutâtes votre Père Éternel sur le Mont Thabor.

Credo in Deum.

Jésus-Christ, mon Seigneur Crucifié, fils de la B. Vierge Marie, ouvrez vos yeux et regardez-moi, ainsi que vous regardâtes du haut de la Croix votre Mère chérie, affligée par la douleur.

Credo in Deum.

Jésus-Christ, mon Seigneur Crucifié, fils de la B. Vierge Marie, ouvrez votre bouche et parlez-moi, ainsi que vous parlâtes à saint Jean l'Évangéliste, lorsque vous le donnâtes pour fils à Marie votre très-chère Mère.

Credo in Deum.

Jésus-Christ, mon Seigneur Crucifié, fils de la B. Vierge Marie, ouvrez vos bras sacrés, et embrassez-moi, ainsi que vous les ouvriles sur l'Arbre de la Croix pour embrasser tout le genre humain .

Credo in Deum.

Jésus-Christ mon Seigneur Crucifié, fils de la B. Vierge Marie, ouvrez votre Sacré-Cœur, et recevez le mien, et accordez-moi ce que je vous demande, si telle est votre très-sainte volonté,

Credo in Deum.

On peut y joindre l'antienne de saint Pie V :

ANTIENNE.

Saint Pie V, Pasteur admirable, souvenez-vous de votre troupeau, et tenez-vous devant le Souverain Juge pour défendre la cause de vos fidèles.

ỷ. Priez pour nous, Saint Pie.

℟. Afin que nous soyons dignes des promesses de J.-C.

ORAISON.

O Dieu, qui avez daigné choisir le grand Pontife Saint Pie V, pour écraser les ennemis de votre Église et restaurer le culte divin, faites que nous soyons protégés par son intercession et que nous nous attachions à votre service, afin que, surmontant toutes les embûches des ennemis, nous jouissions de la paix éternelle. Par J.-C.-N.-S.

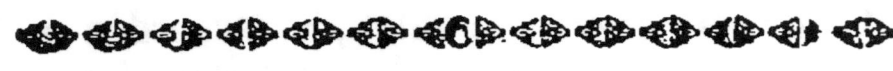

DÉVOTES ORAISONS

A SAINT JOSEPH

Pour implorer sa protection dans tous nos besoins.

(*Extrait de l'Opuscule* Pratiche di pietà in onore del glorioso Patriarcha S. Giuseppe *imprimé à Rome en 1856 avec la permission du Maître du S. Palais et de Monseigneur le Vice-Gérent*).

I

Au milieu des misères de cette vallée de larmes, à qui pourrions-nous avoir recours, sinon à vous, glorieux Patriarche? Marie, votre aimable épouse, vous confia son plus riche trésor, afin qu'il fut par vous conservé en notre faveur. Allez à mon époux Joseph, semble nous dire cette auguste Vierge, et il vous consolera, et, en vous soulageant des maux qui vous oppriment, il vous rendra la joie et le bonheur. Ayez donc, ô Saint Joseph, ayez compassion de nous, nous vous le demandons par l'amour si grand que vous avez pour une épouse si aimable et si digne d'être aimée.

Pater. — Ave. — Gloria Patri.

II

Nous le reconnaissons, nous avons certainement irrité la divine justice par nos péchés, et nous méritons d'en recevoir les plus sévères châtiments. Mais où sera notre refuge? Dans quel port pourrons-nous nous mettre en sûreté? Allez à Joseph, nous dit Jésus, allez à Joseph qui me tint lieu de père et que je révérais comme tel. Je lui ai communiqué en cette qualité tout mon pouvoir afin qu'il s'en serve pour votre bien, suivant son bon plaisir. Ayez donc, ô Saint Joseph, ayez compassion de nous; nous vous le demandons par l'amour si grand que vous avez pour un fils si digne d'amour et de respect.

Pater. — Ave. — Gloria Patri.

III

Nos fautes ont attiré sur nos têtes les plus cruels fléaux, nous le confessons hautement.

Mais où donc sera notre arche de salut ? Quel sera l'arc-en-ciel bienfaisant dont la vue nous fortifiera au milieu de nos disgrâces ? Allez à Joseph, nous dit le Père Éternel, allez à lui puisque sur la terre il me remplaça auprès de mon Fils bien aimé fait homme. Je lui confiai mon Fils, cette source éternelle de grâces; toutes les grâces sont donc entre ses mains. Ayez donc, ô Saint Joseph, ayez donc compassion de nous; nous vous le demandons par cet amour si grand que vous aviez pour le Tout-Puissant qui se montra si libéral envers vous.

Pater. — *Ave.* — *Gloria Patri.*

ANTIENNE.

Voilà le serviteur sage et fidèle, à qui le Seigneur a confié le soin de sa famille.

℣. Priez pour nous, Saint Joseph.

℟. Afin que nous nous rendions dignes des promesses de Jésus-Christ.

ORAISON.

Faites, ô Seigneur, que nous soyons aidés par les prières du Saint Patriarche Joseph, l'époux de votre sainte Mère, et que ce que nous ne pouvons acquérir par nos propres mérites, nous l'obtenions par son intercession.

Nous vous en supplions, ô vous qui vivez et régnez dans les siècles des siècles. Ainsi soit-il.

CONSÉCRATION

De sa personne, de sa famille et de ses biens

A SAINT JOSEPH.

O saint Joseph, digne entre tous les Saints d'être vénéré, invoqué et aimé tant pour la sublimité de votre gloire que pour la puissance de votre intercession et de votre charitable patronage, moi N..., en présence de N. S. J.-C. qui vous choisit pour son père adoptif sur la terre, et de Marie qui s'unit à vous comme au plus chaste des époux, je vous choisis aujourd'hui pour l'avocat et le fidèle protecteur de ma personne, de ma famille et de mes biens. Je prends la ferme résolution de ne jamais vous abandonner mais, de faire au contraire tout ce qui me sera possible de faire pour vous honorer et vous faire mieux honorer encore par les autres. Je vous en supplie instamment, daignez accepter cette offrande de moi-même et me couvrir du manteau de votre protection ; assistez-moi en toutes mes actions comme votre serviteur perpétuel ; soyez moi favorable auprès de Jésus et de Marie, et enfin fortifiez-moi, surtout à l'heure de ma mort, de votre puissant secours. Ainsi soit-il.

ANTIENNE
EN L'HONNEUR DE SAINT ANTOINE DE PADOUE

Cette prière, qui est comme un précis de toutes les merveilles opérées par l'intercession de ce grand Saint, fut composée par saint Bonaventure. Elle est célèbre par les grâces sans nombre qu'elle a obtenues à tous ceux qui l'ont récitée dévotement.

Souhaitez-vous des miracles :
La mort, l'erreur, les désastres,
Le démon, la lépre disparaissent
Au seul nom de saint Antoine.
Par son intercession secourable
Les malades reviennent à la santé,
La tempête s'apaise, les fers se brisent,
Les membres reprennent leur vigueur,
Et les choses perdues se retrouvent.
Les jeunes gens et les vieillards
Obtiennent par lui ce qu'ils demandent.

On se tire des plus grands dangers,
Et l'on trouve des ressources au sein de la
    misère.
Que ceux qui éprouvent les effets
D'un si puissant patronage,
Que les habitants de Padoue'
Les publient hautement ces merveilles.

℣. Priez pour nous, saint Antoine de Padoue.

℟. Afin que par votre intercession nous connaissions un jour les joies de la vie éternelle.

ORAISON

Seigneur, nous vous en supplions, faites que les prières du glorieux saint Antoine de Padoue, votre illustre confesseur, secourent votre peuple, qu'elles nous rendent en cette vie dignes de votre grâce, et qu'elles nous procurent les joies ineffables de la vie éternelle. Par Jésus-Christ Notre-Seigneur.

PRIÈRE

QUE LE BIENHEUREUX ALPHONSE RODRIGUEZ
Frère-coadjuteur de la Compagnie de Jésus
Avait coutume d'adresser à la Sainte Vierge.

Très-Sainte Vierge Marie, Mère de Dieu, moi N..., quoique très-indigne d'être votre serviteur, touché néanmoins de votre ineffable bonté et du désir de vous servir, je vous choisis aujourd'hui d'une manière spéciale pour ma maîtresse, mon avocate et ma mère, et je prends la ferme résolution de m'attacher à vous pour toujours, de vous servir désormais et de faire en outre tout ce qui dépendra de moi pour que les autres se consacrent à votre service. Je vous supplie donc, ô très-pieuse Mère! par le précieux sang de votre Fils répandu pour moi, de me recevoir au nombre de ceux qui vous sont dévoués comme votre perpétuel serviteur, et de m'obtenir la grâce de me conduire de telle sorte dans toutes mes pensées, mes paroles et mes œuvres, que je n'aie le malheur de blesser les regards de la divine Majesté, ni les vôtres; et souvenez-vous de moi à l'heure de la mort. Ainsi soit-il.

COURTE ORAISON

A LA TRÈS-SAINTE VIERGE.

(Tirée des Révélations de sainte Gertrude.)

Salut, lis éclatant de blancheur, lis de la resplendissante et pacifique Trinité! Salut, rose brillante des célestes délices! Le Roi des

Cieux a voulu naître de vous ; il a voulu se nourrir de votre lait ; nourrissez donc notre âme des divines inspirations. Ainsi soit-il.

SALUTATION DE SAINT FRANÇOIS D'ASSISE

A LA SAINTE VIERGE MARIE.

Salut, souveraine Sainte ! Salut, très-sainte Reine, auguste Mère de Dieu, Marie ! Vous êtes la Vierge toujours pure, élue du Ciel par le Père céleste, qui, en union avec son saint et bien-aimé Fils et le Saint-Esprit consolateur, vous a consacrée et sanctifiée ! Salut, vous en qui est et a été la plénitude de la grâce et de tout bien ! Salut, précieux temple du Seigneur ! Salut, son tabernacle ! Salut, son sanctuaire béni ! Salut, Fille privilégiée du Père, Roi des Cieux ; Mère très-chaste de Notre-Seigneur Jésus-Christ ; Epouse chérie de l'Esprit-Saint, salut ! Nous vous supplions d'intercéder pour nous, avec saint Michel Archange, et toutes les Vertus des Cieux, et tous les Saints, auprès de votre aimable Fils, notre Seigneur et notre Maître Ainsi soit-il.

INVOCATIONS

AU SAINT NOM DE JÉSUS

Jésus soit mon espoir,
Jésus soit ma liesse,
Jésus soit mon savoir,
Jésus soit ma richesse,
Jésus soit ma défense,
Jésus soit mon Roi,
Jésus soit mon bonheur,
Jésus soit ma loi,
Jésus soit mon envie,
Jésus soit dans mon goût
Et dedans mon ouïe,
Jésus vive toujours dans mon entendement
Jésus soit mon désir et mon contentement,
Jésus soit en mes yeux,
Jésus soit en ma bouche,
Jésus soit en mes mains
Et en ce que je touche,
Jésus soit mon sentier,
Jésus soit en mes pas,
Jésus me soit Jésus
Le jour de mon trépas.

FIN

TABLE

—

FIN DE LA TABLE.

Avignon. — Imprimerie Aubanel frères.